Flynn Todd

BLACKFIN BOYS

DIE HÖLLE SOLL WARTEN

Das 2. Abenteuer

flynntodd.de   blackfinboys.com

BESTEN DANK AN

Saskia Römer fürs Ordnen, Lektorieren und Zurechtrücken.

Hermann Liebherr von der Bayerischen Staatsbibliothek für die freundlichen Auskünfte und die Bereitstellung von Mikrofilmen.

Ute Kanter vom Studio Babelsberg für die Beratung bezüglich historischer Uniformen.

Swen Marcel für die wahnsinnig schöne Illustration. Besuchen Sie auch www.swenmarcel.de

Kai Steenbuck, 2. Vorsitzender des FTU e.V. und Mitarbeiter des deutschen U-Boot-Museums, www.dubm.de

Daniel McDonald von „CineStill Film", Hollywood, Kalifornien, U.S.A., www.cinestillfilm.com

Markus Weisbrod vom DB Museum, Nürnberg www.dbmuseum.de

FLYNN TODD's

BLACKFIN BOYS

DIE HÖLLE SOLL WARTEN

Das 2. Abenteuer

Fantastischer und paranormaler Abenteuer-Roman.

Die Blackfin Boys sind:

Toby, 19 Jahre / **Roland**, 18 Jahre / **Mark**, 16 Jahre
Julius, 17 Jahre / und **Stiles**, der Rottweiler

UM ALLE NEBENGESCHICHTEN ZU VERFOLGEN,
EMPFIEHLT ES SICH, DIE BÄNDE IN DER RICHTIGEN
REIHENFOLGE ZU LESEN.

Bibliografische Information der Deutschen Nationalbibliothek:
Die Deutsche Nationalbibliothek verzeichnet diese Publikation
in der Deutschen Nationalbibliografie; detaillierte bibliografische Daten sind im Internet über http://dnb.dnb.de abrufbar.

Lektorat: Saskia Römer
Cover: Swen Marcel Illustration

SPECTRAL Font © 2017 The Spectral Project Authors:
http://github.com/productiontype/spectral
MAITREE Font © 2015 Cadson Demak
BENGUIAT Font © Ed Benguiat
EDO Font © Vic Fieger

Herstellung und Verlag: BoD – Books on Demand, Norderstedt

ISBN: 9783758383519

Inhaltsverzeichnis

KAPITEL 1 – WANN SIND WIR?

„Also gut, Leute, wir haben ja keine andere Wahl – also, auf zur Burg", schlug Toby vor.

Die anderen waren nach all den Strapazen der letzten Tage und Stunden ausgepowert und lustlos. Vor ein paar Minuten noch in einer unterirdischen Forschungsstation auf einer tropischen Insel, jetzt in einer todbringenden Eiswüste. Das Leben der Jungs hatte sich in den letzten Wochen erheblich verändert. Einen verrückten Wissenschaftler auszuschalten und dabei fast selbst getötet zu werden, gehörte nicht gerade zum normalen Tagesablauf eines Teenagers. Besonders Roland litt unter den schrecklichen Ereignissen. Doch er gab sich große Mühe, dies zu verbergen. Aber eines war Fakt: Auf die Seele der Jungs hatte sich ein schwarzer Schatten gelegt – wenn auch nur ein kleiner.

„Jungs, ihr wisst ja, dass ich ansonsten ein harter Hund bin, aber jetzt gerade könnte ich einfach umfallen und in dem weichen Schnee landen. Ich muss echt schlafen", sagte Roland.

„Wenn du das tust, bist du in nicht mal einer Stunde tot! Wenn wir das nicht sowieso bald sind. Sieh dir unsere Klamotten an – kurze Hose und T-Shirt sind hier leicht unangebracht. Lange werden wir wohl nicht durchhalten", befürchtete Mark.

„Du bist so aufmunternd, Kleiner."

Julius war da optimistischer: „Ich sag mal so – dass wir überhaupt noch leben, grenzt an ein Wunder. Leute, wir sind gerade durch Zeit und Raum gereist ohne die geringste Ahnung, wo wir landen werden. Guckt euch Blake da drüben an – tot! Das hätten wir sein können! Obwohl ... ich setze zwar einen Schritt vor den anderen, aber meine Beine und Füße kann ich nicht mehr spüren. Die Kälte hat meinen Körper völlig betäubt."

Rottweiler Stiles war ein ganzes Stück vorgelaufen, blickte aber immer wieder zurück zu den Jungs, um zu kontrollieren, ob noch alle da waren. Im Gänsemarsch folgten ihm die vier langsam durch den Schnee, der unter ihren Füßen knirschte. Sie blieben auf der Straße, die geradewegs zu der Burg führte, die sie in der Ferne entdeckt hatten. Auf dem Weg lag der Schnee vielleicht zehn Zentimeter hoch. In dem Waldgebiet, von dem sie komplett umgeben waren, hatte sich der Schnee sogar einen halben Meter gleichmäßig auf dem Boden aufgetürmt. Stiles machte sich einen Spaß daraus, sich immer wieder in den Tiefen des Schnees zu verstecken. Nur sein Kopf guckte ab und zu heraus. Die Jungs folgen ihm keuchend, angeführt von Toby.

„Wir gehen die ganze Zeit auf diesem Weg, und erst jetzt fällt mir auf, dass diese Spuren, die den ganzen Weg entlangführen, von einem oder mehreren Fahrzeugen stammen könnten. Das Profil der Reifen ist außergewöhnlich tief. Könnte ein Geländewagen sein. Auf jeden Fall befinden wir uns in einer Zeit, in der es Autos gab. Nehme ich mal an. Das ist doch gut, dann bleiben uns wenigstens Hexenverbrennungen und Auftritte im Römischen Circus erspart."

Keiner der Jungs reagierte auf Tobys Vermutungen. Stattdessen marschierten sie schnurstracks weiter. Die Burg kam langsam näher.

„Geht es noch allen gut?", fragte Toby.

Ein gleichzeitiges Murren sollte die Frage mit Ja beantworten.

Mark blickte durch die Schneewehen hinüber zu ihrem Ziel. „Sieht aus wie eine alte Ritterburg."

„Ich weiß nicht, diese großen, rechteckigen Steine in Dunkelgrau – und ganz gerade Kanten, wie in Form gepresst. Schon etwas unheimlich. Dazu vier große Türme, in jeder Ecke einer. Ich finde, das sieht eher so aus, als wäre die Anlage erst gestern gebaut worden – sie wirkt irgendwie neuwertig, aber auch tot und verlassen", meinte Julius.

„Sie ist auch ungewöhnlich groß. Allein die vier Türme, das könnten auch vier Hochhäuser sein."

Roland lief plötzlich vor.

„Oh nein, wie ich es vermutet habe", rief er seinen Freunden zu. „Guckt mal, ein richtig breiter Wassergraben umgibt die gesamte Burg. Der einzige Zugang scheint über die Zugbrücke zu sein. Und die ist hochgefahren. So kommen wir da nie rein, keine Chance! Schöne Scheiße."

Ratlos standen die vier Jungs zitternd vor der Burg. Roland hatte recht. Der Wassergraben war gut und gerne zwanzig Meter breit. Dahinter ragte die Burgmauer empor, wuchtig und wehrhaft. Mit ihren mächtigen Mauern und Türmen beherrschte sie den dicht bewachsenen Wald um sich herum.

„Verdammt, wenn wir nicht bald in eine wärmere Umgebung kommen, werden wir wohl erfrieren", flüsterte Toby mit zittriger Stimme. „Wir müssen da rüber, vielleicht ist das Wasser gefroren, dann könnten wir runter in den Graben und auf der anderen Seite wieder hochklettern."

„Guter Vorschlag, Toby. Aber selbst wenn, was sollen wir da? Die Zugbrücke ist hochgefahren, und wir kommen ohne Leiter nie im Leben über die Mauer. Die Wände sind viel zu glatt und zu hoch."

„Abgesehen davon, wenn das Wasser nicht gefroren ist, könnten wir ertrinken", meinte Julius.

Toby ging weiter. „Mir nach, Leute. Wir gehen jetzt eine Runde um die gesamte Burg und bleiben direkt ganz dicht am Wassergraben. Vielleicht finden wir eine Stelle, am Graben oder an der Burg selbst, die wir zu unserem Vorteil nutzen können."

Da keiner einen besseren Vorschlag hatte, gingen die Jungs los. Stiles lief wie immer vor und behielt dabei seine Herde in regelmäßigen Abständen kritisch im Blick.

Mark beschäftigte ein Gedanke: „Sagt mal, Leute, kommt euch das nicht auch merkwürdig vor? Eine riesige Burg, mitten im Wald, und nur ein einziger, kerzengerader Weg, von dem wir wissen, dass er nur zur Burg führt und hier aufhört. Aber wohin kommt man, wenn man in die andere Richtung geht?"

„Keine Ahnung, Mann", grummelte Roland. „Mich beschäftigt was ganz anderes: Stell dir vor, wir werden von einem Tier oder sowas angegriffen. Dann können wir uns nicht verteidigen, weil wir keine Waffen haben."

Julius bibberte und schlotterte inzwischen vor Kälte. „Ich spreche eigentlich nur, weil ich nicht will, dass mein Mund komplett zufriert. Ich spüre meine Kiefer gar nicht mehr vor lauter Kälte. Und wo zum Teufel liegt der Unterschied zwischen einer Burg und einem Schloss?"

„Das kann ich es dir erklären. Eine Burg, so wie diese hier, ist eher eine Festung und dient zur Verteidigung und zum Schutz. In einem Schloss lässt es sich einfach nur gut und luxuriös wohnen", erklärte Mark. „Aber wesentlich interessanter finde ich gerade die Frage, wieso unser felliger Freund da hinten an die Burgmauer pinkelt?"

Wie versteinert blieben die Jungs stehen und blickten in Stiles' Richtung. Dieser stand tatsächlich auf dem schmalen Streifen zwischen Graben und Mauer und markierte seelenruhig alle paar Meter sein neu entdecktes Revier. Jetzt war es seine Burg.

„Wie ist der Hund da hingekommen? Der ist doch nicht geschwommen? Oder macht ihm das kalte Wasser nichts aus, Mark?", fragte Toby aufgeregt.

„Das weiß ich nicht. Wie du dich sicherlich erinnerst,

kennt der Hund nur warmes Wasser. Aber wäre er in den Wassergraben gesprungen, hätten wir das wohl gehört – außerdem scheint Stiles auf den ersten Blick trocken zu sein."

„Dann muss er also auf trockenem Wege dorthin gekommen sein, wenn wir mal logisch sein wollen", sagte Roland in einem Ton, als ob seine Freunde blöd wären.

Julius rief den Hund zu sich: „Stiles, hey, guter Junge, komm mal her! – So, wenn er jetzt zurückkommt, wissen wir, welchen Weg er genommen hat. Stiles – JETZT KOMM ENDLICH!"

Der massige Rottweiler guckte nur einmal kurz zum anderen Ufer, war aber nicht sonderlich von Julius' Aufforderung beeindruckt. Als Mark aber nach ihm rief, setzte er sich umgehend in Bewegung und lief schneller Pfote in ein Gebüsch, welches direkt vor der rückwärtigen Burgmauer dicht emporwuchs. Sekunden vergingen – der Hund war weg. Suchend drehten sich die Jungs in alle Himmelsrichtungen, doch es war kein Stiles zu sehen.

„Da ist er!", schrie Toby aufgeregt. „Er ist genau hinter dem Stapel gefällter Baumstämme hervorgekommen. Auf, Jungs, gucken wir uns das mal genauer an."

Das gerodete Holz war nur knapp dreißig Meter entfernt. Als sie dort ankamen, machten sie eine interessante Entdeckung. Sie stießen auf einen kleinen Hügel, in den ein Eingang zu einem Tunnel eingelassen war. Das Ganze sah allerdings nicht sehr stabil aus. Der Eingang wurde von vielen kleinen Holzbalken umrandet und gestützt, wohl um die Einsturzgefahr zu minimieren.

„Dann hat Stiles also diesen Tunnel benutzt. So konnte er auf die andere Seite des Wassergrabens gelangen", schlussfolgerte Roland.

„Gut kombiniert, Watson", grinste Toby. „Dann lasst uns mal da reingehen."

Langsam betrat Toby den stockfinsteren Tunnel. Roland, Mark, Julius und Stiles folgten ihm. Nebeneinander konnten sie nicht gehen, dazu war es zu eng. Toby tastete sich langsam voran. Der Tunnel führte erst steil nach unten, dann geradeaus. Wie aus dem Nichts ertönte auf einmal ein schnappendes Geräusch – und ein schwaches Licht flackerte auf.

„Ach ja, hätte ich fast vergessen. Der alte Blake hat mir sein Benzinfeuerzeug geschenkt", erzählte Mark freudestrahlend.

„Und damit rückst du erst jetzt raus? Egal, dann geh du bitte vor. So sehen wir wenigstens, wo wir hintreten", sagte Toby.

Mark führte jetzt seine Freunde an. Obwohl das Licht der Flamme sehr schwach war, konnte man Boden und Wände schemenhaft erkennen. Der gesamte Tunnel war eher provisorisch angelegt. Stützbalken und Seitenverkleidung waren behelfsmäßig angebracht und vernagelt. In regelmäßigen Abständen hatte jemand kleine Löcher in beide Wände gebohrt. Aus jedem hing etwas Merkwürdiges heraus.

„Wartet mal, bleibt mal kurz stehen", sagte Mark leise und hielt sein lichtspendendes Feuerzeug etwas näher an eines der Löcher. „Was sind das für Dinger? Sieht aus, als ob aus jedem dieser Löcher ein Faden raushängt. Ich zieh mal vorsichtig einen heraus, mal sehen, was – ach du Scheiße, das sind Zündschnüre, die an Dynamitstangen befestigt sind!"

Vor Schreck hörten die Jungs kurz auf zu atmen. Nur das Hecheln von Stiles war zu hören. Toby packte kräftig, aber ruhig Marks Handgelenk und führte es langsam und vorsichtig von der Lunte weg.

„So, Mark, und jetzt schön das Feuerzeug genau in die Mitte des Tunnels halten. Okay, alle Mann zügig raus hier!"

Fast im Gleichschritt gingen die Jungs eilig weiter. Es dauerte nicht lange, bis der Ausgang in Sichtweite war. Einige gebündelte Lichtstrahlen des vollen Mondes fielen ein paar Meter in das Tunnelende. Der Ausgang befand sich genau in der Mitte der wild wachsenden Hecke, in die Stiles verschwunden war. Sie diente als perfekte Tarnung. Bei genauem Hinsehen hatte es den Anschein, als seien Teile der Hecke an einer anderen Stelle herausgerissen worden – nur um den Ausgang des Tunnels zu verstecken. Die vier Jungs standen nun direkt an der hinteren Mauer der Burg.

Roland war begeistert: „Das ist echt der Hammer, wie wuchtig und gruselig dieses Gemäuer aussieht. Erinnert mich ein bisschen an das Schloss von Graf Dracula."

„Wenn es drinnen schön warm wäre, würde ich mich auch mit Dracula auseinandersetzen", scherzte Julius.

Die Jungs gingen weiter und blieben dicht an der Mauer. An irgendeiner Stelle musste es doch eine Möglichkeit geben, in das Innere der Burg zu gelangen. Die gnadenlose Kälte biss unerbittlich in ihre nackten Arme und Beine. Dem gut genährten Rottweiler machte die Kälte weniger aus. Brav hielt der Vierbeiner mit Mark Schritt.

„Wie ich Stiles um sein dichtes Fell beneide. Zu gern würde ich jetzt mit ihm tauschen", bibberte Mark.

Stiles drehte kurz seinen Kopf schräg nach oben und sah Mark an, als würde er sagen wollen: Das kannste wohl vergessen.

Gekrümmt vor Kälte und Schmerz erreichten die Jungs jetzt die Ostseite der Burg. Bis auf die Frontseite sahen alle Mauern gleich aus. Jeder einzelne Stein war millimetergenau verarbeitet und verfugt worden. Das Licht des hellen Vollmondes wurde durch die schneebedeckte Umgebung verstärkt, sodass die Sicht ausgezeichnet war. Stiles blieb schlagartig stehen, rümpfte seine Nase und gab ein leises Knurren von sich.

„Was ist denn los, Junge?", fragte Mark.

Stiles lief mit einem Hechtsprung los, als würde er etwas hinterherjagen. Doch da war weit und breit nichts zu sehen. Nach ungefähr dreißig Metern blieb er abrupt stehen und bellte etwas in die Mauer an. Die Jungs versuchten schnell zu ihm zu laufen, doch aufgrund ihrer körperlich miserablen Verfassung konnten sie nur zügig humpeln.

Toby fing an zu lachen. „Hey, Jungs, wir bewegen uns wie ein paar abgehalfterte Zombies. Schneller als Romeros Zombies und langsamer als die in 28 Days Later."

„Schön, Toby – schreib das auf, das sollten wir später ausdiskutieren", murrte Roland sarkastisch.

Mark erreichte als Erster den aufgebrachten Stiles, der sich aber schlagartig beruhigte, als Mark ihn ansprach.

„Na, mein Junge, was hast du denn da gefunden ... Hey Leute, hier ist was!"

Toby, Roland und Julius stießen nun auch zu den beiden. Schweigend standen sie da und starrten auf ein kleines Kellerfenster, welches einen winzigen Spalt geöffnet war. Roland ging in die Knie und schob es langsam auf.

„Na gut, ich würde mal sagen, wir haben unseren Eingang in die Festung gefunden. Los Jungs, mir nach!"

Roland fackelte nicht lange und schlängelte sich rückwärts durch das kleine Fenster.

„Und, was siehst du?", wollte Julius wissen.

„Er ist doch noch nicht mal drin, also was soll er da sehen außer unsere dämlichen Gesichter?", antwortete Toby.

Drinnen hörte man Rolands Schuhe aufschlagen. „Also der Boden scheint standfest zu sein. Wenn ich mich so umsehe, sehe ich eigentlich gar nichts. Dann kommt mal alle runter, eine andere Wahl haben wir eh nicht. Außerdem – ich will hier unten nicht alleine sterben!"

Nacheinander kletterten die Jungs schwerfällig durch das kleine Kellerfenster. Durch die andauernde Kälte war keiner von ihnen sehr beweglich. Zum Schluss stand nur noch Stiles vor dem Fenster und bellte.

Mark rief ihm zu: „Na los, mein Freund, hopp, ich fang dich auf!"

Doch aus Hopp wurde nichts, stattdessen robbte der bullige Rottweiler langsam voran und gab einige unsichere Fieplaute von sich. Die ganze Sache war ihm nicht geheuer. Mark zog unterstützend an seinen Vorderpfoten, Roland half ihm. Gemeinsam gelang es ihnen, den Hund durch das Fenster zu ziehen und sicher zu Boden zu bringen. Toby schloss das Fenster.

„So, verdammte Kälte, jetzt kommst du hier nicht mehr rein. Sagt mal, Jungs, riecht ihr das auch?"

„Es riecht eindeutig nach Feuer", meinte Julius.

„Ja", antwortete Roland, „irgendwie nach Kamin oder sowas. Deswegen hat Stiles vorhin gebellt, er dachte, es würde brennen."

Mark holte sein Zippo-Feuerzeug wieder aus der Hosentasche. Die kleine Flamme spendete wenigstens ein bisschen Licht, somit konnten sie ihre unmittelbare Umgebung in diffuser Beleuchtung auskundschaften.

„Ich hoffe, mein Feuerzeug hat noch genug Benzin. Was ist das hier, ein Kohlenkeller?"

Die Jungs schauten sich um und entdeckten große Mengen Braunkohlebriketts sowie fein säuberlich bis unter die Decke gestapeltes Brennholz. Der Raum war so groß wie die Turnhalle einer durchschnittlichen Schule. Was hier an Brennstoff lagerte, würde wohl für dreißig Jahre Winter nonstop reichen. Der gesamte Boden war bedeckt mit einer Mischung aus Kohlenstaub und Sägespänen.

„Merkt ihr was?", fragte Toby. „Seitdem ich das Fenster geschlossen hab, wird es ganz langsam spürbar wärmer."

„Hast recht, Toby, lass uns mal suchen, woher die Wärme kommt", schlug Roland vor.

„Ich weiß nicht, wie lange mein Feuerzeug noch brennt, die Flamme fängt an zu flackern, und das bedeutet, dass das Benzin so langsam verbraucht ist. Dann stehen wir im Dunkeln. Häh, Julius, hallo, wo bist du denn?"

„Ja, ich bin hier. Durch die vielen Holz- und Kohlenstapel, die überall hier verteilt sind, gleicht dieser Raum einem Labyrinth oder Irrgarten. Lasst uns bloß zusammenbleiben."

Vorsichtig stieg Julius über die Holzscheite zurück und schloss sich wieder den anderen an. Dass Mark sich offenbar

Sorgen um ihn gemacht hatte, tat ihm leid, obwohl er zugeben musste, dass er das Gefühl genoss, jemandem wichtig zu sein. Die vielen Jahre auf Blakes Insel hatten ihre Spuren hinterlassen. Er hatte sich meist einsam und verloren gefühlt. Doch diese Zeit war nun vorbei! *Egal wo wir hier gelandet sind – solange ich bei meinen Freunden bin, habe ich das Gefühl, ich könnte alles schaffen,* dachte er glücklich. Und trotz der ungewissen Situation stahl sich ein ganz leichtes Lächeln auf sein Gesicht.

Langsam machten die Jungs einen Schritt nach dem anderen. Die unbekannte Umgebung, die durch die kleine Flamme des Feuerzeugs nur unzureichend beleuchtet wurde, ließ sie vorsichtig sein. Nach allem, was sie in den letzten Wochen erlebt hatten, war die Wahrscheinlichkeit groß, dass etwas Unvorhergesehenes passieren würde. Zumindest war dieses Gefühl, auf der Hut zu sein, fest in ihnen verankert.

„Na endlich!", rief Toby schließlich. „Eine Tür, und sie ist nicht verschlossen. Dachte schon, wir sind in diesem Labyrinth voller Brennstoff für ewig gefangen. Aha, hier geht es zum Flur. Sieht aus, als würde es hier noch andere Räume in diesem Kellergeschoss geben."

„Warte mal, Toby, bevor wir weitergehen, seht euch mal das hier an."

Mark schwenkte sein brennendes Feuerzeug langsam in die Richtung eines zwei Meter hohen Schrankes, der völlig unscheinbar neben der Tür stand. Schwarze Oberfläche, schwarze Griffe, dazu noch das schwache Licht des kleinen Benzinfeuerzeuges – da konnte man selbst so ein großes Möbelstück leicht übersehen.

„Ich bitte euch, wir wären doch nicht wirklich wir, wenn wir diesen Schrank hier völlig unbeachtet ließen", ergänzte Mark mit einem Augenzwinkern. „Roland, bitte sei doch so lieb. Falls da was herausspringt und uns angreift, musst du uns beschützen."

„Aber selbstverständlich, ich möchte doch nicht, dass

euch was passiert", antwortete Roland ebenso überfreundlich, wie er aufgefordert wurde, und öffnete langsam die zweiflüglige Schranktür.

„Geht es noch ein wenig langsamer, Roland? Wollen wir jetzt einschlafen, hm?!", fragte Toby genervt.

Da riss Roland mit einem Ruck die Türen bis zum Anschlag auf. Dabei drehte er sich zu Toby um und schenkte ihm einen „Bitteschön, du Blödmann!"-Blick. Aber als er – genau wie seine Freunde – realisierte, auf was sie da gestoßen waren, machte sich pure Begeisterung in ihren Gesichtern breit. Der Schrank war bis zum letzten Zentimeter vollgestopft mit Petroleumlampen, fünf Kanistern Petroleum, robusten Handschuhen aus Leder sowie zehn Schutzhelmen.

„Seht euch das an, Leute", sagte Julius leise, „die ganzen Gegenstände hier sind ja fabrikneu. Schaut mal die Lampen, das Glas jeder einzelnen ist so klar und sauber – die hat doch noch nie jemand benutzt, sonst wären da ein paar Rußspuren sichtbar."

„Bis jetzt, würde ich mal sagen", meinte Mark, griff nach einer Lampe und entriegelte die Glasfassung, um den Docht mit seinem Feuerzeug anzuzünden. Doch vergebens – die Flamme in der Lampe erlosch nach ein bis zwei Sekunden. „Das klappt nicht, wahrscheinlich ist noch kein Petroleum eingefüllt. Na, das sollte bei dem Vorrat ja kein Problem sein."

Und so schnappte sich jeder eine Lampe und schraubte den Tankverschluss auf. Roland hob einen der schweren Zwanzig-Liter-Kanister an – aufgrund des Kraftaufwands wurden Rolands Muskeln hart wie Holz. Die Adern an seinen Unterarmen schwollen an.

„So, Leute, her mit euren Lampen, die füllen wir jetzt bis zum Anschlag auf. Sparsamkeit ist hier fehl am Platz, bei den Mengen reicht das ja für eine halbe Ewigkeit – und so lange wollte ich eigentlich nicht hier bleiben. Leider haben wir keinen Trichter, das wäre einfacher."

Roland füllte die vier Petroleumlampen auf. Der große Kanister war schwer zu handeln, außerdem waren die Einfüllstutzen der Lampen recht eng. Eine geringe Menge Brennstoff ging daneben und bildete auf dem Boden eine kleine Pfütze. Das war nicht weiter schlimm, denn der staub- und sägespanbedeckte Boden saugte das Petroleum sofort auf wie ein Schwamm. Erneut zückte Mark sein stahlpoliertes Feuerzeug und zündete die vier Lampen an. Ausgestattet mit der transportablen Beleuchtung ging es nun weiter. Toby ging voran und betrat den Flur. Roland, Mark und Julius folgten ihm. Rottweiler Stiles beschloss, sich gelassen der Masse anzuschließen.

„Weiter, Jungs. Wie ich vorhin schon sagte, gibt es hier noch mehr Räume. Und durch die Lampen können wir jetzt alles gut sehen. Hm, für einen Flur ist das aber verdammt groß. Hier kannst du ja sechs Linienbusse hintereinander parken – und das in Zweierreihen."

Mark fand das nicht so ungewöhnlich: „Na ja, es ist eben eine Burg. Da darf alles etwas größer und mächtiger sein. Schaut mal hier, ein Fahrrad. Brandneu und nicht abgeschlossen steht es einfach angelehnt an der Mauer."

„Nicht abgeschlossen, Scherzkeks – als ob das hier jemand klauen würde", meinte Julius.

„Hm, sieht aus wie ein Retro-Mountain-Bike. Irgendwie total robust. Also schnell kann man damit nicht fahren, so schwer wie das ist. Seht mal den Schriftzug: Arbeitsdienst – wer schreibt denn sowas auf sein Fahrrad?"

Die Jungs standen mit ihren Petroleumlampen im Gang und blickten irritiert auf das Fahrrad. Roland war unterdessen etwas hinter dem Gefährt aufgefallen. Er trat zur Wand und strich mit seinem Finger über die Fugen.

„Hm, das ist außergewöhnlich. Die Wände bestehen aus den gleichen Steinen wie die Außenmauern der Burg. Eigentlich nimmt man für den Innenausbau wesentlich kleinere Steine."

„Es sei denn, jemand wollte, dass das Teil hier unkaputtbar wird. Also ich denke mal, einreißen kann man die Burg nicht einfach so ohne Weiteres. Wer das hier gebaut hat, wollte bestimmt eine Art Bunker", sagte Julius und ließ dabei seinen Blick über die Wände des Ganges schweifen. „Schaut mal, da drüben. Da ist ein Lastenaufzug am Ende des Flures. Und genau gegenüber am anderen Ende eine Wendeltreppe. Das ist so gar nicht wie auf einer alten Burg. Auf jeden Fall scheint es hier ja mehrere Etagen zu geben. Ich würde vorschlagen, wir gehen nach oben und gucken, was uns erwartet."

„Das würde ich ganz und gar nicht vorschlagen", widersprach Roland. „Ich bin durchgefroren ohne Ende – so wie ihr auch. Die Wärmequelle muss hier unten sein, ich will sie finden. Und erst wenn mein Körper wenigstens eine Betriebstemperatur von siebenunddreißig Grad hat, wäre ich bereit, hochzugehen."

Während die beiden noch das Für und Wider einer nächtlichen Erkundung der restlichen Burg diskutierten, öffnete Mark die Tür, die direkt gegenüber vom Brennstofflager war. Stiles drängelte sich vor, indem er Mark leicht anrempelte.

„Jawoll, danke Stiles, Entschuldigung, dass ich hier stehe – Hauptsache die neue Umgebung als Erster beschnuppern, ne, du kleiner Fellbatzen?!"

Vorsichtig betrat Mark – gleich nach Stiles – den Kellerraum. Er drehte am Stellrad seiner Petroleumlampe, um diese etwas heller scheinen zu lassen. Wie es aussah, stand er mitten in einem Waschsalon. Die Wände – auch hier saubere und gepflegte Burgmauern. Der Boden – auf den ersten Blick akribisch genau und vollkommen eben aus Beton gegossen. Nicht eine Delle, nicht eine Unebenheit. Die Raumtemperatur war angenehm warm.

Ein absoluter Blickfang waren zwölf Waschmaschinen, die in zwei Sechser-Reihen in der Mitte des Raumes aufgebaut waren. Auf jeder war der Schriftzug „Miele - Modell Nr.

55" angebracht. Auch diese Maschinen machten den Eindruck, als seien sie fabrikneu und gerade erst ihrer Verpackung entsprungen. Es roch nicht nach frischer Wäsche, sondern irgendwie neu. Dieser Geruch war typisch für Elektrogeräte, die wochenlang in einer Styropor- oder PVC-Verpackung gefangen waren und jetzt endlich atmen konnten. Auf der rechten Seite des Raumes stand ein Holzregal mit vielen kleinen Fächern. Vielleicht sollte dort saubere oder Schmutzwäsche zwischengelagert werden. Jedenfalls waren jetzt alle Fächer leer.

An der Wand gegenüber standen bis unter die Decke gestapelt mehrere hundert Pakete mit der Aufschrift „Henko – Henkel's Wasch- und Bleich-Soda". An der Wand gegenüber der Eingangstür sah man Unmengen von Matratzen und Decken, ebenfalls so hoch es eben ging gestapelt. Die Matratzen waren hellgrau mit zwei weißen, breiten Streifen, die sich quer über die etwa zwanzig Zentimeter dicke Liegefläche zogen. Die Decken waren dunkelgrau, aus festem Material, das in jedem Falle gut wärmen würde. Scheinbar alles unbenutzt und brandneu. Mark wollte die Meinung seiner Freunde hören, doch die untersuchten noch die Mauer im Flur.

„Jungs, kommt mal hier rein, ich hab hier was entdeckt – und lasst doch jetzt mal die blöden Mauern in Ruhe, die werden schon nicht einstürzen."

„Jaha, wir kommen ja. Mach mal nicht so eine Hektik", rief Roland. „Der Kleine ist ja ganz aufgeregt, mal sehen, was er hat."

Erwartungsvoll kamen Toby, Roland und Julius in die Waschküche.

„Oha", rief Toby beim Anblick der Waschmaschinen, „diese Dinger sehen ziemlich alt aus. Ich meine, sie sind ja offensichtlich brandneu, aber aus längst vergangenen Tagen."

„Dann kommen eigentlich nur zwei Möglichkeiten in Betracht", meinte Julius. „Entweder der Eigentümer ist ein absoluter Retro-Fan – oder wir sind in der Zeit gelandet, in der diese Waschmaschinen das Highlight der Technik waren."

Roland erinnerte sich: „Also bei meiner Oma im Keller stand so ein ähnliches Modell. Sie erzählte mal, Opa hätte die in den sechziger Jahren angeschafft. Na ja, ich würde mal sagen, wir sind in den Sechzigern. Fragt sich nur wo. Aber da auf den Maschinen Miele und Modell steht, sind wir bestimmt in Deutschland. Was meinst du, Toby?"

„Hm, da könntest du recht haben. Deutschland in den Sechzigern – das soll doch gar nicht so schlimm gewesen sein."

Mark geriet in Panik: „Leute, was ist, wenn wir hier nie wieder wegkommen? Ich hatte irgendwie gedacht, wenn wir erst mal von der Insel weg sind, wird alles gut. Stattdessen sind wir hier in dieser unheimlichen Burg und rätselraten, aus welchem Jahrzehnt die Waschmaschine von Rolands Oma stammt. Ich will endlich wieder nach Hause, ich will meine Familie wiedersehen! Zum Teufel, wer erfindet denn Maschinen, die einen durch Zeit und Raum bringen. Wenn überhaupt, baut man eine Zeitmaschine und keine Raumverschiebungsmaschine." Mark kämpfte mit den Tränen, sein Mund war trocken, ihm wurde schwindelig.

Roland ging zu ihm und legte seine Hände tröstend auf die Schultern seines verzweifelten Freundes.

„Jetzt beruhig dich mal, Kleiner! Ja, du hast recht, wir wissen gar nichts. Weder wo wir gelandet sind, noch in welcher Zeit. Aber im Moment ist die Situation nicht ganz aussichtslos. Ich denke, da haben wir auf Blakes Insel wohl Schlimmeres durchgemacht. Wir sind vier Jungs und ein Hund, wir werden schon eine Lösung finden."

Toby unterstützte Rolands Bemühungen, Mark aufzuheitern: „Genau, Mark, gestern wären wir in dieser menschenfeindlichen Unterwasserstation fast ertrunken. Ich würde sagen, unsere Situation hat sich wesentlich verbessert."

Julius brachte es auf den Punkt: „Freunde, ich denke, zusammen können wir alles schaffen. Und das sage ich nicht nur so, sondern das hat die Vergangenheit ja eindeutig bewiesen. Ich will mich ja nicht einschleimen, aber bei euch Trotteln fühle ich mich sicher. Und jetzt lasst uns den nächsten Raum erkunden. Na los, mir nach!"

Mark musste gegen seinen Willen bei so viel gut gemeintem Optimismus grinsen. „Na gut, ihr Helden, dann auf zum nächsten Raum."

Lachend folgten Toby, Roland und Julius ihrem plötzlich beinahe gut gelaunten Freund. Stiles war es völlig egal, wo es hinging, er wollte einfach nur dabei sein und trottete gemütlich hinterher. Die Tür des nächsten Raumes war ungefähr zehn Meter entfernt. Die Abstände der Türen waren recht groß, ebenso wie die einzelnen Räume selbst. Vor lauter Aufregung und vollständiger Inanspruchnahme ihres Entdeckergeistes merkten die Jungs nicht, dass in den letzten dreißig Minuten auf der ganzen Etage eine angenehme Zimmertemperatur herrschte.

Schließlich erreichten sie die Tür zum dritten und letzten Raum, der von dem Flur aus erreichbar war.

„Komisch, die Tür zur Waschküche war aus Holz, diese hier ist aus schwerem Eisen", stellte Toby fest und legte vorsichtig seine Handfläche gegen die Tür. „Sie ist warm!"

„Ja, das ist ja sehr schön, geh mal zur Seite", sagte Roland und drückte die Türklinke ungeduldig nach unten. „Also entweder klemmt die oder …"

„… oder eben nicht", beendete Julius kichernd den Satz.

Roland stemmte sein gesamtes Körpergewicht gegen die schwere Tür, und tatsächlich gab diese langsam nach. Sie war gerade mal einen Spalt offen, da drängelte sich Rottweiler Stiles mit seinen 75 Kilogramm an den Jungs vorbei und huschte durch den Spalt, um den Raum als Erster zu erkunden. Stark aufgewärmte Luft kam ihnen entgegen. Mark hielt seine Lampe in den Raum und ging, ohne zu zögern, in die linke hintere Ecke.

„Leute, guckt euch das an, ein riesengroßer Heizungskessel. Diese Wärme, Mann, tut das gut, hier bleibe ich.“

Die anderen schlossen sich Mark an und setzten sich zu ihm auf den warmen Betonboden, direkt vor den wärmespendenden Eisenkoloss, dessen Ausmaße ein gutes Drittel des gesamten Raumes einnahmen. Und das wollte etwas heißen, denn der Heizungsraum war genauso groß wie die Waschküche und damit doch bloß halb so groß wie der mächtige Raum gegenüber, in dem das Brennholz und die Kohle lagerten. Außer dem Kessel gab es jede Menge Rohre in unterschiedlichen Durchmessern, die an den Wänden und unter der Decke entlangführten und schließlich in den Mauern verschwanden. An jedem einzelnen Rohr waren ein Druckmesser und ein Ventil angebracht, wahrscheinlich um damit die Wärmezufuhr zu anderen Räumen steuern zu können.

Toby erkannte die Konstruktion: „Leute, das ist eine Dampfheizung. Ich habe mal eine Schlossführung mitgemacht, da haben die erklärt, wie so alte Schlösser und Burgen beheizt wurden.“ Er öffnete demonstrativ eine Klappe an dem Kessel. „Seht ihr, hier kommt das Brennholz oder auch die Kohle rein. Und – hey, Moment mal!“

„Richtig, Toby, das ist mir auch gerade klargeworden“, warf Julius ein. „Jemand muss vor Kurzem hier gewesen sein, sonst wäre der Ofen nicht warm und der Brennstoff im Inneren würde nicht leicht glühen, so wie jetzt in unserem Fall.“

Die angeregte Konversation der Jungs wurde urplötzlich durch ein unangenehm lautes Geräusch unterbrochen. Erschrocken sahen sich die vier an. Selbst Stiles, der sich gemütlich mit seinem Rücken dicht an Mark gelegt hatte, sprang auf und blickte Richtung Tür. Sein Gesichtsausdruck verriet: Ich mache hier jede Bedrohung platt, also versucht es gar nicht erst.

Roland runzelte die Stirn. „Dieses Geräusch, das klingt so

mechanisch, so gequält. Als ob eine schwere Last transportiert wird oder so."

„Roland, du bist genial", lobte Toby. „Das ist doch bestimmt die Zugbrücke, die gerade runtergelassen wird."

Mark sprang auf. „Schnell, vielleicht erwischen wir jemanden, der uns helfen kann!"

Ohne die Reaktion seiner Freunde abzuwarten, lief Mark los, dicht gefolgt von Stiles. Durch seinen drahtigen Körperbau war Mark besonders schnell. Er rannte raus auf den Flur und von da aus in den Raum, in dem der Brennstoff lagerte. Die vielen Ecken und Abzweigungen, für die sie vorher mehrere Minuten brauchten, meisterte er jetzt in nicht mal dreißig Sekunden. Dann erreichte er das Kellerfenster, durch das sie die Burg betreten hatten. Mark überlegte nicht lange, nahm einen kurzen Anlauf und hechtete mit einem Sprung durch das offen stehende Fenster. Ohne auch nur eine Sekunde zu verlieren, lief er weiter zur vorderen Seite der Burg. Sehen konnte er noch nichts, aber er nahm wahr, dass das laute Geräusch, das die Zugbrücke verursacht haben sollte, auf einmal verstummte. Ein neues Geräusch bestimmte die Situation. Mark lauschte in die Nacht: *Das ist doch ein Auto oder ein anderes benzingetriebenes Fahrzeug. Hoffentlich erwische ich noch jemanden.*

Völlig erschöpft und gänzlich aus der Puste erreichte er die Zugbrücke, die bereits wieder hochgefahren wurde. Seine Vermutung bestätigte sich: Er sah in der dunklen Nacht die roten Rücklichter eines sich entfernenden Autos, die sekündlich kleiner wurden und schließlich in der Ferne verschwanden. Hinterherlaufen und auf sich aufmerksam machen wäre eine gute Idee gewesen, doch die Zugbrücke war bereits hochgefahren, sodass die Burg wieder durch den breiten Wassergraben von der Straße getrennt war. Enttäuscht ging Mark langsam wieder zurück zum Kellerfenster. Die anderen Jungs, angeführt von Stiles, liefen ihm entgegen. Auf halber Strecke trafen sie sich.

„Sag mal, Kleiner, bist du total bescheuert oder was?", fuhr Roland ihn an.

Mark sah ihn überrascht an. Was war denn los?

„Kannst doch nicht einfach vorlaufen, was soll denn der Mist? Haben wir noch nicht genug Scheiße erlebt? Was wäre, wenn du jemandem in die Arme gelaufen wärst, der an deinem Weiterleben nicht interessiert ist?"

Julius stimmte Roland kopfnickend zu, Toby setzte noch einen drauf: „Also wirklich, Mark, da hast du echt Bockmist gebaut."

Mark senkte den Kopf. „Ja, tut mir leid, ich dachte, wenn ich schnell lossprinte, würde ich noch jemanden erwischen, der uns in irgendeiner Art und Weise hätte helfen können. Das war mein Gedanke, sonst nichts. Ist aber angekommen, beim nächsten Mal warte ich auf euch. Schließlich haben wir ja immer alles als Gruppe gemacht", meinte er sichtlich zerknirscht. „Aber könnte es nicht sein, dass noch jemand außer uns hier in der Burg ist? Ich meine, vielleicht sind nicht alle Bewohner in dem Wagen eben weggefahren?! Vielleicht sollten wir nachsehen."

„Das könnte natürlich sein", meinte Toby. „Aber ich glaube eher nicht, denn das Feuer im Heizungsofen hat vorhin nur noch schwach gebrannt. Wenn jemand also noch hier wäre, würde er mit Sicherheit Brennholz nachlegen. Vor allem bei diesen riesigen Vorräten. Davon mal abgesehen – lasst uns mit dem Auskundschaften warten, bis es hell ist, ich fühle mich dann irgendwie sicherer. Und falls es irgendwelche unangenehmen Überraschungen gibt, wäre ich dafür gern ausgeschlafen."

Roland war immer noch über Marks Verhalten verärgert. Dachte er. Worüber er sich aber eigentlich ärgerte, war die Tatsache, dass er sich große Sorgen um seinen Freund gemacht hatte, als der einfach losgelaufen war, ohne die möglichen Konsequenzen zu bedenken. Natürlich waren ihm Toby und Julius genauso wichtig, ihre Freundschaft war nicht weniger wert. Aber Roland sah in Mark nun mal immer den kleinen Bruder, um den man sich einfach kümmern musste, jemanden, den man beschützen musste. Die Sorge, die Roland empfand, machte ihn verletzlich. Und das störte ihn ungemein, denn er fühlte sich am wohlsten, wenn er jede Situation unter Kontrolle hatte.

Schließlich beruhigten sich alle, die gewohnte Harmonie, die die meiste Zeit zwischen den Jungs herrschte, war schnell wiederhergestellt. Während sie langsam zurück durchs Fenster in den Keller krochen, um in den warmen Heizungsraum zu gehen, beschrieb Mark nochmal genau, was er draußen gesehen hatte. Auch wenn es nicht viel war: die Zugbrücke, die hochgefahren wurde und offensichtlich ein Auto, dessen Rücklichter in der schwarzen Finsternis verschwanden. Vielleicht hätte man anhand des Kennzeichens den Ort bestimmen können, an dem sich die Jungs befanden. Aber die Dunkelheit hatte es nicht mal ansatzweise erlaubt, wenigstens einige Fragmente des Nummernschildes zu erkennen. Wo sie waren und wann – diese Frage blieb weiterhin gänzlich unbeantwortet.

Die vier setzten sich im Schneidersitz an den warmen Ofen, Stiles war gut eine Minute vor ihnen da und legte sich direkt davor – den Weg zu dem angenehmen Quartier hatte er sich gemerkt.

Mark gähnte herzhaft. „Mir ist verdammt kalt, außerdem glaube ich, dass ich gleich einschlafen werde, Leute."

Organisationstalent Toby hatte eine Idee, um die bevorstehende Nacht etwas angenehmer zu gestalten: „Was haltet ihr hiervon: Wir gehen rüber in den Waschkeller, dann schnappt sich jeder eine Matratze und ein paar Decken. Den ganzen Kram bringen wir hier in den Heizungsraum und pennen. Gemütlicher gehts wohl kaum."

Tobys Vorschlag erntete sofort Beifall, auch wenn das Klatschen seiner Freunde etwas lieblos und damit ein wenig sarkastisch klang. Aber die Jungs hatten einfach keine

Energie mehr, um ihn euphorisch in den Himmel zu loben. Gemeinsam trotteten sie in den benachbarten Kellerraum, zogen vier Matratzen aus dem riesigen Stapel und brachten sie umgehend zu ihrer Schlafstätte, möglichst nahe am warmen Ofen. Die Jungs bezogen ihre Liegeflächen mit den grauen Decken, von denen gab es schließlich mehr als genug. Mark legte gleich drei Stück auf seine Matratze, das garantierte einen extra weichen Liegekomfort. Da ihre Klamotten teilweise noch feucht waren, zogen sie sich vollständig aus und hängten die Kleidung zum Trocknen auf den Ofen. Anschließend legte sich jeder auf seine Matratze und hüllte sich gemütlich in seine Decke ein. Toby wollte die Petroleumlampen so weit herunterregeln, dass sie nur noch ein fast gelbes, diffuses Licht abgaben, damit die Jungs schlafen konnten. Dabei fiel ihm etwas auf.

„Leute, wir haben hier nur zwei Lampen, die beiden anderen müssen wir in der Waschküche vergessen haben. Einer von uns muss sie holen, ich hab keinen Bock abzufackeln."

Julius kuschelte sich fester in seine Decken. „Das ist so schön weich und gemütlich. Findest du nicht auch, Roland?"

„Und wie ich das finde. Ich glaube, ich drehe mich mal auf die andere Seite. Liegst du auch gemütlich, kleiner Mark?"

„Danke der Nachfrage, ich liebe diese Wärme!"

Toby verdrehte die Augen. „Ja ja, schon verstanden, dann hole ich sie eben selbst. Arschlöcher."

Die Jungs kicherten in ihre Decken und äfften Toby mit verstellter Stimme nach. Die kleine Blödelei tat der Stimmung gut und war Balsam für ihre Seelen, was noch wichtiger war. Egal wie schlimm die Lage war, die Jungs fanden immer einen Grund zum Lachen, und sei es auch nur für einen kurzen Moment, einen flüchtigen Augenblick. Das bewahrte sie davor, zu schnell erwachsen zu werden.

Als Toby mit den beiden Lampen wieder zurückkam, hatte er ebenfalls ein leichtes Grinsen im Gesicht. Trotzdem hatte er für seine Freunde nur ein freundliches „Idioten" übrig. Nachdem alle in ihre Decken eingehüllt auf ihren Matratzen lagen, kehrte Stille ein. Das schwache Licht flackerte leicht, und die laue Wärme des Ofens hüllte sie ein. Bei Stiles wirkte das ohne Probleme, er befand sich bereits im Tiefschlaf und wackelte abwechselnd mit seinen Pfoten, als ob er im Traum etwas hinterherjagen würde.

„Die vier Typen und der Rottweiler", grinste Julius.

„Mann, halt die Fresse, ich will schlafen!", murrte Roland.

„Ich versuche doch nur, einen coolen Namen für unsere Clique zu finden. Ihr könnt auch Vorschläge machen."

„Wie wäre es dann mit: Vier Arschgeigen und ein Ober-Arschloch, dessen Vorname mit J beginnt?", schlug Roland vor.

Lautes Gelächter brach aus. Der Humor der Jungs war wie ihre Freundschaft – einfach nicht kleinzukriegen. Jeder machte nun verschiedene Vorschläge, wie ihre kleine Gemeinschaft denn heißen könnte. Vier Freunde und ein Hund, Vier Typen und eine Fellnase, Vier Fragezeichen und ein Ausrufezeichen, das waren nur einige Namen, die den Jungs einfielen. Entsprechend ihrem Alter ging es dann auch deutlich unter die Gürtellinie. Die Pimmelbande, Club der Schwänze, oder Fünf coole Polöcher waren da noch die harmloseren Varianten. Das Ganze ging noch eine ganze Weile so weiter. Die Gesichtsmuskeln der Jungs schmerzten bereits vom vielen Lachen.

Schließlich machte Julius einen letzten Vorschlag: „Nehmen wir doch etwas, das uns alle zusammengebracht hat. Ich denke da nur an diesen dämlichen Schwarzflossenhai. Also würde ich sagen, die Schwarzflossen-Bande. Oder noch besser, die Blackfin Boys. Toby, neunzehn Jahre, sein Verstand scharf wie eine Rasierklinge. Roland, achtzehn Jahre, sportlich, schnell gefährlich, aber auch ebenso lieb. Mark, sechzehn Jahre jung, fliegt jedes Flugzeug und jeden Helikopter. Und ich, Julius, siebzehn Jahre, habe gerade die Blackfin Boys erfunden. Was sagt ihr dazu?"

„Ja Mann, wir sind jetzt die Blackfin Boys und gute Nacht", sagte Toby bereits im Halbschlaf, ehe daraus ein angenehm fester Tiefschlaf wurde. Roland und Julius folgten seinem Beispiel. Bald war nur noch ihr regelmäßiger Atem zu hören.

Mark lag auf dem Rücken und starrte mit weit geöffneten Augen an die Decke. Roland hatte angefangen, laut zu schnarchen, aber das war es nicht allein, was ihn wachhielt. Wilde Gedanken durchkreuzten sein Gehirn, während er Stiles mit seiner linken Hand leicht im Nacken kraulte.

Irgendwie kann das doch alles nicht wahr sein. Die gleiche Situation wie vor ein paar Tagen. Man weiß nicht, was morgen passieren wird. Man weiß nicht mal, was in einer Stunde passieren wird. Wieso muss ich andauernd Angst haben. Immer wieder diese Angst. Angst davor, was noch passieren wird, Angst davor, dass ich wieder leiden muss. Oder dass meine Freunde leiden müssen. Das wäre genauso furchtbar. Wird das mein ganzes Leben lang so weitergehen? Und ich bin erst sechzehn Jahre alt, das kann doch nur schlimmer werden, oder wie oder was? Wie machen die anderen das nur? Haben die keine Ängste, oder können sie die nur besser verbergen?, überlegte er.

Mark hatte einmal gelesen, dass der Magen das zweite Gehirn sein sollte. Das konnte er in diesem Moment nur bestätigen, er spürte deutlich, wie sich in der Magengegend ein unangenehmes Gefühl breit machte.

Auch Gedanken können einen Körper schwächen. Mark dachte so viel nach, dass er vor lauter Erschöpfung einschlief. Die Entspannung hatte er sich redlich verdient. Stunden vergingen. Ihre Petroleumlampen flackerten. Die Nacht war totenstill und rabenschwarz.

***

Toby wurde von einem Geräusch aus dem Schlaf gerissen. Es klang, als ob zwei metallische Gegenstände kurz aufeinander schlagen würden. Neugierig, wie Toby nun mal war, ging er der Sache nach. Barfuß und nur mit seiner Decke bekleidet, die er wie einen Umhang umgeworfen hatte, trat er auf den Flur und trug eine Petroleumlampe mit ausgestrecktem Arm vor sich her. Schnapp – wieder ertönte dieses undefinierbare Geräusch.

Komisch, vorhin hatten sie doch festgestellt, dass nur drei Räume vom Flur abgingen. Das Brennstofflager, die Waschküche und der Heizungsraum. Jetzt sah er da noch eine vierte Tür am Ende des Flures. Hatten sie die vorhin in der ganzen Aufregung übersehen? *Ich werde mir das mal ansehen*, beschloss Toby.

Der Boden war so kalt, dass seine Füße schmerzten, deswegen wollte er sich beeilen. Dieses Geräusch ... es konnte nur hinter dieser einen Tür entstanden sein. Vorsichtig drückte er die Klinke hinunter, immer auf der Hut, da er nicht wusste, was sich dahinter verbarg. *Verdammt, die lässt sich aber schwer runterdrücken. Okay, erst mal vorsichtig durch den Spalt gucken. Häh, was zum ...*

Ein leerer Raum lag vor ihm, riesengroß, größer als alle anderen Räume zusammen. Egal in welche Richtung er das Licht seiner Lampe schwenkte, er konnte keine Wände erkennen. Fast so, als wäre der Raum unendlich. Der Boden war feucht und fühlte sich eklig und seltsam weich unter seinen nackten Füßen an. Blätter, das waren Blätter, als ob sie ein Baum im Herbst abgeworfen hätte. Er sah nach oben, konnte aber nur schwarzes Nichts ausmachen. Hey, was war das? Er fuhr herum. Waren das Schritte gewesen? Ja, ganz bestimmt, das waren Schritte, als ob sich jemand schnell nähert und wieder entfernt.

In Toby stieg Panik hoch. Immer wieder nahm er schnelle, hektische Schritte wahr, die scheinbar versuchten, ihn von allen Seiten zu attackieren. Immer wieder drehte er sich ruckartig in alle Richtungen und starrte mit weit aufgerissenen Augen ins Leere. Toby legte seine Decke ab, um wendiger zu sein. So konnte er sich noch schneller in eine Richtung drehen und, wenn es nötig wäre, sich körperlich verteidigen. Splitternackt, in der rechten Hand seine Petroleumlampe, stand er leicht gebückt im Nirgendwo und war so eine leichte Beute. Immer wieder und wieder drehte er sich, um möglichst alle Richtungen im Auge zu behalten. Doch so sehr er sich auch anstrengte, er konnte die vermeintliche Person nicht sehen, sondern nur hören. Das machte die Situation noch unheimlicher.

Schnapp. Wieder dieses Geräusch, dieses Mal so laut, als wäre es unmittelbar in seiner Nähe. In der nächsten Sekunde durchfuhr Toby ein bisher ungekannter Schmerz. Er sah nach unten, senkte seine Lampe langsam zu Boden und ließ diese fallen. Er schrie so laut, dass sich seine Stimme mehrfach überschlug. Tiefe Töne und schrilles Gekrächze wechselten sich bei jedem Schrei ab, als ob er noch immer mitten im Stimmbruch wäre. Sein rechter Fuß war in einer Bärenfalle eingeklemmt!

„Oh mein Gott! Es tut so weh! Hilfe! Roland, Mark, Julius, Hilfe! Helft mir!"

Aber niemand kam. Toby liefen Tränen die Wangen hinunter, mit schmerzverzerrtem Gesicht starrte er auf seinen Fuß.

„Das viele Blut, es hört nicht auf zu bluten. Ich muss versuchen, die Falle aufzubiegen. Au Scheiße, jeden Zentimeter, den ich mich bewege, werden die Schmerzen noch schlimmer. Mir wird ganz schlecht, und es dreht sich alles."

Toby fiel der Länge nach hin. Es kam ihm vor, als würde er in Zeitlupe auf den nasskalten, glitschigen Boden gleiten. Von seinen Freunden keine Spur. Gepeinigt lag er zitternd da und starrte wie hypnotisiert auf seinen eingeklemmten Fuß, der von den rostigen Eisenbügeln der Bärenfalle bis auf den Knochen eingeklemmt war. Er drehte sich vorsichtig, um sich in eine stabile Seitenlage zu positionieren. Er konnte fühlen, wie das warme Blut über seinen kalten Fuß rann. Es floss kontinuierlich aus der klaffenden Wunde. *Stehe ich jetzt unter Schock?*, überlegte er halb benommen. *Wie schnell man sich an den Schmerz gewöhnen kann, merkwürdig. Die Bügel der Falle haben sich tief in mein Fleisch gedrückt. Ich will mich bewegen, doch irgendetwas hindert mich daran.*

„Hallo Toby, geht es dir gut?"

„Verdammt nochmal, wer ist da?"

Aus dem Dunkel sah Toby eine Gestalt langsam auf sich zukommen. Den Umrissen nach schien sie riesig zu sein, bestimmt zweieinhalb Meter. Je näher der Unbekannte kam, desto kälter wurde es, das konnte Toby ganz deutlich spüren. Jetzt war die Gestalt noch gute vier Meter von ihm entfernt und blieb stehen.

„Wer ich bin? Ich habe viele Namen und viele Gesichter."

Die Stimme klang, als würden mehrere Personen gleichzeitig sprechen. Exakt dieselben Worte zur selben Zeit. Wie ein Männerchor, der beim Singen die Töne nicht traf. In dem diffusen Licht konnte Toby erkennen, dass der übergroße Mann eine bordeauxrote Mönchskutte trug. Um die Hüfte hatte er ein weißes, dickes Tau geschlungen, das als Gürtel diente. Die Kapuze, großzügig im Schnitt, ragte über sein Gesicht hinweg und hüllte dieses in Schatten. Die Hände verdeckten schwarze Handschuhe.

„Mein Gott, bitte, befreie meinen Fuß aus dieser Falle!", flehte Toby.

„Hier sind ältere Kräfte am Werk. Der Gott, der dir vertraut ist, kann dir hier und jetzt nicht helfen. Nur ich kann das."

Schlagartig, als ob ein Zeitsprung stattgefunden hätte, hockte die unheimliche Gestalt direkt neben Toby und beugte ihren Kopf bis auf eine Handbreit zu ihm herunter.

„Junge, bist du zufrieden mit deinem Leben?"

Toby war starr vor Angst. Er konnte weder antworten,

noch konnte er sich bewegen. Er spürte den Atem des Wesens, das Gesicht war aber nicht zu erkennen. Noch nicht mal der Umriss eines Gesichtes, nur tiefe schwarze Leere. Lediglich zwei Worte brachte Toby über seine blauen Lippen.

„Hilf mir!"

Das Wesen richtete seine Aufmerksamkeit auf Tobys Fuß, der immer noch blutend in der Bärenfalle steckte. Von allen Seiten, und geradezu penibel, inspizierte der Unheimliche die klaffende Wunde. Mit seinen Händen umfasste er die Bügel, die Tobys Fußgelenk tief ins Fleisch schnitten.

„Ja bitte, zieh die Bügel auseinander, damit ich meinen Fuß befreien kann!", flehte Toby.

Doch statt die Bügel auseinanderzubiegen, begann die finstere Gestalt damit, diese noch weiter zusammenzudrücken. Toby schrie so laut auf, dass das Stechen seines Schreis in der Lunge kurzzeitig mehr Schmerz auslöste als sein Fußgelenk.

„Ist es besser so?", fragte das Wesen, perfiderweise in einem überaus besorgten Tonfall.

Noch bevor Toby antworten konnte, stützte sich sein Peiniger mit seinem gesamten Körpergewicht auf die Bügel der Falle. Durch wiederholte ruckartige Bewegungen versuchte der Folterer, den Fuß von Tobys Gelenk gänzlich abzutrennen. Es hörte sich an, als würde man mehrmals versuchen, einen dicken Ast eines vertrockneten Baumes durchzubrechen. Wieder, und wieder, und wieder. Dieses Geräusch durchzog Tobys gesamten Körper.

Was passiert hier? Was? Ich kann nicht denken. Was ist mit meinem Fuß? Es fühlt sich an, als wäre ich nicht ich selbst, als würde mein Geist in einem fremden Körper feststecken. Atme ich noch? Ich merke es nicht mal.

Das Wesen richtete Tobys Oberkörper auf und zeigte mit ausgestrecktem Zeigefinger langsam auf seinen Fuß – er lag abgetrennt neben seinem blutenden Knöchel.

Toby konnte nicht mehr sprechen. Vor bitterer Verzweiflung fing er erneut an zu weinen. Er konnte einfach nicht glauben, was er da sah. Eine rostige Bärenfalle, sein abgetrennter Fuß, das viele Blut, das wie aus einem defekten Wasserhahn im Intervall aus der Wunde schoss.

Leise flüsterte das Wesen: „Mehr kann ich nun wirklich nicht für dich tun. Oder warte mal, ich glaube, da ist doch noch was."

Toby hörte aus dem Nichts ein leises Getapse. Dem Geräusch nach musste sich irgendwo im Dunklen etwas Kleines bewegen. Hoffentlich zu klein, um eine weitere Gefahr darzustellen.

„Verdammt!", sagte Toby in einem Ton, als ob er sich längst aufgegeben hätte, als wäre ihm alles egal. „Eine Ratte, dazu noch ein ziemlich große. Dein schwarzes Fell sieht aber sehr gepflegt aus. Na du, was willst du denn von mir?"

Das Nagetier näherte sich Toby zunächst mit größter Vorsicht. Zaghaft schnupperte sie am abgetrennten Fuß, hielt jedoch ein paar Zentimeter Abstand. Als eine Mischung aus Neugier und Angst hätte man die Körpersprache des Tieres deuten können. Dann ging alles ganz schnell: Die Ratte sprang mit einem Satz direkt zu Tobys durchtrenntem Fußgelenk und fing an, mit ihren scharfen Zähnen das Fleisch aus der stark blutenden Wunde zu reißen. Toby stieß einen Schrei aus, der mehrere Sekunden anhielt. Dann spürte er einen heftigen Schlag in seinem Gesicht.

Als er seine Augen aufmachte, sah Toby in die Gesichter von Roland, Mark, Julius und Stiles, der fragend seinen Kopf leicht hin und her drehte.

„Sorry, Toby, ich musste dir eine scheuern, du hast so geschrien und bist einfach nicht aufgewacht", rechtfertigte sich Roland.

„Alter, was hast du denn geträumt?", fragte Julius.

„Stell doch nicht so eine blöde Frage, es wird wohl was Schlimmes gewesen sein", ging Mark dazwischen.

Nassgeschwitzt und völlig fertig starrte Toby seine Freunde an. Er brauchte einen Augenblick, bis er realisierte, dass er in Sicherheit war – und sein Fuß vollkommen intakt. Hatte er wirklich alles nur geträumt? Noch immer fühlte er die Feuchtigkeit der Tränen auf seinen Wangen. Er schluckte. Die Aufregung seiner Freunde und die Art, wie sie ihn anstarrten, waren ihm unangenehm.

„Leute, beruhigt euch, das war nur ein dämlicher Albtraum, sonst nichts. Danke fürs Wecken, aber jetzt lasst uns wieder schlafen. Macht doch keine große Sache draus, Jungs."

Der Horrortraum hatte Toby dermaßen viele Kräfte abverlangt, dass er sofort wieder in einen tiefen Schlaf fiel. Dieses Mal sollte ihn keine gruselige Erscheinung heimsuchen.

Seine Freunde hatten sich ebenfalls wieder hingelegt, schliefen aber noch nicht.

Julius flüsterte: „Ich kann das gut verstehen. Ich leide seit Jahren an Albträumen und Angstzuständen in der Nacht. Irgendwann rebelliert der Körper und muss den ganzen Mist, der einem so widerfährt, verarbeiten."

„Die letzten Wochen waren ja auch heftig. Ich finde, bei dem, was wir durchgemacht haben, machen wir immer noch eine ganz gute Figur. Oder, Kleiner?!", stellte Roland fest.

„Ich glaube, das wird Spuren hinterlassen. Spuren, die sich vielleicht erst Jahre später bemerkbar machen. Das ist jedenfalls meine Meinung. Und jetzt lasst uns schlafen. Morgen erkunden wir die gesamte Burg, ich will wenigstens ansatzweise wissen, in welchem Jahr wir uns befinden. Sofern Blakes Zeitmaschine überhaupt richtig funktioniert hat."

Mark drehte seine Lampe wieder auf Sparflamme, sodass das warme gelbliche Licht dem Raum wieder Ruhe und Frieden gab. Die Jungs schliefen fest ein. Die restliche Nacht verlief ohne weitere Komplikationen.

KAPITEL 2 – ALTE ZEITEN, SCHLECHTE ZEITEN

„Guten Morgen, ihr verpennten und verpeilten Blackfin Boys, aufstehen!", schrie Mark gut gelaunt in den Raum. „Ich war schon mit Stiles draußen, eine Runde um die Burg gelaufen und gepinkelt."

Während Mark einige Petroleumlampen anzündete und diese auf die hellste Stufe stellte, zog sich Toby seine Decke über den Kopf und gab den Genervten:

„Schön, dass du deine Notdurft schon verrichtet hast. Wie spät ist es eigentlich?"

„Woher soll ich das wissen? Auf jeden Fall ist es draußen hell. Aber das bekommt ihr natürlich nicht mit – wie auch, hier sind ja keine Fenster eingebaut. Roland, Julius, los, raus aus den Betten."

„Mann, jetzt hör' doch mal auf zu nerven, ist ja ekelhaft, deine gute Laune am frühen Morgen. Wieso ist das eigentlich so kalt hier? Hast du Frühstück mitgebracht? Ich sterbe vor Hunger!", grummelte Roland.

„Ich denke mal, der Brennstoff ist über Nacht verpufft", stellte Julius fest. „Außerdem hätten wir ja auf die glorreiche Idee kommen können, gestern Abend noch Holz und Kohle in den Ofen zu werfen, dann wäre es jetzt wesentlich wärmer. Tja, nach einem Namen für unsere kleine Gemeinschaft zu suchen war halt wichtiger."

Während Mark in das Brennstofflager ging, um ein paar Holzscheite für den Ofen zu holen, inspizierte Toby die Klamotten, die sie am Abend zuvor zum Trocknen ausgelegt hatten. Ausgebreitet bedeckten diese fast die gesamte Oberseite des Ofens. Dank dieser Methode war jedes einzelne Kleidungsstück trocken und durchzogen von einer angenehmen Restwärme. Als die Jungs nach ihren Klamotten griffen, passierte Julius ein Missgeschick.

„Jawoll, mein T-Shirt ist hinter den Ofen gefallen. Ganz tolle Nummer, jetzt kann ich da rumkriechen. Hoffentlich sind da keine Spinnen, ich hasse diese Viecher. Moment mal, was ist das denn? Mein T-Shirt ist auf einem Haufen alter Zeitungen gelandet oder was das sein soll."

„Die wurden wahrscheinlich als Anzündhilfe im Ofen verfeuert", meinte Toby. „Zieh mal die oberste raus, mal sehen, was das für ein Blatt ist."

„Bin ja schon dabei, ich muss da erst mal rankommen, der Abstand zwischen Ofen und Mauer ist so eng, ich hab Angst, dass mein Arm stecken bleibt. Warte, ich habe jetzt T-Shirt und Zeitung in der Hand, langsam ziehen – geschafft."

Julius gelang es, neben seinem Oberteil ein vollständiges Exemplar hinter dem Ofen hervorzuholen. Während er sich weiter anzog, warfen seine drei Freunde einen Blick auf das Titelblatt der Zeitung. Plötzlich schien es, als ob Toby, Roland und Mark eingefroren wären. Wie in Schockstarre standen sie da und drehten die Zeitung langsam zu Julius' Richtung.

„Und, was ist das? Gib mal her. So, was haben wir denn da – Völkischer Beobachter vom 20. Februar 1941. Die Schlagzeilen: Neue erfolgreiche Tiefangriffe unserer Kampfflieger, britisches Minenräumboot versenkt, deutscher Luftangriff auf Bengasi. Alter Schwede, hier sind ja voll die Hakenkreuze abgebildet. Ist wohl eine Nazi-Zeitung. Na, das ist ja eine echte Rarität, so alt, wie die ist", dachte Julius laut. „Wieso guckt ihr so entgeistert?"

Mark formulierte es vorsichtig: „Was ist, wenn das gar keine alte Zeitung ist? Was ist, wenn diese Ausgabe ein oder zwei Wochen alt ist?"

Angetrieben vom gleichen Gedanken rannten die Jungs wie vom Teufel gehetzt los und hofften, dass sie mit ihrer Vermutung falsch lagen. Stiles war begeistert von dem schnellen Tempo und lief seinem Rudel freudig hinterher. Über den Flur steuerte die sprintende Meute die Wendeltreppe am Ende des Ganges an, ohne zu wissen, wo diese hinführen würde. Als ob es um Leben oder Tod ginge, liefen sie weiter nach oben und nahmen den ersten ersichtlichen Ausgang. Sie landeten im Innenhof der Burg und blieben abrupt stehen. Ihre Blicke flogen hektisch über den gesamten Innenhof. Ihre weit aufgerissenen Augen blieben an einem Lkw hängen, dessen Kennzeichen SS-225731 lautete. Die Ladefläche stand offen. Langsam traten sie näher. Zum Vorschein kam eine ganze Ladung von Hakenkreuzfahnen in allen erdenklichen Größen. An jeder Fahne baumelte eine kleine graue Karteikarte, die mit einem Stück Schnur befestigt war. Auf diesen Karten wurde angegeben, wo die jeweilige Fahne aufgehängt werden sollte. Ostmauer, Turm A-D, Eingang – das waren nur einige Stellen, an denen das Hakenkreuz in edlem Stoff in Zukunft wehen sollte.

Vorsichtig, und ohne ein Wort zu verlieren, traten die Jungs langsam näher und berührten mit ihren Händen ungläubig einige der Fahnen.

Toby stotterte leise vor sich hin: „Ähm, das sind, wir sind – verloren, würde ich mal sagen."

„Dann sind die alten Zeitungen, die ich hinter dem Ofen gefunden hab, überhaupt nicht alt, sondern aktuell. Und wir befinden uns in Deutschland – im Jahr 1941", sagte Julius.

„Und Februar kommt auch gut hin, wegen des vielen Schnees. Aber der Schnee wird wohl unser geringstes Problem sein", ergänzte Roland.

Mark sprach an, was alle befürchteten: „Die scheinen hier

ja irgendwas zu planen, sonst wären die Fahnen nicht herge-bracht worden. Ich denke mal, es dauert nicht mehr lange, bevor die ganzen Nazis hier einfliegen. Die Frage ist, was ma-chen wir dann?"

Es herrschte allgemeine Ratlosigkeit, gespickt mit einem mehr als schlechten Gefühl in der Magengegend. Die Jungs beschlossen, die Burg weiter zu erkunden. Da sie nahezu in der Mitte des Hofes standen, konnten sie sich einen Über-blick verschaffen. Gegenüber der Zugbrücke stand ein Brun-nen in der Größe eines aufblasbaren Planschbeckens, der mit Wasser gefüllt war. Es ließ sich nicht abschätzen, wie tief der Brunnen war. In der Mitte stand auf einem Sockel eine stei-nerne, zwei Meter hohe Figur, die anscheinend Flügel auf dem Rücken trug, die denen eines Schmetterlings ähnelten. Nur wesentlich hässlicher und abstoßender, passend zum Gesicht der Skulptur – einer entstellten Fratze mit weit auf-gerissenem Maul. Sie erinnerte entfernt an einen Löwenkopf. Die Inschrift, die am Rand des Brunnens in altdeutscher Schrift eingemeißelt war, lautete: „Gepriesen sei Pazuzu".

Toby hatte davon schon mal gehört. „Leute, ich kenne diese Skulptur. So eine ähnliche wurde bei archäologischen Ausgrabungen in Megiddo, also in Palästina gefunden. Das ist schon viele Jahrzehnte her, ich habe das mal in einer Zeit-schrift gelesen. Bei dieser scheußlichen Figur handelt es sich um einen Dämon."

„Na toll!", meinte Julius. „Das macht die Sache nicht ge-rade besser. Als ob es nicht schon schlimm genug wäre, dass sie Nazis sind – jetzt sind sie auch noch Satanisten-Nazis."

Roland und Mark betrachteten die Figur. Berühren konn-ten sie die Statue nicht, dafür hätten sie durch den Brunnen gehen müssen und sich wieder nasse Füße geholt. Also beug-ten sie sich so weit wie möglich nach vorne und betrachteten intensiv das Gemächt des Dämons.

„Guck dir das mal an, Kleiner. Sein Pimmel ist eine Schlange. Ist doch total unpraktisch. Damit kannste ja nicht mal pinkeln. Und das wäre nicht mal das größte Übel."

„Roland, du bringst die Sachen immer so schön auf den Punkt", grinste Mark. „Aber guck dir mal die Füße an, die sehen aus wie Adlerfüße. Und hinten ein Schwanz wie von einem Skorpion. Voll der Mutant."

Während Roland und Mark Pazuzus Ebenbild mit verachtenden Blicken straften, liefen Toby, Julius und Stiles einmal kreuz und quer über den gesamten Innenhof und sahen sich alles genau an, wobei Stiles nur Augen für Toby und Julius hatte – schließlich war er der Aufpasser. Das führte zu neuen Erkenntnissen.

„Okay, offenbar sind alle vier Türme der Burg in Abteilungen untergliedert", stellte Toby fest und deutete auf eines der Emailleschilder, welche, befestigt an einem Holzpflock, den Turm, und die Abteilungen kennzeichneten:

Turm A: Wohnen, Versorgen, Seelenheil

Turm B: Lumenklub, Geheimlehre

Turm C: Portale, Triebkräfte

Turm D: Gegner- Relikt- und Artefaktforschung

Die Jungs entschieden sich, Turm A zu betreten. Sie waren der Meinung, dass anhand der Beschreibung hier wohl die sinnvollsten Dinge zu finden wären. Turm A lag genau vorne rechts neben der Zugbrücke. Als die fünf hineingingen, fiel ihnen zuerst eine Wendeltreppe auf, die nach oben und unten führte. Ohne lange nachzudenken, gingen sie als geschlossene Gruppe nach oben. Nach einigen Metern öffnete sich die Treppe auf einen Flur. Hier gab es zahlreiche Türen, die alle mit Nummern versehen waren. Toby öffnete vorsichtig die Nummer eins. Stiles drängelte sich wieder einmal vor und betrat als Erster den Raum und schnupperte das Inventar ab.

„Okay, also das hier ist ein Schlafraum oder Aufenthaltsraum. Ich zähle fünf Betten, also ist der Raum für fünf Leute bestimmt. Was ist das auf den Boden? Eine Decke und ein Fressnapf. Sollen hier auch Hunde gehalten werden?"

Roland öffnete die Tür direkt gegenüber. „Also dieses Zimmer hier scheint die gleiche Ausstattung zu haben. Auch fünf Betten, und diese Hundedecke oder was das sein soll ist hier auch vorhanden. Guckt euch mal den Teppich an, da sind überall kleine Hakenkreuze eingestickt."

Julius nahm willkürlich die achte Tür auf der linken Seite des Flures und machte die gleiche Entdeckung. „Hier genau das Gleiche", rief er den anderen zu. „Fünf Betten, Hundedecke und die Hakenkreuze im Teppich. Scheint wohl Massenware zu sein, das Muster des Jahres sozusagen."

„Danke für den Hinweis", meinte Mark. „Dann können wir ja davon ausgehen, dass alle Zimmer identisch eingerichtet sind. Hier sollen also Fünfergruppen gebildet werden. Und einer darf wahrscheinlich sein Haustier mitbringen, oder warum sonst die Decke?!"

Am Ende des Flures, genau in der Mitte der Wand, war eine Tür zu sehen, die sichtlich größer war als die anderen. Dieser kleine, aber feine Unterschied zog die Jungs magisch an. Selbstverständlich musste herausgefunden werden, was sich dahinter verbarg. Als sie direkt vor der Tür standen, klopfte Julius an.

Toby, Roland und Mark konnten sich das Lachen nicht verkneifen.

„Und, Julius, jemand zu Hause? Ich hoffe, du hast eine Einladung? Gibt es eine Kleiderordnung?", kicherte Roland.

„Ich wollte nur höflich sein. Ihr Blödmänner", antwortete Julius und drückte die Türklinke herunter.

Mit einem kleinen Ruck stieß er die Tür so weit auf, dass man den gesamten Raum gut überblicken konnte. Langsam traten sie ein und sahen sich kritisch um. Stiles hing dicht an Marks Ferse. Der sonst so mutige und entdeckungsfreudige Rottweiler machte einen leicht verschüchterten Eindruck. Als ob in diesem Raum etwas wäre, mit dem man besser nichts zu tun haben sollte.

Hunderte von SS-Uniformen lagerten in dem Raum. Hemden, Hosen, Jacken, Mützen – alles da, in verschiedenen Größen.

Toby verzog das Gesicht. „Leute, das ist echt gruselig. Ich bekomme richtig Gänsehaut. Als ob die Temperatur schlagartig um einige Fahrenheit gesunken wäre."

Der Raum war ungefähr halb so groß wie das Brennstofflager im Keller. Obwohl die Sonne freundlich am strahlend blauen Himmel schien, verschlang der Raum das Licht, wie ein hungriger Wolf seine Beute. Die Wände und die Decke waren mit gekacheltem Holz verkleidet, das aussah, als hätte man es gerade erst frisch poliert. Der Teppich hatte denselben Rotton, der auch die Hakenkreuzfahnen zierte. Die massiven, edlen Holzregale aus dunkler Eiche waren in kleinere Abschnitte unterteilt und fassten viele hundert der SS-Uniformen. Sorgsam und akribisch übereinander gestapelt warteten die Kleidungsstücke auf ihre Besitzer.

„Es ist echt der Wahnsinn", meinte Roland. „Wie schick und edel diese Uniformen aussehen – und wie viel Böses dahinter steckt. Hier, guckt mal, diese roten Armbinden mit einem fetten Hakenkreuz, die man eigentlich nur aus alten Hitler-Dokumentationen aus dem Fernsehen kennt. Abgefahren. Das macht selbst mir Angst."

Julius tastete einige der Hemden und Hosen ab. „Also qualitativ sind die Klamotten ja schon hochwertig. Der Stoff ist extrem dicht und relativ schwer. Habe ich so in dieser

Form noch nie gesehen. Und wie das hier riecht – ich kann diesen seltsamen Eigengeruch gar nicht beschreiben. Als ob die Luft hier drin eine völlig eigene wäre."

„Hört ihr das?", fragte Mark plötzlich ängstlich und lief zum nächstgelegenen Fenster, durch das man den Innenhof bestens überblicken konnte. „Das sind doch Fahrzeuge – und dem Geräusch nach kommen sie schnell näher!"

Die Nasen der Jungs klebten an der kalten Fensterscheibe, und ihre Augen starrten gespannt auf die Zugbrücke. Stiles versuchte ebenfalls, aus dem Fenster zu sehen, doch es lag einfach zu hoch. Es ertönte ein lauter mechanischer Knall, als ob schwere Eisenketten auf Holz schlagen würden. Die Zugbrücke öffnete sich langsam mit gleichmäßiger Geschwindigkeit und setzte am gegenüberliegenden Ufer auf. Somit war der Weg frei. Die Burg konnte nun betreten werden, ohne dabei durch den bitterkalten Wassergraben zu müssen.

Toby wunderte sich: „Von wo aus wird die Brücke denn heruntergelassen? Entweder ist noch jemand außer uns hier, oder man kann den Mechanismus von außen aktivieren."

Roland wurde ungeduldig. „Da passiert ja gar nichts. Aber diese Motorgeräusche sind immer noch da."

„Hört ihr? Jetzt werden sie wieder lauter", stellte Mark fest.

Ein Kübelwagen mit SS-Kennzeichen fuhr im Schritttempo über die Zugbrücke und über den Hof bis ans Ende und hielt direkt vor dem Brunnen mit der Pazuzu-Statue. Die Jungs konnten vom Fenster aus sehen, dass vier Personen im Wagen saßen. Es stieg aber keiner aus. Dem Kübelwagen folgte ein Bus in den Innenhof. Die Jungs bekamen große Augen: Bestimmt fünfzig Jugendliche, teilweise jünger als sie selbst, saßen in dem Fahrzeug und blickten gespannt aus dem Fenster. Alle trugen zivile Kleidung. Bei einem Bus sollte es aber nicht bleiben, denn drei weitere fuhren auf den Innenhof und parkten geordnet nebeneinander. Nun endlich stiegen die Personen aus dem vorausgefahrenen Kübelwagen aus.

Julius verfolgte die Situation aufgeregt: „Seht mal, Leute, da steigen vier Leute in SS-Uniformen aus dem Wagen. Die gehen auf die Busse zu und labern irgendwas. Die Art, wie die sich bewegen, so als ob sie sich für Kunstwerke oder so halten würden."

„Und einer von denen ist fett", meinte Toby. „Ihr kennt mich, Jungs, und wisst, dass ich kein oberflächlicher Mensch bin, der andere nach ihrem Aussehen beurteilt ... Aber die Vorstellung von dem perfekten, genetisch überlegenen Deutschen beruht ja nicht gerade auf einem Bierbauch."

„Auch wenn der Bierbauch weg wäre, von denen erfüllt doch keiner die Kriterien der arischen Reinheit, oder wie die das genannt haben. Die sind einfach hässlich. Stellt euch die mal ohne Uniform vor – dann sind die gar nichts", fügte Roland hinzu.

Die Jugendlichen, alles Jungen, stiegen derweil aus den vier Bussen und bildeten einen großen Kreis um die SS-Leute, die abwechselnd zu ihnen sprachen und dabei immer wieder auf die vier Türme der Burg zeigten. Währenddessen fuhren die Busse vom Hof und verließen die Burg wieder. Die SS-Leute deuteten auf zwei der Jugendlichen und schickten sie zur Zugbrücke. Die beiden offensichtlich Minderjährigen öffneten mit einem Schlüssel jeweils einen kleinen Metallkasten. Diese waren rechts und links von der Zugbrücke auf Augenhöhe angebracht. Innendrin war ein Hebel. Gleichzeitig zogen die beiden diesen Hebel nach oben. Die Brücke erhob sich und verschloss langsam und quietschend den Zugang zur Burg.

„Tja, nun ist auch dieses Rätsel gelöst", sagte Mark zu Toby. „Was machen die denn jetzt? Gute drei Viertel der Jugendlichen gehen los und zwar – hierher zu Turm A! Die kommen direkt auf uns zu! Ich glaube, ich bekomme eine Panikattacke!"

Toby und Julius ließen sich von Marks Panik anstecken und wurden sichtlich nervös. Roland zeigte sich gelassen, obwohl er innerlich ebenso besorgt war wie seine Freunde. Er hatte eine Idee:

„Okay, Jungs, wir müssen raus aus unseren Sommerklamotten. Wenn die uns da drin sehen, ist denen sofort klar, dass wir nicht hierhergehören. Jeder zieht sich jetzt so eine Nazi-Uniform an."

„Und dann?", fragte Toby nervös.

„Was weiß ich, die Feuerwehr ruft man auch erst, wenn es brennt. Also los, besser als gar nichts zu machen."

Hektisch suchten die vier in den riesigen dunkelbraunen Holzregalen nach den passenden Größen und zogen Teil für Teil an. Hose, Hemd, Jackett, Lederstiefel. Dazu eine Krawatte und die Mütze, die ein Hakenkreuz und ein Totenkopf zierten. Nachdem die Jungs nun fast vollständig angezogen waren, merkten sie, dass irgendwas fehlte.

„Sagt mal, Leute, was machen wir denn da für Abzeichen drauf, ich meine rangmäßig oder so?", fragte Toby.

Stillschweigen war die Reaktion auf seine Frage.

Dann meinte Julius: „Die lassen wir weg. Wir sagen einfach, uns wurden diese Uniformen zugeteilt, und da waren keine Abzeichen für einen Rang dabei, ganz einfach. Dann lag der Fehler eben bei jemand anderem."

„Oh Mann, ob das gutgeht?", bibberte Mark ängstlich. „Wenn ich vorhin nicht gepinkelt hätte, würde ich mir jetzt in meine Hosen machen."

„Du meinst, in deine schicke neue Nazi-Hose, Kleiner?"

„Momentan kann ich nicht auf Humor, Roland. – Verdammt, hört ihr das viele Getrapse? Der ganze Pulk geht doch gerade die Wendeltreppe hoch?"

„Oder runter. Das würde uns etwas Zeit verschaffen", meinte Toby. „Hört ihr – das Getrapse wird leiser. Die scheinen nach unten zu gehen. Was da wohl ist?"

Nachdem nun klar war, dass die Jungs vorerst nicht auf

die neuen Besucher treffen würden, beobachteten sie weiter das Geschehen im Innenhof. Nun standen nur noch zwei der SS-Leute dort, umgeben von genau vierzig Jugendlichen.

„Mist, die hängen immer noch da rum. Wenn alle nach unten gegangen wären, hätten wir mit dem Wagen abhauen können", schimpfte Roland. „Hm, also ich hab fünfzig Mann pro Bus gezählt, insgesamt sind also zweihundert Jungs hergebracht worden. Vierzig sind noch im Innenhof, also sind ganze einhundertsechzig hier im Turm, irgendwo in den unteren Etagen. Oder was meinst du, Toby?"

„Gut gerechnet, Roland. Wir wissen, dass die Zimmer alle mit fünf Betten ausgestattet sind. Also wird der ganze Haufen auf vierzig Zimmer verteilt."

„Das ist ja alles vorbildlich schön ausgerechnet und kombiniert", warf Mark ein, „aber ..."

Julius vervollständigte Marks Satz: „... aber was machen dann diese vierzig Jungs im Innenhof? Und was hat es mit dieser Decke und dem Napf auf sich, der in jedem Zimmer vorhanden ist?"

Wieder näherte sich deutlich hörbar ein motorisiertes Fahrzeug, und wieder wurde die Zugbrücke von zwei Jugendlichen vom Innenhof aus heruntergelassen. Dieses Mal fuhren zwei Lkws mit großräumigen Anhängern über die Brücke und hielten mitten im Burghof. Auffällig war, dass die Anhänger über keine Fenster verfügten. Stattdessen gab es auf beiden Seiten viele kleine Schlitze in Größe eines Backsteins, die in regelmäßigen Abständen eingearbeitet waren.

Offenbar war diese Lieferung verspätet eingetroffen, denn die SS-Leute gingen zu den Lkws und schrien die Fahrer an. Dabei zeigten sie wild gestikulierend auf ihre Armbanduhren. Die vierzig Verbliebenen teilten sich nun in zwei Gruppen und stellten sich vor die Ladeluken der Anhänger. Als die Fahrer diese öffneten, staunten die Blackfin Boys nicht schlecht: Aus jedem Anhänger sprangen zwanzig ausgewachsene Rottweiler heraus. Die vierzig Hunde liefen unkontrolliert und völlig durcheinander auf dem ganzen Hof umher und erkundeten laut bellend die neue Umgebung. Die Fahrer verteilten Hundeleinen an die Jugendlichen. Auf Befehl der SS-Leute leinte nun jeder einen Hund an und redete beruhigend auf ihn ein, gefolgt von ein paar Streicheleinheiten. Mit Erfolg – die Hunde beruhigten sich und gaben keinen Laut mehr von sich. Die Lkws fuhren nun vom Burghof, und die Zugbrücke wurde hochgezogen. Anschließend gingen die SS-Leute, gefolgt von den Jugendlichen, die ihre Hunde kurz an der Leine führten, auf Turm A zu.

Toby traf eine Kurzschlussentscheidung und setzte alles auf eine Karte. „Okay, Jungs, wir haben keine andere Wahl – folgt mir."

Er verließ mit schnellen Schritten den Raum der tausend Nazi-Uniformen und ging auf den Flur. Seine Freunde folgten ihm. Stiles tat dies aufgeregt ebenfalls. Für ihn schien sich ein neues Abenteuer anzubahnen. Endlich keine Langeweile mehr.

„Verdammt, wenn mein Gehör noch gut funktioniert, dann laufen die ersten Mini-Nazis die Wendeltreppe herauf. Schnell in das Zimmer Nummer eins. Und die Tür offen lassen!" *Entweder ist diese Idee genial oder ich treibe uns alle in den Tod*, schoss es ihm durch den Kopf.

Abgehetzt und zu einhundert Prozent nervös stürmten die Jungs in das Zimmer. Mark gab Stiles das Kommando, auf der Decke Platz zu machen. Unmittelbar danach kam der erste Pulk, der aus ungefähr sechzig Jugendlichen bestand, den Flur entlang. Sie waren alle mit eher spärlichem Gepäck ausgestattet. Einige von ihnen führten einen Rottweiler an der Leine. Da die Tür des Zimmers eins offen stand und es offensichtlich belegt war, gingen die jungen Leute einfach vorbei und begaben sich in eines der noch freien Zimmer.

Die Jungs dachten alle das Gleiche: Der Plan war ja bis hier ganz gut, aber was war, wenn sie jemand ansprach?

Ein gut durchtrainierter Junge von etwa siebzehn Jahren, groß, blond, blauäugig, gepflegte typische Pottschnitt-Frisur, stellte sich demonstrativ mit verschränkten Armen in den Türrahmen und setzte einen finsteren Blick auf, der durch sein bartloses, milchbubiartiges Gesicht alles andere als bedrohlich wirkte. Trotzdem konnte dieser Milchbubi zur ernsthaften Gefahr werden.

„Was sehe ich denn da? Ich glaube, da muss ich dem Obersturmbannführer Meldung machen! Das wird wohl nicht gut ausgehen, Kameraden."

Toby, Roland, Mark und Julius erschraken dermaßen, dass sie zu keiner Antwort fähig waren. Sie waren nicht mal in der Lage, einen klaren Gedanken zu fassen. Sie dachten gar nichts, ihre Köpfe waren komplett leer. Nur Stiles zeigte an dem Fremden ein eher mäßiges Interesse. Die Laune des Unbekannten schien sich schlagartig von ziemlich schlecht zu überaus gut zu bessern. Auf einmal breitete sich ein sympathisches Grinsen bis zum letzten Winkel seines Gesichtes aus. Er betrat das Zimmer und warf seinen Koffer auf eines der unteren Betten.

„Kein Grund zur Besorgnis, Kameraden, dass ihr die Leine für den Hund vergessen habt, ist nicht so schlimm. Wir holen uns nachher eine. Ich bin übrigens der Willi und würde gern bei euch einziehen. Ein Bett ist ja noch frei, ich nehme auch das untere, das macht mir nichts. Ich habe euch unten beim Essen gar nicht gesehen. Na ja, es gab ja auch nur ein paar Scheiben Brot mit Schinken und Käse."

Mark versuchte sofort, durch spontanen, lockeren Small-Talk unauffällig zu wirken.

„Ach du, Willi, wir hatten keinen Hunger. Ja, das Bett, klar ist das noch frei. Mach es dir ruhig gemütlich."

Sein Kommunikationsversuch brachte ihm sofort böse Blicke von seinen Freunden ein. Willi konnte diese Reaktion nicht sehen, da er sich gerade umdrehte, um sich auf das untere Bett zu setzen. Mark plauderte weiter.

„Ich bin übrigens der Mark. Und das sind Toby, Roland, Julius und unser treuer Begleiter Stiles – für den wir wohl noch eine Leine brauchen."

„Das mit der Leine ist wie gesagt bestimmt kein Problem. Aber der Name Stiles ist recht ungewöhnlich." Er betrachtete den Hund genauer, der seinerseits den Kopf auf den Boden gelegt hatte und gelangweilt zu diesem neunmalklugen Neuankömmling aufschaute. „Der ist überdurchschnittlich groß für einen Rottweiler. Was hat der denn zu fressen bekommen? Und wieso tragt ihr eigentlich schon die Uniformen, die sollten wir doch erst nach dem Essen anziehen?! Jedenfalls stand das so auf dem Merkblatt, welches wir ja schon vor Wochen bekommen haben. Moment mal, ich hatte es hier im Koffer unter der ... Ah ja, hier ist es. Stimmt, Anprobe der Uniform nach dem Essen. Gut, dann gehe ich mal los. Wo ist denn der Uniform-Raum?"

Toby antwortete freundlich: „Wenn du aus dem Zimmer gehst rechts, dann kommst du gerade drauf zu."

„Dankeschön! Bis später, Kameraden", verabschiedete sich Willi vorerst.

Roland äffte Willi leise nach, indem er ein extra freundliches Gesicht aufsetzte und mit verstellter Stimme sprach: „Bis später, Kameraden. Mann, was für ein Schleimbeutel. Und der labert ja ohne Punkt und Komma. Und er stellt zu viele Fragen."

„Wieso habt ihr mich denn so böse angeguckt? Hätte ich ihn vielleicht wieder wegschicken sollen? Dann wären wir gleich aufgeflogen", beteuerte Mark.

„Schon gut", sagte Toby beschwichtigend, „lasst uns lieber überlegen, wie es weitergehen soll."

„Ich mache jetzt erst mal die Tür zu, der Krach auf dem Flur geht mir auf den Keks. Außerdem hat nun auch jeder gesehen, dass unser Zimmer belegt ist", meinte Julius.

Roland schnappte sich das Merkblatt, das Willi auf seinem Koffer liegen gelassen hatte.

„So, was ist das für ein Kram. Ich lese einfach mal vor. Hm, zu viel Text, ich fasse das kurz zusammen: Also, wer männlich ist, zwischen 14 und 18 Jahren, eine überdurchschnittliche Leistung im sportlichen oder schulischen Bereich vorweisen kann, hat es fast geschafft. Bla bla, unwichtig, unwichtig, unwichtig. Hmm ..."

„Rooooland!", sagte Toby genervt.

„Was? Ich habe doch gesagt, nur das Wichtigste. Also jetzt, Ruhe. Wo war ich. Genau, wer diese Voraussetzung erfüllt, bla bla, kann die Ausbildung zum Blutritter absolvieren. Bei Antritt kommt man automatisch in den Rang des Leutnants, sprich SS-Untersturmführers."

„Blutritter? Das klingt ja komisch. Was soll das denn sein? Und was macht so ein Blutritter?", wollte Mark wissen.

Toby nahm Roland den Zettel aus der Hand und las den Rest laut vor. „Willkommen auf der Burg Adeptus im tiefsten Schwarzwald mit einem Fassungsvermögen von dreihundert Schülern. Gebaut in nur drei Jahren und gesegnet von sieben Priestern, selbstverständlich reinrassige Arier. Durch diese Prozedur stehen die Mauern der Burg in einem besonders hellen Licht, das durch die Blutritter-Anwärter positivste und stärkste Triebkräfte freisetzt.

Ich glaube, mir wird schlecht. Na dann mal weiter im Text.

Ein Blutritter ist zu Pferd unterwegs und in Begleitung eines Rottweilers. – Hm, weiter steht hier nichts. Nur noch ein Bericht über den Rottweiler, dass der schon im alten Rom die Soldaten im Krieg unterstützte. Und dass man gleich nach Geburt seinen Schwanz stutzte, damit die Feinde nicht an ihm ziehen können. Wie grausam! Und was ist mit den Pferden? Ich habe hier keinen Stall gesehen. Wenigstens wissen wir, dass wir im Schwarzwald sind, falls uns das was nützt. Und wir haben verdammtes Glück, dass die Rottweiler und keine Schäferhunde oder so wollen. Da fällt Stiles nicht auf."

Julius war da eher skeptisch. „Na ja, Stiles fällt natürlich schon auf. Er ist größer und schwerer als der Durchschnitt, da hatte dieser Willi schon recht. Normalerweise wiegt ein Rüde 60 bis 65 Kilogramm. Stiles wiegt knapp 80 Kilogramm und hat dementsprechend eine angepasste Schulterhöhe. Blake wollte es so haben, ich kann mich gut daran erinnern. Als er noch ein Welpe war, fütterte Blake den Kleinen mit einer gelben Pampe, die täglich im Labor hergestellt wurde. Das ist der Grund, warum Stiles so mächtig ist."

Mark seufzte. „Also wenn wir nicht durch unsere Blödheit auffliegen, dann durch unseren Hund, der auf den ersten Blick für eine kräftige Dogge gehalten werden könnte?"

„Und wenn nicht dadurch, dann durch Stiles' einmaligen Namen", fügte Roland hinzu. „Verdammt, diese Uniform kneift im Schritt. Außerdem hab ich einen Arsch voll Hunger. Für so ein dämliches Brot mit Schinken und Käse würde ich töten."

Mark kletterte über die kleine Leiter, die an den Etagenbetten angebracht war, auf das oberste Bett. „Auf so ein belegtes Brot könnte ich auch. Mir knurrt echt der Magen. Oh Mann, sogar auf der Bettdecke sind kleine Hakenkreuze aufgedruckt. So wird man auch schön daran erinnert, in welchem Schlamassel wir uns befinden."

„Tja, die Nazis haben eben leider keine halben Sachen gemacht", meinte Toby. „Und das ist in diesem Fall wohl eher negativ."

Julius schüttelte energisch mit dem Kopf. „Das ist ja wohl die Untertreibung des Jahres, mein Lieber."

Während Stiles auf seiner Decke längst eingeschlafen war, schauten sich die Jungs ratlos in ihrem Zimmer um. Die Angst, im Jahr 1941 ohne Ausweg gefangen zu sein, kratzte unentwegt an ihren Hirnrinden. Irgendwie hofften sie, dass jetzt jemand die Tür zu ihrem Zimmer öffnen würde und sie aus diesem Albtraum befreite. Doch stattdessen war es Willi, der stolz seine neue Uniform präsentierte. Sie saß wie angegossen und betonte seine breiten Schultern sowie seine muskulöse Brust.

„Na, wie gefalle ich euch?", wollte Willi von seinen Zimmergenossen wissen.

Roland ging auf ihn zu. „Sag mal, gibt es da unten noch ein paar Brote? Jetzt habe ich doch Hunger. Geh du mal vor, ich folge dir."

Der überrumpelte Willi stammelte irgendwas Unverständliches vor sich hin, kam der Bitte Rolands aber nach. Die beiden machten sich auf den Weg zur Kantine.

Toby setzte sich deprimiert auf den Rand eines Bettes. „Das kann doch alles nicht wahr sein. Jetzt sind wir nicht besser dran als bei Blake. Das ist doch der totale Horror hier, ich glaube, ich muss gleich kotzen. Ich habe nicht die geringste Ahnung, wie das weitergehen soll. Entweder fange ich gleich an zu heulen oder ich schreie rum wie ein Irrer!"

Julius setzte sich zu seinem geknickten Freund, legte seinen Arm um ihn und versuchte Ruhe auszustrahlen. „Hör mal, bisher haben wir doch alles immer ganz gut gemeistert. Und wenn wir auf ungewöhnliche Weise in diese Zeitlinie gekommen sind, dann muss es doch einen ebenso ungewöhnlichen Weg zurück geben. Ich gebe ja zu, das ist reichlich optimistisch, aber was bleibt uns denn anderes übrig? Eines ist klar – verlieren wir jetzt unsere Hoffnung, dann sind wir verloren."

Mark beobachtete die beiden und machte sich seine Gedanken. *Julius hat wohl recht. Ich hab bisher immer gedacht, dass nur ich zu übermäßigen Gefühlsausbrüchen neige und schnell die Fassung verliere. Aber jetzt ist sogar Toby an seine Grenzen gekommen. Tja, wir sind eben alle nur Menschen. Und zum Glück haben wir uns.*

KAPITEL 3 – DER BRAUNE SUMPF

Roland und Willi gingen die Wendeltreppe hinunter. Die Kantine lag noch weiter unten als das Brennstofflager und die Waschküche, die sie ja ausreichend erkundet hatten. Diese Tatsache behielt Roland klugerweise für sich. Je weiter die beiden hinunterstiegen, desto kälter wurde es.

Roland überlegte: *Hm, ich dachte, der Keller, in dem wir geschlafen haben, wäre die unterste Etage, aber es scheint ja wohl noch um einiges in den Abgrund zu gehen. Ich würde sagen, wir befinden uns jetzt so zwanzig Meter unter dem Heizungskeller. Das wird richtig arschkalt hier.*

„Sag mal, Willi, wann sind wir denn da? Der Weg ist ja unmenschlich lang."

„Stimmt, die Kantine ist der tiefste und kälteste Punkt in Turm A. Und das Gemeine kommt ja noch – die Toiletten und die Duschen sind auch hier unten."

Die Wendeltreppe endete in einem kleinen Flur. Rechts ging es durch eine massive Holztür in die Kantine, und genau gegenüber war der Eingang zu den sanitären Anlagen, die durch eine Stahltür erreichbar waren. Roland öffnete zunächst die Stahltür.

Hm, interessant. Auf den ersten Blick würde ich sagen, dass der Raum für die Duschen und Toiletten genauso groß ist wie das

Brennstofflager und die Waschküche. Ich schätze mal, die Kantine wird auch so eine Fläche haben.

„Suchst du was, Roland?"

„Nein, ich wollte nur mal sehen, was mich erwartet, wenn ich duschen gehen will."

„Na, jetzt weißt du es. Komm, der Küchendienst müsste noch da sein."

Willi öffnete die Tür zur Kantine. Dieser Raum hatte gut die doppelte Größe derer, die sie bisher gesehen hatten. Das hatte Roland nicht erwartet. Die Decke war außergewöhnlich tief. Wer über 1,90 Meter groß war, konnte gerade so aufrecht gehen. Die Tische und Stühle waren großzügig für zweihundert Leute ausgerichtet, es war auf jeden Fall genug Ellbogenfreiheit während des Essens gegeben. Der Raum an sich war eher zweckmäßig eingerichtet. Steinboden, der an einigen Stellen uneben war, die Wände bestanden wie die ganze Burg aus großen Mauersteinen – nicht ganz so schön verarbeitet wie in den oberen Etagen. Am Ende des Raumes, hinter dem Tresen, waren vier Jugendliche damit beschäftigt, Teller, Tassen und Besteck abzuwaschen. Sie trugen zivile Kleidung und darüber eine weiße Küchenschürze. Willi schien diese Jungs zu kennen. Freundlich ging er auf sie zu.

„Sagt mal, habt ihr noch ein paar belegte Brote für meinen Freund? Da ist doch bestimmt noch was über."

Oh Mann, Freund nennt der mich. Ich will aber keine Freundschaft mit einem Nazi.

„Ja klar, ich kann noch welche schmieren, bevor die Reste wieder in die Kühlanlage gehen. Wie viele wollt ihr denn?", fragte der Jüngste der Küchenhelfer, der wohl nicht älter als 14 Jahre war.

Roland antwortete wie aus der Pistole geschossen: „Mach mal sechs Brote, oder warte, lieber acht, schön mit Schinken und Käse belegt. Und wenn du hast, Remoulade drauf. Habt ihr auch Frikadellen?"

„Wie bitte? Ähm, in Ordnung, die Brote kann ich machen,

kein Problem."

Mittlerweile überlegten Toby, Mark und Julius verzweifelt, wie sie entkommen könnten. Doch es fiel ihnen nichts ein. Der Hof war seit der Ankunft der Ritteranwärter nicht einmal leer gewesen, ein paar Jungs patrouillierten mit einem Rottweiler den Platz. Dummerweise hatten sie auch keinen Schlüssel für einen der Wagen oder die Zugbrücke. Und zu Fuß durch den eiskalten Wald fliehen? Man würde sie ruckzuck finden und zurückbringen. Nein, es war klüger, vorerst hierzubleiben und auf eine günstige Gelegenheit zu warten.

Im Zimmer war es still, nur das aufgeregte Atmen der Jungs war hörbar. Die gedämpften Stimmen, die aus den Nachbarzimmern kamen, machten sie nervös. Jeder von denen konnte unerwartet hereinkommen und unangenehme Fragen stellen. Und ihnen war bewusst, dass man im Jahr 1941 nicht lange fackelte, wenn es darum ging, unerwünschte Personen aus dem Weg zu räumen. Direkt vor ihrer Tür waren auf einmal zwei Stimmen zu hören. Angespannt sahen die Jungs auf die Tür. Ihr Blick wich nicht um einen Millimeter ab, als würden sie versuchen, durch Telekinese alles Böse von sich fernzuhalten. Die Tür öffnete sich, und ein großer, blonder Mann im Alter von ungefähr fünfzig Jahren betrat mit einem großen Schritt den Raum. Er sprach sehr deutlich und laut, als würde er auf der Bühne eines Theaters stehen.

„Guten Tag, Kameraden, Obersturmführer Fransen mein Name. Hier der aktuelle Tagesplan. Lesen und ausführen." Er warf den DINA5-großen Zettel mitten in den Raum, hob seinen rechten Arm und schrie laut: „Heil Hitler!"

Die Jungs waren so eingeschüchtert, dass sie im Affekt ebenfalls ihren rechten Arm hoben und den Hitlergruß gemeinsam erwiderten. Obersturmführer Fransen verließ das Zimmer und schleuderte die Tür hinter sich schwungvoll zu. Mehr als deutlich war zu hören, dass er die Nummer in den anderen Zimmern auch abzog. Erschrocken schauten sich die Jungs gegenseitig an.

„Das ist alles so unwirklich, als ob ich das träumen würde", sagte Toby.

Julius betrachtete seine rechte Hand. „Hab ich die gerade gehoben und dazu Heil Hitler gesagt? War ich das?"

„Ja, Julius, das hast du wohl gemacht. So wie wir alle", meinte Mark. „Ich stell mir gerade vor, wenn Roland hier gewesen wäre, der hätte dem Fransen doch eins auf die Zwölf gehauen."

„Das verstehe ich wieder nicht", überlegte Toby. „Der Typ ist zwar groß, aber die negativen Merkmale seines Körpers überwiegen. Dünnes, krausiges Haar, das eigentlich keine Frisur ist, ein gebärfreudiges Becken, was bei diesem Typen einen breiten Arsch macht. Und auch sonst ist alles eher unförmig. Der verkörpert doch genau das Gegenteil von dem Nazi-Ideal."

Markt lächelte gequält. „Um es auf den Punkt zu bringen, alles in allem sieht er einfach scheiße aus. Mal sehen, was auf diesem Zettel steht. Hm, Tagesordnung. Drei Punkte sind hier aufgelistet. Erstens: Freiwillige gesucht, die die Hakenkreuzfahnen an den Außenmauern der Burg anbringen. Zweitens: Sprengung der Ein- und Ausgänge des Burgtunnels."

Toby unterbrach. „Da sind wir doch durchgegangen, um zur Burg zu gelangen. Wieso wollen die den sprengen? Ja, und drittens?"

„Drittens: bei Einbruch der Dunkelheit treffen in Turm C, unterstes Gewölbe. Spezialkleidung wird noch zugeteilt. Was für eine Spezialkleidung? Hier, Julius, lies du bitte weiter – mir wird schlecht bei diesem ganzen Mist."

„Okay, mal sehen. Soweit ich das überblicke, war's das. Ach hier, auf der Rückseite steht noch was: Bei Fragen wenden Sie sich an die ranghöheren Lehrkräfte:

Obergruppenführer Thomas Hoffmann
Standartenführer Helmar Adelbrand

Obersturmbannführer Emil Schwarz."

„Also gehört dieser Fransen nicht zu den Lehrkräften, weil sein Rang dem unseren entspricht?", fragte Toby.

Julius nickte. „Wir sind ja alle hier wegen unserer", er malte Gänsefüßchen in die Luft, „besonderen Leistungen – und deswegen ja automatisch alle Obersturmführer, also Leutnant. Oder wie oder was?"

Die Tür zu ihrem Zimmer ging erneut auf – und erneut blieb den Jungs für einen Moment der Atem weg.

„So, Leute, da sind wir wieder", sagte Roland etwas undeutlich, da er auf einem Schinkenbrot herumkaute. Die Jungs waren erleichtert und froh, ihn zu sehen. Weniger froh waren sie über die Anwesenheit von Willi. Großzügig wie Roland nun mal war, warf er jedem zwei belegte Brote zu, mit dem Satz: „Ihr sollt ja auch nicht leben wie die Hunde."

Da die Jungs völlig ausgehungert waren, verspeisten sie die Brote in weniger als einer Minute. Willi war ein bisschen verwundert. *Wieso haben die nicht in der Kantine gegessen, so wie wir alle. Die scheinen seit Tagen nichts mehr gegessen zu haben, so wie die reinhauen. Na ja, egal. Ich werde mich mal nützlich machen.*

„Ich werde nachsehen, wo ich ein paar Kilo Hundefutter herbekomme. Braucht einer von euch noch was?"

Gleichzeitig, wenn auch nicht ganz synchron, antworteten die vier mit: „Nein danke, nichts."

Willi ging und schloss die Tür hinter sich.

„Eigentlich ist er ja ganz nett", merkte Toby an.

„Ach komm, Toby", sagte Roland mit vollem Mund. „Sind Nazis unter sich nicht immer freundlich? Zumindest muss er ja davon ausgehen, dass wir welche sind."

Die Jungs nutzten Willis Abwesenheit aus, um zu besprechen, wie man am besten weiter vorgehen sollte. Einstimmig beschlossen sie, keine der auf dem Tagesplan genannten Aufgaben zu übernehmen. Fahnen aufhängen und Tunnel sprengen kam ganz sicher nicht in Frage. Wahrscheinlich würden sich sowieso mehr als genug übereifrige Jung-Nazis freiwillig melden. Aber eines war ihnen völlig klar: Das Treffen bei Beginn der Dunkelheit in Turm C, davor konnten sie sich nicht drücken. Denn das Wegbleiben der Jungs würde sicher sofort auffallen, immerhin hatte Fransen mit ihnen gesprochen. Und ihr übermotivierter Zimmergenosse würde mit Sicherheit ihr Fortbleiben seltsam finden und bei den Vorgesetzten melden. Langfristige Pläne konnten in dieser Situation nicht geschmiedet werden, also mussten sie Stück für Stück das gemeinsame Vorgehen immer wieder der aktuellen Lage anpassen. Aber genau darin waren die vier Jungs gut. Ein weiteres Problem war aber immer noch nicht gelöst, Toby sprach es an:

„Bisher wurde noch gar keine Anwesenheit überprüft. Wenn die jemand kontrolliert, wird herauskommen, dass vier Jungs und ein Hund zu viel hier sind. Dann sind wir am Arsch."

Roland machte sich da weniger Sorgen. „Also ich sag mal so, auf jeden Fall gibt es ja Zimmer für dreihundert Schüler, so stand es ja in Willis Merkblatt. Schlimmer wäre es, wenn die nur für zweihundert Platz hätten. Dann würden nämlich vier Jungs gleich zum Obergruppenführer Hoffmann laufen und rumheulen, dass sie kein Zimmer bekommen haben."

„Das hast du aber schnell verinnerlicht, dass der Hoffmann der Obergruppenführer ist", stichelte Mark.

„Verdammte Nazis, bohren sich in mein Gehirn", fluchte Roland.

Es klopfte. Ohne dass jemand herein sagte, öffnete der unbekannte Besucher auch gleich die Tür.

„Seid gegrüßt, Kameraden. Ich bin der Paul aus dem Flur über euch. Bitte tragt euch in die Liste ein und gebt sie dann weiter. HEIL HITLER!"

Die Jungs erwiderten halbherzig den faschistischen Gruß. Als Paul sich umdrehte und die Tür hinter sich schloss, rief Roland ihm noch zu: „Und beim nächsten Mal schreist du hier nicht so rum, Kollege."

„Mensch Roland!", flüsterte Toby energisch. „Wir sollten uns unauffällig verhalten. Das war aber nicht unauffällig."

„Ist ja nichts passiert", meinte Julius. „Wisst ihr, was wir mit der Liste machen? Gar nichts. Wir geben sie jetzt einfach weiter. Die Nächsten wissen doch nicht, dass wir uns nicht eingetragen haben, da stehen ja schon genug Namen von den Jungs aus dem Flur über uns drauf – oder sehe ich das falsch?"

Julius setzte seinen Plan gleich in die Tat um. Als er aus dem Zimmer ging, kam ihm Willi mit einem Sack Hundefutter entgegen. Julius hielt kurz und warf Willi ein schnelles „Bis gleich" entgegen.

Während Willi Stiles' Napf befüllte, teilte er seinen Kameraden stolz ein paar Neuigkeiten mit. Die freiwillige Gruppe für die Fahnen sei schon dabei, diese von außen gut sichtbar zu platzieren. Die Sprengung des Tunnels war nötig, weil von dort aus mit einem aufwendig verlegten Bautenzug die Zugbrücke auch von außen heruntergelassen werden könne. Das wäre für die Zeit des Baus unerlässlich gewesen. Jetzt aber wollte man nicht riskieren, dass der Feind diesen Hebel fand und in die Burg gelangte. Weiter berichtete Willi, dass die Sprengung aber auf morgen verschoben wurde, da der heutige Termin in Turm C wichtiger wäre. Auch hierfür hatten sich schon Freiwillige gemeldet. Aber Willi hatte noch eine weitere Information:

„Ich weiß, was die Spezialkleidung ist und woher wir sie bekommen. Da es draußen schon so langsam dämmert, würde ich sagen, wir besorgen uns die jetzt gleich. Dann ist der Andrang auch nicht so groß. Kommt mit."

Sowie Julius zurück war, gingen sie zusammen los. Stiles wollte unbedingt mit, doch Mark streichelte ihn sanft und überredete ihn, Platz zu machen und brav zu warten.

Auf dem Flur herrschte reger Betrieb. Einige der Schüler waren auf dem Weg zu dem Raum am Ende des Flures, in dem die SS-Uniformen lagerten. Willi führte die vier Jungs auch dorthin. Mark bildete das Schlusslicht und blickte missmutig um sich.

Unglaublich, diese ganze böse Brut in einer Gemeinschaft. Und das Schlimme ist, sie haben nicht die geringste Ahnung, dass ihr geliebter Führer sie einfach nur verheizen will. Wie können so viele, die meisten sicher nicht mal dumm, einer einzigen Person folgen? Und das auch noch, ohne Fragen zu stellen. Wo führt dieser Willi uns denn hin? Toll, jetzt sind wir im Klamottenraum. Den kennen wir ja – und jetzt?

Willi deutete auf eine Tür in der Wand. Es war keine Geheimtür, dafür waren Klinke und Rahmen zu offensichtlich. Trotzdem musste man genauer hinsehen, um sie wahrzunehmen. Willi präsentierte den Zugang mit Begeisterung, als hätte er gerade einen Zaubertrick vollbracht.

„So, liebe Kameraden, jetzt gehen wir durch diese Tür. Gut gemacht, ne?! Man kann die fast nicht sehen", sagte er übermäßig stolz.

Na ganz toll, du Honk. Nun mach schon endlich auf, dachte Roland im Stillen. Das tat Willi dann auch.

Hinter der Tür verbarg sich ein dunkler Raum, der komplett in Bordeauxrot gehalten war. Die Wände und die Decke waren komplett mit rotem Samtstoff überzogen. Der Teppich, auffallend weich, in der gleichen Farbe. Das Glas der Fenster bestand aus kleinen roten Mosaik-Scherben.

Wie schön muss es doch aussehen, wenn das helle Tageslicht durch das rote Glas leuchtet, dachte Toby. *Na ja, nun ist es dunkel. Wieso haben die den ganzen Raum mit Kerzen ausgeleuchtet? Die hätten doch auch ein paar Petroleumlampen nehmen können?*

Während sich die Jungs umschauten, betraten einige andere Schüler den Raum und fingen an, sich komplett auszuziehen. Toby, Roland, Mark und Julius waren so perplex, dass es ihnen die Sprache verschlug. Willi bemerkte ihre Verwunderung und Unsicherheit.

„Richtig, das wurde ja vorhin in der Kantine besprochen,

als ihr nicht da wart. Also: Wir müssen unsere Kleidung komplett ausziehen, dann nimmt sich jeder eine Mönchskutte und zieht sie sich über. Als Gürtel dient ein weißes Tau. Das gibt es dort im Regal in verschiedenen Größen, müsst ihr probieren, welches euch am besten passt."

„Komplett ausziehen – keine Schuhe, kein gar nichts?", fragte Roland.

„Ganz genau, ihr tragt nur die Mönchskutte und das Tau als Gürtel."

Um nicht aufzufallen, mischten sich die Jungs unter die anderen Schüler, die in den Regalen, die aus rot angestrichenen Holzbrettern bestanden, nach einer für sie passenden Mönchskutte suchten. Etwas gehemmt zogen sie sich bis auf das letzte Hemd aus. Willi war etwas verwundert und stellte Roland eine sehr direkte Frage:

„Roland, wieso hast du denn gar keine Schamhaare? Hast du die extra wegrasiert?"

„Nee du, Willi. Da waren mir zu viel Filzläuse drin, deswegen musste alles weg."

„Ach so – wie unangenehm."

Toby, Mark und Julius sahen sich an und konnten sich ein breites Grinsen nicht verkneifen.

Willi fand diese Reaktion gar nicht gut: „Da muss man aber nicht drüber lachen, wenn einem Freund so etwas Unangenehmes widerfährt."

Willis Rüge blieb unkommentiert. Als Toby sah, wie die anderen Schüler die Mönchskutten überzogen, fiel ihm etwas auf: *Das gibt's doch nicht. Das sind die gleichen Mönchskutten wie in meinem Albtraum letzte Nacht. Diese unheimliche Gestalt trug haargenau so eine. Auch in dieser dunkelroten Farbe und mit einer weiten Kapuze. Auch das weiße Tau um die Hüfte. Was geht hier nur vor?*

Nachdem die Jungs nun alle die Mönchskutte wie vorgeschrieben trugen, sahen sie Willi fragend an.

„Was guckt ihr denn so? Das ist nur für heute Abend,

soweit ich weiß. Mir nach, auf zu Turm C, Abteilung Portal und Triebkräfte!"

Die Jungs folgten Willi mehr als widerwillig durch die spärlich beleuchteten Gänge. Dabei kamen ihnen immer mehr Schüler entgegen, die auf dem Weg waren, ihre passende Mönchskutte zu ergattern.

Julius' Gedanken kreisten: *Das nimmt doch kein gutes Ende hier. Weder mit denen noch mit uns. Ich habe jetzt schon kalte Füße. Wenn es gleich über den Hof zum anderen Turm geht, wird es noch schlimmer werden. Das habe ich noch von gestern bestens in Erinnerung, kann ich nicht mehr gebrauchen.*

Julius' Befürchtung bewahrheitete sich. Als sie den Hof überquerten, biss die Kälte unerbittlich zu. Instinktiv gingen alle besonders zügig. An einigen Stellen hatten sich durch die Kälte spitze Eiskristalle auf dem Boden gebildet, die noch zusätzliche Schmerzen unter den Füßen bereiteten. Endlich hatten die durchgefrorenen Jungs das Eingangstor zu Turm C erreicht. Der Eingangsbereich sah ähnlich aus wie der in Turm A. Zusätzlich zur Wendeltreppe führte aber noch ein Fahrstuhl nach unten. Er erinnerte an einen Löwenkäfig, den man horizontal in der Mitte durchtrennt hatte. Sicherheit wurde bei diesem Transportmittel nicht gerade großgeschrieben. Die Plattform fasste vielleicht zwölf bis fünfzehn Leute. Diejenigen, die am Rand standen, konnten sich an dem hüfthohen Gitter, das die Kabine umgab, festhalten. Die Jungs betraten gerade den Fahrstuhl, als von der Wendeltreppe einer der SS-Leute herunterkam. Er trug allerdings eine schwarze Mönchskutte. Die riesige Kapuze drohte sein Gesicht zu verschlucken.

„Guten Abend, Standartenführer Adelbrand – es werden jeweils fünfzehn Personen nach unten fahren. Also wartet ihr noch, bis noch zehn Kameraden zu euch stoßen. Dann drückt einer von euch den roten Knopf. Der lässt die Kabine nach unten fahren. Wenn ihr unten ausgestiegen seid, drückt den grünen – dann fährt das Ding wieder in die Ausgangsposition. Diese Information gebt ihr weiter. HEIL HITLER!"

Der Standartenführer setzte seinen Weg auf der Wendeltreppe nach unten fort. Nun traten bereits die nächsten Fahrgäste ein. Gut zwanzig Mann drängten sich durch die Eingangstür.

Toby rief laut: „Leute, nur fünfzehn Personen pro Fuhre. Das heißt, dass noch zehn den Fahrstuhl betreten können."

Als die Kabine exakt fünfzehn Personen zählte, betätigte Roland den roten Knopf. Der Fahrstuhl fuhr langsam an, steigerte jedoch kontinuierlich das Tempo, je tiefer es ging. Mit einer Reisegeschwindigkeit von ungefähr 40 km/h fuhren die Jungs in den Abgrund. Eine kleine Petroleumlampe, die am Gitter des Fahrstuhls mit einem Draht behelfsmäßig angebunden war, spendete diffuses Licht. Das laute mechanische Geräusch, das die Fahrstuhlkabine während der Fahrt abgab, erinnerte an eine alte Achterbahn, die ihre besten Tage lang hinter sich gelassen hatte. Es war kalt und ungemütlich, dazu roch es ein wenig nach Schwefel. Die Kabine wackelte stark hin und her. Mark hielt sich an Roland fest.

Was glotzen die denn so blöde? Ja, ich bin nicht der Mutigste und halte mich an meinem Freund fest, weil mir der ganze Scheiß hier unheimlich ist, ihr dämlichen Arschgeigen, dachte er, als er die Blicke der anderen spürte, und sah sie herausfordernd an.

„Alles klar, Kleiner?", fragte Roland besorgt, doch Mark schüttelte nur kurz den Kopf und signalisierte Roland, dass alles in Ordnung sei.

Nach ein paar Minuten Fahrt wurde die Kabine deutlich spürbar langsamer. Sah man nach unten durch das Gitter, auf dem die Jungs standen, konnte man schon den Boden sehen, der immer näher kam. Schließlich setzte der Fahrstuhl leicht unsanft auf, das Fahrtziel war erreicht. Zögernd verließ einer nach dem anderen die Plattform und sah sich um. Roland wartete, bis auch der Letzte aus dem Fahrstuhl gestiegen war, und schickte die Kabine wieder nach oben, indem er den grünen Knopf betätigte. Toby, Mark und Julius standen etwas abseits von den anderen und riefen leise Roland zu sich.

„Das ist so großartig hier unten", rief Willi begeistert. „Vier Eisenbahnschienen hier anzulegen, und was das für eine starke Leistung war, so einen riesigen Tunnel zu bauen. Dieses ganze Gestein musste herausgeschlagen und nach oben abtransportiert werden. Unglaublich. Die vielen kleinen Lampen an den Wänden, ich meine, die laufen mit Strom!"

Die Jungs sagten überhaupt gar nichts zu Willis Schwärmerei. Sie ahnten, dass der Tunnel ganz bestimmt nicht zum Vergnügen an diesem Ort war. Für Willi war es ein Rätsel, dass die Jungs seine Begeisterung nicht teilten. So wendete er sich vorerst wortlos ab und verschwand im Pulk der anderen Schüler, die sich auf den Eisenbahnschienen herumtrieben. Eingehüllt in ihre Mönchskutten, die Gesichter in den weiten Kapuzen versteckt, setzten sie sich auf die Schienen und unterhielten sich. Sie warteten. Auf was genau, das wussten sie nicht. Auf den ersten Blick hätte man meinen können, dass hier eine Gruppe junger Mönche einen Tagesausflug veranstaltete.

„Seht euch das mal an!", sagte Toby. „Wir sind jetzt echt tief unter der Erde. Das hier sieht aus wie der Anfang eines Bergwerkes."

„Und wieder mal ist das alles riesig und imposant. Außerdem sind meine Füße dreckig wie Sau und völlig verkühlt", stellte Mark fest.

Julius bückte sich und legte seine Hand auf eine der Schienen. „Vier Eisenbahnschienen nebeneinander, und wie es aussieht, führen alle viele hundert Meter geradeaus. Was meinst du, Roland?"

Die Jungs blickten angestrengt in die Ferne, um vielleicht das Ende der Schienen sehen zu können, doch diese erweckten den Anschein, als wären sie unendlich.

„Stimmt, man kann gar kein Ende sehen", antwortete

Roland. „Komisch, während der Fahrt nach unten hatte ich leichten Schwefelgeruch in der Nase. Jetzt riecht es hier irgendwie nach Abgasen, so ganz leicht." Er legte den Kopf leicht schief und lauschte. „Hört ihr das auch? Klingt wie ein Trecker oder so was. Als ob der ganz weit entfernt wäre."

Das Geräusch wurde stetig lauter. Das fiel auch den zehn anderen auf, die nun ebenfalls in die Richtung des Geräusches blickten. Langsam konnte man erkennen, was dieses unbekannte Geräusch verursachte. Ein Eisenbahnwaggon näherte sich.

„Die Decke hätte etwas höher sein können. Seht mal, dieser Eisenbahnwaggon da hinten passt gerade so in den Tunnel", sagte Julius.

Zwischenzeitlich brachte der Fahrstuhl eine neue Fuhre Schüler. Wieder fünfzehn an der Zahl. Der Waggon fuhr nun ein und hielt mit einem lauten, quietschenden Geräusch, das durch die Bremsen verursacht wurde.

„Da sind Leute drin, oder? Da bewegt sich doch was", meinte Roland.

Julius flüsterte: „Wenn da jemand drin ist, dann wohl Nazis."

Genau so war es. Zwanzig uniformierte SS-Leute, alle mit dem Sturmgewehr 44 bewaffnet, stiegen aus dem Waggon. Einer von ihnen, vielleicht fünfzehn oder sechzehn Jahre jung, ergriff das Wort.

„Keine Panik, die Waffen dienen nur zur Sicherheit. Steigt jetzt in den Waggon und wartet weitere Instruktionen ab. HEIL HITLER!"

Wie immer erwiderten alle Anwesenden den unheilvollen Gruß. Die Blackfin Boys taten es widerwillig – aber sie durften nicht auffallen, also hoben auch sie ihren rechten Arm.

„Ich kotze gleich", sagte Toby leise. „Vor allem bewaffnet, von wegen nur zur Sicherheit, dass ich nicht lache."

„Vorsicht, Toby, der Feind hört mit. Nicht, dass wir auffliegen. Dann los, gehen wir mal ganz entspannt zum

Waggon", flüsterte Roland zurück.

Mark machte einen kleinen Bogen, um die Länge des Zuges sehen zu können. „Das ist nicht nur ein Waggon, sondern drei, und vorne die Zugmaschine. So wie das riecht, wird sie mit Diesel angetrieben."

„Das ist eindeutig Diesel", meinte Julius. „Diese Waggons sehen ziemlich neu aus. Dunkelgrün, mit dem Reichsbahn-Logo verziert. Ob die von innen auch so schick sind wie von außen?"

Unterdessen brachte der Fahrstuhl weitere Schüler nach unten, und so wurde es langsam voll, der Pulk verteilte sich auf die drei Waggons. Die Blackfin Boys nahmen im ersten Platz. Der Personenwagen war hochwertig ausgestattet. Der Boden mit Teppich ausgelegt, selbstverständlich bedruckt mit dem Hakenkreuz-Muster. Die Sitzplätze waren mit einem weichen dunkelgrünen Stoff bezogen. Die ganze Ausstattung ließ auf die erste Klasse schließen. Einer der SS-Leute schrie laut, dass noch dreißig Schüler fehlen würden. Willi stieß zu den Jungs und setzte sich zu ihnen, wie immer bestens gelaunt, wie immer ein breites Lächeln im Gesicht.

„Na, ihr? Hätte euch in dem Durcheinander fast nicht wiedergefunden. Ich sehe gerade, eure Füße sind ja auch so schmutzig wie meine, da brauche ich ja kein schlechtes Gewissen zu haben. Ich bin schon sehr aufgeregt, muss ich gestehen. Von einem der SS-Leute habe ich gehört, dass es für die Ausbildung zum Blutritter noch ein weiteres Auswahlverfahren geben soll. Ach, wie schön ist es doch, dass wir hier sein dürfen."

Willi verschränkte seine Arme, lehnte sich zurück und machte einen zufriedenen Eindruck.

Die Jungs sahen sich an, auf ihren Gesichtern komplettes Unverständnis.

Toby fragte bei Willi nochmal nach: „Stört es dich gar nicht, dass hier auch Bewaffnete rumlaufen? Ich meine, gegen wen sollten sie die Waffen richten, wenn nicht gegen uns?"

„Ach, macht euch mal keine Sorgen. Das ist doch nur zur Sicherheit. Immerhin befinden wir uns im Krieg, da muss man auf alles vorbereitet sein."

Oh Mann, dachte Toby, *bei dem hat die Gehirnwäsche, diese ganze Propaganda-Scheiße bestens gewirkt.*

Der Zug fuhr nun langsam an. Wie viele Schüler in den drei Waggons saßen, war schwer auszumachen. In dem Abteil der Jungs saßen schätzungsweise vierzig, und es waren noch viele Plätze frei. Der Zug fuhr mit 30 km/h relativ langsam. Wahrscheinlich wollte man unerwünschte Vibrationen vermeiden, die unter besonderen Umständen zu einem Einsturz des Tunnels hätten führen können. Julius hatte einen Fensterplatz ergattert und sah nach draußen.

„Guckt mal, Jungs. Hier links auf der Schiene steht eine Handhebeldraisine. Wie aus einem alten Cowboy-Film. Voll die gute Erfindung, sich nur mit Muskelkraft auf den Schienen fortzubewegen."

„Schön, dass du dich in dieser Umgebung noch begeistern kannst", sagte Mark leise.

„Entschuldigung – so was sieht man ja nicht alle Tage." *Außerdem wollte ich mich ein bisschen von dem Mist, der uns noch bevorsteht, ablenken.*

Auch Toby, der Julius gegenübersaß und dadurch rückwärts fuhr, machte sich seine Gedanken, als er träumend aus dem Fenster sah: *Dieser Tunnel sieht aus, als würde er schon viele hundert Jahre existieren. Die Wände sind teils glatt und teils uneben. Wahrscheinlich wurde mit Spitzhacke und Sprengstoff gearbeitet. Die Schienen und die elektrische Beleuchtung hingegen sind eher neuwertig. Haben wohl die Nazis gebaut.*

So hing jeder der Jungs seinen Gedanken nach. Einzig Willis Redebedürfnis war ungebrochen.

„Also vorhin, auf dem Hof, als ich für Stiles das Futter geholt hab, da ereignete sich was. Ein Schüler aus dem Zimmer neben uns – der war mit seinem Rottweiler im Hof zugange und versuchte, ihm beizubringen, ein geworfenes Stöckchen zu holen. Der Hund hatte aber offensichtlich keine Lust und schnupperte an jeder Ecke. Da nahm der Junge einen Stein und warf ihn nach dem Hund. Getroffen hat er nicht. Obersturmbannführer Schwarz hat's gesehen. Er hat dem Jungen eine Ohrfeige verpasst und gesagt: Man quält keine Tiere. Ein korrekter Mann, dieser Schwarz. Ich lege ebenfalls viel Wert auf Gerechtigkeit. Und auf eine straffe Ordnung."

Keiner der Blackfin Boys sagte etwas dazu. Sie sahen einander nur kurz an. Sie wussten, was die anderen von Willis Ausführungen hielten. Durch das andauernde Zusammensein kannten sie sich in- und auswendig. Sie hatten einander in allen erdenklichen Situationen erlebt und wussten, dass sie in diesem Moment dasselbe fühlten: Unverständnis, Fassungslosigkeit, Enttäuschung und einen Hauch Traurigkeit.

Toby sagte leise und etwas melancholisch: „Der Versuch, die menschliche Natur zu kontrollieren. Niemand kann das."

Nach einer viertel Stunde Fahrt verringerte sich das Tempo der Bahn stetig, bis sie vollständig zum Stehen kam. Einer der bewaffneten SS-Jungs schrie laut herum. Es sollte wohl bedeuten, dass man nun auszusteigen hätte. Das taten dann auch alle. Obwohl das überzogen laute Geschrei keiner im letzten Waggon verstand, beschloss jedoch jeder für sich, der Masse der vorderen Abteile zu folgen.

Nun ging es zu Fuß weiter, vorbei an etwas, das wie eine Ausgrabungsstelle aussah. Die rechteckigen Einbuchtungen, alle zwanzig um die zwei Meter tief, ließen darauf schließen, dass hier Leichen ausgegraben wurden. Oder aber auch, dass dort Leichen vergraben werden sollten. Schaufeln, Maurerkellen, Spitzhacken, Eimer, zwei Säcke Zement und einige Steine, wie man sie zum Hausbau verwendete, lagen überall herum. Die Mehrheit lief achtlos an dieser Stätte vorbei, so auch Willi, die Blackfin Boys jedoch verringerten ein wenig ihr Tempo und richteten ihr Augenmerk ganz besonders auf diese skurrile Szenerie. In ihrer Situation war einfach alles wichtig, denn nur durch gemeinsames Beobachten und Kombinieren hätten sie eine reelle Chance, hier lebend rauszukommen. Denn auch durch kleinste Zufälle und scheinbar unwichtige Details ist schon manch großer Plan entstanden. Wieder sahen sie sich kurz an und bewegten ihre Köpfe im Vorbeigehen kurz in die Richtung der Stätte. Jeder sollte die herumliegenden Gegenstände im Hinterkopf behalten. Nur zur Sicherheit – vielleicht würde eines dieser Dinge später zum Einsatz kommen. Diese Vorgehensweise hatten die Jungs auf Blakes Insel gelernt, und sie hatte ihnen schon oft das Leben gerettet.

Nach drei Minuten Fußmarsch auf unebenem und schlecht beleuchtetem Boden erreichte der Pulk von circa zweihundert Personen eine breite Treppe, die auf dreiunddreißig Stufen abwärts führte. Am Ende dieser Treppe prangte eine imposante Tür aus dunklem Eisen, etwa drei mal drei Meter groß.

Toby sagte leise zu seinen Freunden: „Seht ihr das Zeichen auf der Tür? Ein riesiges Pentagramm."

„Ist das so ein Kram, wie er auch bei Satanisten und Teufelsanbetern benutzt wird?", fragte Roland.

„Das habe ich mal im Film Hexensabbat gesehen", fügte Mark hinzu. „Da haben die das Tor der Hölle geöffnet."

Julius fiel eine alte Filmdokumentation ein, die er vor Jahren gesehen hatte. „Also ich weiß, dass die Nazis eine Zeit lang mit okkulten Dingen zu tun hatten. Sie wollten mit Hilfe von übernatürlichen Kräften den Krieg gewinnen."

„Den Krieg, in dem wir uns gerade befinden", sagte Mark ängstlich. „Und die richtige Kleidung für solche satanistischen Rituale, oder was das hier werden soll, tragen wir ja bereits – eine bordeauxrote Mönchskutte."

Zwei uniformierte SS-Jungen öffneten langsam die schwere, mächtige Eisentür. Durch das hohe Gewicht sah es aus, als würde dieser Vorgang in Zeitlupe ablaufen. Das allgemeine Gemurmel stellte sich blitzartig ein – es herrschte

Totenstille. Alle starrten gespannt auf die Tür. Einige der Jungs verrenkten vor Neugier ihre Hälse. Was verbarg sich hinter dieser Tür? Endlich war es so weit.

„Wow – das sieht ja schön aus", sagte Toby voller Begeisterung.

In der Menge machte sich ein staunendes Raunen breit. Mit weit aufgerissenen Augen starrten die zweihundert Jungs in einen grün leuchtenden Raum, bestimmt fünfhundert Quadratmeter groß. Der Boden war von einer flachen Schicht aus Wasser bedeckt. Er schien aus milchigen Glasplatten zu bestehen, die von der Unterseite mit einer grünen Lichtquelle bestrahlt wurden. Dadurch hatte man den Eindruck, im Inneren eines riesigen Smaragds zu sein.

Selbst die Uniformierten schauten etwas verdutzt – das hatten auch sie vorher nicht gesehen. Am Ende des Raumes öffnete sich ein weiteres Tor. Zum Vorschein kamen Obergruppenführer Thomas Hoffmann – der Leiter der Adeptus-Burg – sowie seine Vertrauten, Standartenführer Helmar Adelbrand, Obersturmbannführer Emil Schwarz und Obersturmführer Sebald Fransen. Der Chef ergriff das Wort:

„Seid gegrüßt, Blutritter-Anwärter, willkommen zum wichtigsten Teil eurer Ausbildung. Denn nur wer hier besteht, kann die Ausbildung fortsetzen. In den nächsten Tagen werden einige Lehrkräfte und Ärzte eintreffen. Wie viele das sein werden, hängt davon ab, wie viele von euch für die Ausbildung des Blutritters prädestiniert sind. Zunächst werdet ihr langsam durch das heilige Wasser schreiten, welches von fünf Hohepriestern der Neuen Dimension, ein befreundeter Geheimbund unsererseits, gesegnet wurde. Kommt jetzt."

Etwas zögernd und unsicher betraten die Jungs den Raum und gingen durch das knöchelhohe Wasser. Unter ihnen auch die Blackfin Boys.

„Schaut euch mal die Decke an", meinte Roland. „Sieht

aus wie in einer Tropfsteinhöhle."

Julius und Mark konnten nicht ganz so viel Begeisterung aufbringen. Im Gegenteil, sie waren völlig angespannt und kurz davor, in Panik zu verfallen. Sie rissen sich aber so gut wie es nur ging zusammen.

„Einfach weitergehen und mir folgen!", ordnete Obergruppenführer Hoffmann an.

Willi war der Erste, der den Weg durch das vermeintlich heilige Fußbad bestritten hatte. Der Obergruppenführer und sein Gefolge waren außer Sichtweite, sie waren schon am Zielort. Als Willi aus dem Wasser und durch das nächste Tor trat, wurde ihm etwas mulmig. Allerdings war für ihn nie etwas wirklich schlecht oder unakzeptabel. Der Gang war so schmal, dass keine zwei Personen nebeneinander gehen konnten, die Decke konnte er berühren, wenn er die Hand hob. Dafür fühlte sich der Holzboden angenehm warm unter seinen Füßen an. Er war noch wärmer als das Wasser, durch das er eben geschritten war, beinahe heiß.

Willi lächelte. *Die Feuchtigkeit unter meinen Füßen wird ja buchstäblich vom Holz aufgesaugt. Ein paar Meter noch, und ich habe wieder trockene und warme Füße, prima.*

Alle paar Meter brannte eine Fackel in einer Wandhalterung, die gesamte Szenerie erinnerte an das Mittelalter. Doch was war das jetzt? Ein leichter, warmer Wind, der von unten kam, blähte seine Kutte. Willi atmete angespannt aus. *Wie viele Kurven sind das wohl? Nach diesen paar Metern gab es schon ziemlich viele scharfe Kurven – ich verliere vollkommen die Orientierung.*

Willi ging den Weg durch den Schacht zügig weiter. In einigem Abstand folgten ihm die anderen Schüler. Das Schlusslicht bildeten die Blackfin Boys. Das Geräusch der nackten, nassen Füße, die auf den Holzboden traten, klang, als würden Dutzende Menschen vorsichtig mit nassen Händen Beifall klatschen.

Mark, der vor Roland ging, stolperte und fiel der Länge

nach auf den Boden. Roland konnte sich das Lachen nicht verkneifen, und als Toby und Julius sich umdrehten, mussten auch sie lachen. Es sah einfach zu komisch aus, wie er dort, in diesem unheimlichen Gang, scheinbar in einem Haufen roten Stoffes versank.

Mark fand das weniger lustig: „Verdammt, ich habe doch bei der Anprobe schon gemerkt, dass diese dämliche Mönchskutte zu lang ist."

Roland half ihm hoch. „Jetzt reg' dich nicht so auf, Kleiner, ist ja noch alles dran bei dir. Vielleicht solltest du beim Laufen die Kutte etwas nach oben ziehen, so wie Witwe Bolte das mit ihrem rosa Kleidchen tut."

Wieder brachen die Jungs in herzliches Gelächter aus. Und dieses Mal lachte Mark mit. Um nicht den Anschluss zu verlieren, gingen die Jungs nun schneller. Sie holten aber schnell das Ende der Schlange ein, die sich eher in gemächlichem Schritttempo fortbewegte. Die Stimmung der vier Jungs war, in diesem Moment jedenfalls, bestens.

Mark grinste immer noch über sein Missgeschick. *Ich liebe diese Momente. Diese kurzen Augenblicke, in denen man alles um sich vergisst. Ich denke jetzt noch so lange daran, wie es geht, bevor uns die nächste Katastrophe einholt. Und das wird sie, schätze ich.*

Schlagartig verringerte sich das Tempo der Schlange. Sie hatten einen großen, fast quadratischen Raum erreicht, mit einer Fläche von gut und gerne achthundert Quadratmetern und einer außergewöhnlichen Deckenhöhe von vier Metern. Der Boden war mit schwarzem Marmor ausgelegt, in den ein goldenes Pentagramm eingearbeitet war, das fast den ganzen Raum einnahm. Es gab keinerlei Sitzplätze. Ringsherum standen Hunderte schwarze Kerzen in verschiedenen Größen, die bereits zur Hälfte abgebrannt waren. Am Ende des Raumes sprang einem sofort eine Art Schrein ins Auge. Er bestand aus einem sarggroßen Spiegel, der genau in der Mitte zwischen zwei Statuen stand. Links der Dämon Pazuzu

– die gleiche Skulptur, die sich auch im Brunnen des Burghofes befand – und rechts das Ebenbild eines Zentauren, der einen Speer in seiner linken Hand hielt.

Vor ihnen bauten sich stolz die SS-Leute Hoffmann, Adelbrand, Schwarz und Fransen auf. Ihre Hände zusammengefaltet, warteten sie schweigend, bis alle Schüler im Schneidersitz auf dem Boden Platz genommen hatten. Toby, Roland, Mark und Julius betraten als Letzte den Raum und ließen sich dementsprechend in der hintersten Reihe nieder. Die zwanzig Uniformierten aus dem Zug bezogen jeweils zu zehnt neben dem Spiegel Stellung. Den Lauf ihrer Waffen hielten sie nach unten gerichtet. Ihre Gesichter verrieten, dass sie bestens darüber im Bilde waren, was nun passieren würde.

Toby flüsterte: „Seht mal, der Willi sitzt in der ersten Reihe. Der kann es wohl gar nicht erwarten."

Mark rümpfte seine Nase. „Riecht das hier nach faulen Eiern?"

„Könnte auch Schwefel sein. Mein sogenannter Vormund Dr. Blake experimentierte mal damit. Das roch genauso", konnte sich Julius erinnern.

Obergruppenführer Hoffmann ließ seinen Blick über sie wandern. „Willkommen zur ersten, aber alles entscheidenden Prüfung. Nur wer hier besteht, kann die Ausbildung zum Blutritter absolvieren. Nur wer die entsprechenden Voraussetzungen hat, wird zu Pferd, begleitet von einem treuen Rottweiler-Gefährten, für unseren Führer kriegswichtige Missionen bestreiten. Missionen, die das Dritte Reich in seiner Macht stärken und seine Feinde sowie jeden, der unsere Überzeugungen nicht teilen will, vernichten. Lasst uns beginnen. Ich benötige vier Freiwillige, die bereit sind, Blut zu spenden. Tretet jetzt vor."

Die Blackfin Boys sahen sich entsetzt an. Unverzüglich stand deutlich mehr als die Hälfte der Jungs auf, um bereitwillig Blut zu spenden. Der Obergruppenführer winkte lächelnd ab – ein Duzend waren schon auf dem Weg zu ihm, acht schickte er wieder in die Menge zurück.

„Was ist das für ein kranker Scheiß", sagte Roland fassungslos leise vor sich hin.

„Es ist auch erschreckend, dass die Mehrheit sofort bereit war, ihr Blut zu geben. Ohne genau zu wissen, wofür und wie viel. Das ist doch Wahnsinn", meinte Toby.

„Ein bisschen leiser", flüsterte Mark. „Einige drehen sich schon um wegen unserem Gequatsche."

Julius schüttelte den Kopf. „Die Typen sind doch genauso durchgeknallt wie Dr. Blake auf seiner Insel. Hey, das gibt es doch nicht. Sehe ich das richtig? Die SS-Typen schlitzen mit einem Dolch die Unterarme der Jungs auf und lassen das Blut in eine silberne Schüssel tropfen. Das ist aber viel Blut."

Nachdem jedem der Freiwilligen ungefähr ein halber Liter Blut entnommen worden war, behandelten die SS-Leute die Wunden, indem sie jedem Jungen einen weißen Verband anlegten, und so die Blutung stoppten. Anschließend setzten sich die Spender wieder im Schneidersitz zurück in die Menge. Obergruppenführer Hoffmann bückte sich und nahm eine kleine Holzkiste auf, die unbemerkt vor der Pazuzu-Statue lag. Er öffnete diese mit einer zeremoniellen Achtsamkeit und schüttete das ascheähnliche Pulver darin in die mit Blut gefüllte Schüssel. Nun nahm er einen 30 Zentimeter langen Holzstab, an dessen Ende ein Büschel blondes Haar befestigt wurde, und rührte Blut und Asche zu einer zähflüssigen Masse. Er übergab beides an den ranguntersten Fransen, der nun begann, die gesamte Fläche des Spiegels mit dem verdickten Blut zu bestreichen, bis kein einziger Zentimeter der Spiegelfläche mehr zu sehen war.

Hoffmann wählte jetzt zehn Jungen aus und befahl ihnen, nach vorne zu treten. Gleichzeitig traten auch fünf der bewaffneten SS-Jungs nach vorn. Hoffmann nickte Standartenführer Adelbrand zu. Dieser nahm eine der herumstehenden Kerzen und hielt die Flamme kurz an den Spiegel. Das aufgetragene Blut fing sofort Feuer. Es breitete sich über die gesamte Fläche des Spiegels aus. Man konnte die Begeisterung aller Anwesenden förmlich spüren. Die Temperatur im Raum stieg schlagartig an, und die Jungs in der ersten Reihe bemühten sich, ein paar Zentimeter weiter nach hinten zu rutschen. Das Feuer heizte ihre Gesichter so auf, dass sie deutlich rot wurden. Plötzlich änderte das Feuer seine Farbe. Die lodernden Flammen brannten jetzt in einem kräftigen Grünton. Es war das gleiche Grün, das auch im wasserbedeckten Raum leuchtete.

„Ich kann das von sowas nicht fassen, was ich da gerade sehe", staunte Toby mit offenem Mund.

Den anderen ging es genauso.

„Ich bin auch überwältigt von dem, was ich hier sehe", sagte Julius. „Aber – wir wissen überhaupt nicht, was das alles zu bedeuten hat. Trotzdem bringen wir dafür Begeisterung auf. Genau darauf setzt das Dritte Reich doch. Wir haben 1941 und befinden uns im Zweiten Weltkrieg. Und hier auf dieser Burg wird den Jungs der Krieg als Abenteuerspielplatz verkauft."

Obergruppenführer Hoffmann gab das Wort an Standartenführer Helmar Adelbrand. Obersturmbannführer Schwarz und Obersturmführer Fransen stellten sich abseits.

„Mögen jetzt die ersten zehn von euch durch diesen Spiegel gehen und eine andere Welt betreten."

Toby kam diese Prozedur bekannt vor. Leise sagte er: „Ich habe mal in so einem alten Buch gelesen, das lag damals bei meiner Oma auf dem Dachboden. Sie hatte viele solcher Bücher. Auf jeden Fall stand dort eine Anleitung drin, wie man ein Tor zur Hölle schafft. Nämlich indem man die Fläche eines Spiegels mit schwarzer Farbe überstreicht und flach auf den Boden legt. Dann könnte man einfach hineinspringen, wie in ein Loch, und würde dann direkt in die Hölle fallen. Das hier scheint dann wohl eine Weiterentwicklung zu sein."

Roland, Mark und Julius klebten förmlich an Tobys

Lippen, so spannend und interessant fanden sie seine Geschichte.

Und wieder meldeten sich unverzüglich per Handzeichen weit über die Hälfte der Anwesenden. Sie waren bereit, der Anweisung ihres Vorgesetzten ohne Murren und ohne Widerworte Folge zu leisten. Was den meisten vor lauter Begeisterung entgangen war, den Blackfin Boys aber sofort ins Auge fiel – die bewaffneten SS-Jungs veränderten ihre Position. Sie hielten ihre Sturmgewehre jetzt mit beiden Händen fest. Davor hatten die noch salopp an einem Gurt über der Schulter gehangen. Außerdem stellten sie ihre Füße um ein paar Zentimeter weiter auseinander, um so einen sicheren Stand zu gewährleisten. Offensichtlich bereiteten sie sich auf etwas vor.

Die ersten zehn Jungs standen jetzt in ihren Mönchskutten im Halbkreis vor dem grün brennenden Spiegel.

„Habt keine Angst. Es ist eine große Ehre für euch. Nicht jeder hat die Gelegenheit, solch große Tat zu vollbringen. Eure Aufgabe besteht darin, nach kriegswichtigen Informationen zu suchen. Die Frage, für deren Antwort wir alles tun würden, treue Kameraden, lautet: Wie kann dieser Krieg gewonnen werden? Eure schlichte Kleidung unterstützt euch dabei, keine unerwünschten Wellen auszustrahlen oder diese zu empfangen", sprach Standartenführer Adelbrand und nickte Richtung Spiegel.

Die Jungs verstanden das Signal. Der Erste nahm seinen Mut zusammen und ging, ohne lange zu überlegen, zügig auf den Spiegel zu – und verschwand in den grünen Flammen. Ein Raunen ging durch den Raum. Alle Schüler waren so verwundert, dass sie sich aus ihrem Schneidersitz erhoben und ihre Fassungslosigkeit in unverständlichen Worten vor sich her murmelten. Unruhe breitete sich aus. Obergruppenführer Hoffmann, der abseits stand, signalisierte mit beruhigenden Gesten, dass sich die Schüler wieder setzen und Ruhe bewahren sollten. Nun folgten auch die anderen neun ihrem

Kameraden, gingen durch die Flammenwand – und verschwanden.

Toby flüsterte: „Jetzt sagt mir nicht, dass die Typen tatsächlich in einer Art anderer Dimension gelandet sind oder so, denn das ist unmöglich."

„Du meinst so unmöglich wie die Tatsache, dass ein paar Typen in einer anderen Zeit gefangen sind? Dass sie sich im Jahr 1941 befinden – und eigentlich in den Sommer 2018 gehören?", fragte Julius sarkastisch.

„Da hat Julius wohl recht", meinte Mark. „Obwohl er ja sonst überhaupt nicht sarkastisch ist. Das sind ja ganz neue Seiten an dir."

„Hört endlich auf mit dem blöden Gequatsche", sagte Roland forsch. „Wir sollten uns lieber überlegen, was wir machen, wenn wir an der Reihe sind."

„Dann könnte es ein Problem geben", meinte Toby. „Ich habe hier mal durchgezählt. Von den zweihundert Schülern saßen hier genau 180 in Mönchskutten. Die restlichen 20 sind die uniformierten SS-Jungs. Wenn nun also immer Zehnergruppen nach vorne sollen, bleiben wir vier übrig. Und dann fliegen wir auf."

Angespannt blickten sie wieder auf den Spiegel, der immer noch in grüne Flammen eingehüllt war. Eine Weile geschah nichts. Doch dann sprang der Junge, der zuvor als Erster hindurchgetreten war, mit einem großen Satz aus den Flammen heraus. Die vier SS-Leute gingen sofort auf ihn zu und wollten wissen, ob er kriegswichtige Informationen erlangen konnte. Der Junge aber verneinte kopfschüttelnd. Der Obergruppenführer sagte laut, er solle sich wieder in sein Zimmer begeben und sich umziehen. Dann wählte er zehn weitere Personen aus der Menge, und die Prozedur wurde wiederholt.

Gruppe für Gruppe traten die jungen Anwärter durch den Spiegel. Nachdem 140 der Jungs hineingegangen und nach ein bis zwei Minuten wieder herausgekommen waren, hatte sich fast eine Art Routine entwickelt. Es wurde immer wieder die Frage nach wichtigen Erkenntnissen gestellt, aber ausnahmslos alle verneinten dies und gingen anschließend wieder in ihre Zimmer.

„So, jetzt sind wir noch vierundzwanzig. Ich denke mal, die SS-Jungs müssen nicht durch den Spiegel. Dann würden sie wohl auch Mönchskutten tragen", stellte Toby fest.

Standartenführer Adelbrand betrachtete kritisch die noch verbliebenen Jungs. Seine Augen bewegten sich hektisch hin und her.

„Moment mal. Nach meinen Berechnungen müsstet ihr noch zwanzig Mann sein – und nicht vierundzwanzig."

Nun wurde auch der Leiter der Burg, Obergruppenführer Thomas Hoffmann, stutzig. Zusammen mit ihren Kollegen Schwarz und Fransen diskutierten sie aufgeregt. Willi, der immer noch weit vorn saß, konnte den Verlauf der Diskussion verfolgen. So bekam er mit, dass einer der SS-Leute über eventuelle Nachzügler sprach, die in den nächsten Tagen zusammen mit den Lehrkräften kommen sollten. Die Blackfin Boys jedoch bekamen kaum ein Wort dieser Unterhaltung mit, denn sie saßen zusammen in der hintersten Reihe.

Sie hörten nur, wie Hoffmann einen Satz mit „... zu früh gekommen sein" beendete.

„Wie dem auch sei", sprach Adelbrand, „die nächsten zehn."

Wieder gingen alle ohne Widerworte durch den entflammten Spiegel. Übrig blieben jetzt noch die Blackfin Boys, der ungeduldige Willi sowie neun weitere Schüler, die auf ihren Auftritt warteten.

Aber etwas war auf einmal anders. Die vorletzte Zehnergruppe war nun schon wesentlich länger verschwunden als alle anderen davor. Die SS-Leute sahen sich ratlos an und zuckten mit ihren Schultern. Dann aber sahen sie den Ersten aus dem Spiegel herausspringen, gefolgt von drei seiner Kameraden.

„Das gibt es doch nicht – da sind nur vier herausgekommen. Wo sind denn die anderen abgeblieben?", fragte Toby nervös.

„Ich scheiß' mir gleich in die Hose, ich will da nicht durchgehen", bibberte Mark ängstlich.

Auf einmal gab es schlagartig einen wahnsinnig lauten Knall, rote Funken schossen aus dem Spiegel. Die vermissten sechs sprangen nicht heraus – sondern wurden anscheinend von einer enormen Kraft herauskatapultiert. Sie prallten auf den Boden, wälzten sich herum und schrien laut. Die zwanzig SS-Jungs richteten sofort ihre Waffen auf sie.

„Da ist doch was mit ihren Gesichtern", schrie Roland laut.

„Was wollt ihr, Kreaturen der Hölle", rief Hoffmann.

Die sechs Jungs standen langsam auf. Ihre Gesichter waren zu einem diabolischen Grinsen verzerrt, ihre Augen weiß und tot, die Körperhaltung krumm und schief, ihre Hautfarbe ungesund bläulich. Langsam gingen sie mit ausgestreckten Armen auf den Obergruppenführer zu und schrien abwechselnd mit extrem tiefer und bedrohlicher Stimme:

„Wir sind hier, um dich zu holen, Freund. Ja, Freund, komm mit uns! Gewinne den Krieg!"

„Diese Jungs sind von einem Dämon besessen, erschießt sie, Feuer!", schrie Hoffmann.

Alle bewaffneten SS-Jungs schossen aus ihren Rohren, als würde es kein Morgen geben. Selbst als die sechs regungslos am Boden lagen, drangen die Kugeln der Sturmgewehre noch in ihre längst leblosen Körper ein. Erst als der Obergruppenführer Hoffmann den Befehl dazu gab, wurde das Feuer eingestellt. Es war so still wie nachts auf einem Friedhof. Die kürzlich abgegebenen Schüsse hallten noch etwas nach, verstummten aber schlussendlich. Es stank fürchterlich nach Schwarzpulver, der Raum war völlig vernebelt durch den Rauch der Waffen.

Toby stand plötzlich auf. „Los, Jungs, lasst uns verschwinden!"

Doch als sich die Blackfin Boys zum Ausgang wandten, traf Hoffmann eine Entscheidung.

„Hiergeblieben! Alle Mann hier zu mir, aber schnell! Und jetzt alle vierzehn durch den Spiegel, aber dalli, sonst knallt's!"

Willi war der Erste, der dem Befehl Folge leistete, noch bevor der Obergruppenführer den Satz beendet hatte. Er nahm Anlauf und sprang durch die Flammen. Die anderen zögerten. Hoffmann baute sich vor ihnen auf.

„Entweder geht das hier jetzt weiter, oder ich lasse euch alle erschießen. Eure Entscheidung."

Zunächst gingen die neun anderen Jungs durch den Spiegel. Die Blackfin Boys waren die Letzten. Es ging so schnell, dass sie nicht mal Zeit für ihre eigenen Gedanken hatten. Unter Waffengewalt traten auch sie durch das brennende Portal. Erst Toby, gefolgt von Roland, Mark und Julius als Schlusslicht. Jetzt befanden sich nur noch die zwanzig Bewaffneten und ihre vier Vorgesetzten im Raum und warteten vor dem Portal.

KAPITEL 4 – DER PAKT MIT DEM TEUFEL

Die vierzehn Jungs bestaunten die unbekannte Welt, in der sie gelandet waren. Hinter ihnen lag die Rückseite des Spiegels, der als Portal diente. Tobys Forscherdrang war geweckt.

„Seht mal her, ich kann meine Hand nicht durch das Portal stecken. Da ist so eine Art Widerstand, als ob die Pforte nach draußen geschlossen wäre. Ehrlich gesagt, ich war der Meinung, dass das mit dem Spiegel nur ein billiger Trick ist, und dass dahinter ein anderer Raum wäre."

„Ja, schön, Toby. Und jetzt? Was meint denn der Doktor der Physik, wo wir uns befinden?", fragte Roland sarkastisch. „Und außerdem – wie geht denn der Trick, dass wir keinerlei Verbrennungen bekommen haben, als wir durch eine furchtbar heiße, brennende Feuerwand gegangen sind?"

Julius war pessimistisch. „Also, normalerweise würde ich sagen, dass wir uns in einer Höhle befinden. Aber nach dem ganzen Desaster auf der anderen Seite würde ich sagen, wir sind wirklich in der Hölle."

„Vielleicht hast du da sogar recht. Hört ihr das auch?", fragte Mark verängstigt. „Es hört sich an, als würden Hunderte von Menschen leiden. So ein ganz leises Leiden, kaum wahrzunehmen."

Willi war inzwischen vollkommen in der Betrachtung der Höhle versunken. „Das ist merkwürdig. Schaut euch mal diese unebenen Deckenstrukturen an. Und diese stark unterschiedlichen Höhen. Hier, wo wir stehen, ist die Decke vielleicht drei Meter hoch. Weiter hinten scheinen einige schwarze Löcher im Gestein zu liegen, das übrigens unnatürlich rötlich ist. Man kann nicht einschätzen, wann das Ende erreicht ist. Hm, vielleicht Eingänge – oder auch Ausgänge. Auf jeden Fall müssen ja schon Menschen hier gewesen sein, denn die vielen Fackeln, die links und rechts in einer Eisenhalterung angebracht wurden, sind ja nicht so einfach gewachsen."

Ein Junge neben Willi rief: „Los, mir nach, wir haben eine Mission zu erfüllen."

Er lief mit den anderen Jungs tiefer in die Höhle hinein, während Willi bei den Blackfin Boys blieb.

„Wartet!", schrie Toby. „Lasst uns bloß zusammen bleiben, das ist sicherer."

Tobys Worte verhallten, die Jungs liefen weiter, einer drehte sich noch kurz um und rief: „Je schneller wir kriegswichtige Informationen gefunden haben, desto schneller kommen wir hier auch wieder raus."

Willi schüttelte den Kopf. „Was für Blödmänner. Die tun ja so, als würden diese Infos hier irgendwo herumliegen. Was schlagt ihr denn vor?"

„Also ich bin dafür, weiter in das Innere der Höhle zu gehen. Zur Sicherheit nehmen wir zwei Fackeln mit. Die hängen ja nur so lose in den Wandhalterungen. Roland, nimmst du auch eine?"

„Klar, gib her." Roland nahm die Fackel, die Toby ihm gab. Dann bückte er sich und hob vom Boden etwas Sand auf. „Der Sand ist auch rötlich, genauso wie das gesamte Höhlengestein. Und er ist angenehm warm. Bäh – und riecht nach Essig. Oder ist das etwa der Eigengeruch, den die Hölle so an sich hat?"

Die Jungs gingen geschlossen weiter und sahen sich penibel genau in der fremden Umgebung um. Die Fackeln, die

Toby und Roland mit sich trugen, waren unnötig, denn alle paar Meter hing eine an der Höhlenwand. Für eine ausreichende Beleuchtung war also gesorgt, aber wie immer wollten die Blackfin Boys so wenig wie möglich dem Zufall überlassen. Die Dinge schienen einfacher, wenn sie die Kontrolle behielten. Dachten sie zumindest.

„Also ich kann mir nicht helfen, aber diese Schreie werden stetig lauter. Oder werde ich jetzt verrückt und bin der Einzige, der sie hört?", fragte Mark vorsichtig.

„Nee, ich höre dieses qualvolle Gestöhne auch", meinte Julius.

„Also bin ich nicht verrückt. Schade eigentlich."

„Wieso schade?", wollte Roland wissen.

„Na ja, ist doch logisch", unterbrach Toby. „Es wäre ihm lieber, dass er verrückt ist und die Schreie als Einziger hört. Denn dann würden sie nur in seinem Kopf existieren. Aber so besteht die Wahrscheinlichkeit, dass wir in ein paar Minuten auf diese Leidenden treffen werden. Und womöglich werden wir genauso leiden."

Mark nickte. „Ja, genau das ist es."

Roland hielt auf einmal an. „Stopp mal, sofort stehen bleiben! Hört ihr das?"

„Ja ja, dieses Gestöhne – das hören wir alle. Haben wir doch bereits festgestellt", meinte Julius.

„Nein, das meine ich nicht. Seid mal leise. Das hört sich an, als würde ein Pferd näher kommen. Dieses Geräusch, das sind doch Hufe, die sich fortbewegen, in unsere Richtung."

„Ich bin kein Pferd, ich bin kein Mensch. Ich bin eine Mischung aus beidem – ein Zentaur, und mein Name ist Kasul, Roland. Ich bin ein Dämon und Diener der Hölle", sprach eine tiefe Stimme.

Die fünf Jungs drehten sich gleichzeitig um hundertachtzig Grad und standen unmittelbar vor dem 2,50 Meter großen Zentaur, der sich ihnen unbemerkt von hinten genähert hatte. Der Teil, der aus Pferd bestand, hatte ein seidig glänzendes Fell, das im Licht der Fackeln rotbraun schimmerte. Sein menschlicher Oberkörper war muskulös und mächtig behaart. Das Gesicht erinnerte an einen Neandertaler, und die Augen wirkten aggressiv und bedrohlich. In den Händen hielt er einen Speer, den er auf die Jungs richtete. Vor massiver Angst und Panik schrien die so laut, dass es selbst dem Zentaur auf die Nerven ging. Er ging ein paar Schritte rückwärts. Willi wurde von der Angst so eingenommen, dass er sich in die nicht vorhandenen Hosen pinkelte.

„Es ist genug!", schrie der Zentaur und hob seinen Speer bedrohlich in die Luft. „Ich habe langsam genug von euch Kreaturen. Ihr dringt hier alle paar Monate ein und stört den Ablauf der Dinge. Und schlimmer noch, ihr hofft auf Unterstützung, um euren sinnlosen Krieg zu gewinnen. Doch etwas ist neu."

Kasul ging langsam um die Jungs herum und betrachtete sie argwöhnisch.

„Dieses Mal schicken sie jüngere. Diese primitive Kleidung ist auch neu. Sie hoffen, dass ihr reiner Seele seid, noch keinem Menschen oder Tier Leid zugefügt habt. Denn sie wissen, schlechte Menschen, die freiwillig herkommen, kommen hier nicht mehr raus. Nie wieder."

Toby nahm all seinen Mut zusammen. Die Neugier in ihm war größer als die Angst. „Wenn du gestattest, Kasul – wen meinst du mit sie?"

„Damit meine ich die vier lächerlichen Clowns, die euch hierher schickten. Diese Menschen sind für den Tod Tausender ihrer Artgenossen verantwortlich. Und ganz speziell diese vier, die sich feige auf der anderen Seite des Portals verstecken. Würden die auch nur einen Fuß hier reinsetzen, sie wären gefangen. Für immer. Und das scheinen sie zu wissen."

Hm, es sieht so aus, als wolle er uns nicht angreifen. Ich stelle ihm auch mal eine Frage, dachte Roland.

„Was ist aus den anderen neun geworden, mit denen wir

herkamen? Die sind vor ein paar Minuten vorgelaufen."

„Diese Menschen waren schlecht. Sie haben nicht nur ihre Artgenossen, sondern auch Tiere gequält. Und das mehrfach. Dadurch bin ich berechtigt, sie hierzubehalten und ihrer gerechten Strafe zuzuführen. Die anderen sechs habe ich als Warnung zurück durch euer Spiegel-Portal geschickt. Ihre Seelen waren minderwertig, also habe ich sie als Wirt für sechs Dämonen benutzt. Seit vielen Jahrtausenden versuchen die Erdenbewohner unaufhörlich, Kontakt mit der Hölle aufzunehmen. Sie versuchen, dadurch Vorteile zu erlangen, die sie auf der Erde nutzen können. Selten gehen wir auf so einen Vertrag ein, denn es gibt nicht viel, was uns ein Mensch bieten kann."

„Ist das hier wirklich die Hölle?", wollte Mark wissen.

„Ja, das ist sie. Genug der Fragerei. Ich merke, dass mit euch etwas nicht stimmt. Ihr solltet nicht hier sein."

Kasul richtete seinen Speer auf Willi und berührte mit der Spitze kurz seine rechte Schulter. Daraufhin fiel er in eine Art Schockstarre. So konnte er weder hören, sehen, denken und auch keinerlei Bewegungen ausführen. Das Einzige, was er tat, war dastehen und atmen. Sein Blick ging ins Leere.

„Er gehört nicht zu euch", sagte Kasul. „Und umgekehrt. Euer Platz ist nicht hier, sondern in einer anderen Zeitlinie. Ich nehme an, ihr würdet einiges dafür tun, zurückzukehren in eure Gegenwart, in das Jahr 2018. Habe ich recht?"

„Wieso fragst du das? Bist du vielleicht zu so etwas fähig?", wollte Julius wissen.

„Ich bin zu allem fähig, kleiner, unbedeutender Wicht. Aber wie es auch bei euch Menschen üblich ist – meine Hilfe kostet was."

„Was verlangst du, Kasul?", fragte Toby in einem selbstsicheren Ton, so als sei er bereit, mit dem Diener der Hölle zu feilschen.

„Bringt mir den Dolch des Abaddon, und ich werde euch umgehend in eure Zeitlinie zurückbringen."

„Ich schätze mal, dieser Dolch ist an einem unerreichbaren Ort, sonst hättest du ihn doch längst in deinem Besitz", sagte Toby.

„Unerreichbar für mich, nicht für euch. Ich kann diesen Ort nicht verlassen, mein Platz ist hier, auf ewig. Deswegen kann ich nicht in die Stadt Megiddo reisen. Dort liegt er vergraben in der Nähe der Ausgrabungsstätten. Bis heute hat ihn niemand dort entdeckt."

„Also müssen wir irgendwie nach Palästina kommen, den Dolch einkassieren, und dann treffen wir uns wieder hier an diesem Ort, und du bringst uns nach Hause. Ist das die Vereinbarung?", fragte Toby.

Kasul nickte. „So soll es sein. Ich bringe euch genau an den Ort vor eurem Zeitsprung."

„Und wenn der jetzt unter Wasser steht? Was dann?"

„Dann müsst ihr den Atem anhalten."

„Gut, wir möchten uns ein paar Minuten allein beraten, bevor wir uns entscheiden", sagte Toby.

„Ich gebe euch die gewünschte Zeit. Wenn ihr euch entschieden habt, folgt den Schreien. Wenn sie lauter werden, bin ich in der Nähe", sagte Kasul und zog an den Jungs vorbei, weiter ins Hölleninnere.

Als er außer Sichtweite war, betrachtete Toby Willi näher. „Ist ja unglaublich. Er wirkt wie gelähmt."

„Der arme Kerl", sagte Mark. „Er sieht so leblos aus, wie er da steht. Seine Augen sind so starr. Er bewegt sich nicht einen Millimeter. Immerhin atmet er noch."

Julius wollte zum Wesentlichen kommen: „Kann bitte jemand was zu dem Deal sagen? Holen wir diesen dämlichen Dolch?"

„Das ist alles so unwirklich", meinte Mark. „Wir machen hier Geschäfte mit einem Typen, der halb aus Pferd und Mensch besteht."

„Zentaur heißt das, Kleiner."

Mark war genervt: „Ist doch scheißegal, wie das heißt. Du

hast vorhin ja auch gesagt, da kommt ein Pferd angeritten, Roland."

„Leute, jetzt mal ruhig und sachlich", beschwichtigte Toby. „Fakt ist, wir sitzen fest im Jahr 1941. Der Zentaur – und ich kann selbst nicht glauben, was ich da erzähle – bringt uns zurück nach 2018. Wenn wir ihm den Dolch von Abaddon bringen. Ich sage, wir haben keine andere Wahl."

Roland gab Toby recht: „So weit so gut. Also ich wäre einverstanden. Mark, Julius?"

Mark nickte, seine Freunde hatten ihn überzeugt. Nur Julius dachte über einige Probleme nach, die bisher noch keiner angesprochen hatte. Wenn man genau darüber nachdachte, waren es schwerwiegende Probleme.

„Im Endeffekt bin ich auch dafür. Problem Nummer eins wäre Willi. Was sagen wir ihm, wenn der Zentaur ihn aus der Starre erlöst? Wir können ihm wohl kaum von unserer Zeitreise erzählen. Problem Nummer zwei – wir sollten kriegswichtige Informationen finden. Die haben wir aber nicht. Außerdem kommen wir ohne Unterstützung der Nazis nirgendwo hin. Wir brauchen einen verdammt guten Plan."

Mark stellte nur eine Forderung. „Was wir auch tun, ohne Stiles werden wir nirgendwo hingehen – dass wir uns da richtig verstehen, Freunde der Nachtmusik."

Toby grinste über sein gesamtes Gesicht. Wer ihn kannte, wusste genau, dass das ein gutes Zeichen war. Gerade wenn man bis zum Hals in der Scheiße steckte – dieser Blick hieß nichts anderes als: Lösung in Sicht.

Roland drängelte. „Jawoll, alles klar, Toby, du hast eine Idee. Hör' auf mit dem blöden Grinsen und sag' einfach, was du auf der Latte hast."

„Also, wenn wir gleich wieder zurück durch das Portal gehen, werden wir diesen ganzen Obersturmbannleuten oder wie die heißen eine etwas abgeänderte Version unserer Mission auftischen. Dann lassen sie uns freiwillig nach Palästina und unterstützen uns dabei sogar. Und was Stiles angeht, wir werden ihn natürlich nicht hier lassen. Er ist ja immerhin auch ein Blackfin Boy – zwar ein felliger, aber er ist einer. Wer hat sich diesen Namen nochmal ausgedacht? Hört sich ja an wie eine amerikanische Boy-Band!"

Julius hob seine Hand. „Ich war so frei. Und du warst mit diesem Namen, wenn auch nur im Halbschlaf, einverstanden, mein Lieber."

Roland, Mark und Julius nickten gleichzeitig in Tobys Richtung. Dieser wollte sich mit dem Verlauf der Namensgebung nicht weiter beschäftigen und beschrieb seinen Freunden den Plan bis ins kleinste Detail. Willis betäubter Zustand war dabei ein großer Vorteil. Zu groß war die Gefahr, dass er sie verraten würde, wenn sie ihn einweihten. Während Toby sprach, machte jeder von den Jungs noch an der einen und anderen Stelle Vorschläge zur Verbesserung des Plans. Diese Zusammenarbeit führte – wie immer – dazu, dass eventuelle Schwächen des riskanten Vorhabens sofort erkannt und beseitig wurden. Denn vier Gehirne denken besser als eins. Als man sich vollends einig war, wurde beschlossen, Kasul aufzusuchen und ihm ihre Entscheidung mitzuteilen.

„Was meinte er vorhin?", überlegte Julius. „Weiter ins Hölleninnere, immer den Schreien nach. Dort werden wir ihn finden."

„Genau so. Dann auf, Jungs, los geht's. Willi nehmen wir auf dem Rückweg mit", meinte Toby.

Roland zeigte auf den Boden. „Wir brauchen doch nur den Abdrücken der Hufe im Sand zu folgen, dann finden wir den alten Gaul."

„Lass ihn das nicht hören. Ich glaube, er versteht keinen Spaß", flüsterte Mark vorsichtig.

„Zentaur, Roland. Es ist ein Zentaur. Halb Mensch, halb Pferd", erinnerte Julius. „Die Mehrzahl heißt übrigens Zentauren."

„Ja, weiß ich doch."

Während die Jungs weitergingen, dachte Roland über

etwas nach, was er eigentlich verdrängen wollte. *Dieser Kasul hatte vorhin gemeint, er hätte die neun anderen Jungs hierbehalten, weil sie keine guten Menschen waren. Ich aber habe sogar jemanden umgebracht, endgültig aus dem Leben gerissen. Damit bin ich ein Mörder und müsste eigentlich auch hier enden, wenn es nach Kasul geht. So was wie Notwehr wird es in der Hölle wohl nicht geben. Was mache ich denn nur, wenn er mich nicht gehen lassen will? Als Mörder gehört man doch in die Hölle. Nicht, dass dieser Kasul noch auf dumme Gedanken kommt. Vielleicht sollte ich ihm besser aus dem Weg gehen.*

„Ähm, Leute, bleibt mal kurz stehen. Ich glaube, ich gehe wieder zurück und warte bei Willi. Nicht, dass dem noch was passiert. Dann bis später."

Toby hatte da so eine Ahnung, dass sein Freund aus einem anderen Grund zurück wollte. „Stopp mal, Roland. Guck mich mal an. Das ist eindeutig der klassische Mich-beschäftigt-etwas-Blick. Was ist los mit dir? Raus damit!"

Roland schwieg. Seine Freunde hatten aber längst bemerkt, dass ihn etwas belastete. Rolands ausgeprägte Mimik war, gerade für enge Freunde, wie ein offenes Buch. Und er wusste, dass sie nicht locker lassen würden, bis er sich ihnen anvertraut hatte.

Mark hatte den richtigen Riecher, und noch bevor Roland antworten konnte, sprach er seine Vermutung aus: „Es ist wegen dem Mann, den du auf der Insel umgebracht hast. Jetzt hast du Angst, dass du deswegen hier, in der Hölle bleiben musst."

Roland sah verschüchtert auf den Boden und nickte zaghaft, kaum wahrnehmbar.

Julius ging auf ihn zu. „Du glaubst doch wohl nicht, dass wir dich hierlassen würden. Außerdem will der Kasul ja auch was von uns. Dieser Dolch des Abaddon ist ihm zu wichtig – und wenn er dich nicht gehen lässt, gibt es auch keinen Dolch. Ist eine ganz einfache Geschichte."

Toby und Mark nickten, ihre Mimik verriet, dass sie

ebenso hundertprozentig hinter Roland standen. Dann klatschte Toby einmal in die Hände und bewegte sie zum Weitergehen.

„Auf, Jungs, auf zu Kasul. Wir wollen ja schnell wieder weg hier."

Geschlossen folgte das unzertrennliche Pack dem Verlauf des Weges durch die Hölle. Ihr kleiner Spaziergang endete auf einer Art Klippe, von der sie in ein weites Tal sehen konnten. In der Mitte dieses Tals schien sich eine große Fläche zu bewegen. Erst wenn man genau hinsah, konnte man erkennen, dass es sich um etwas Lebendes handelte. Auf jeden Fall war klar: Von hier kamen die leidenden Schreie. Die Jungs standen da und beobachteten das Geschehen.

Julius war trotz seiner Angst überwältigt von dem Anblick. „Schaut euch das an, Leute, wir stehen hier oben auf einem Felsen und blicken auf dieses finstere Tal aus rotem Gestein und rotem Sand. Überall lodern Feuerstellen in verschiedenen Größen. Ich schätze, das ganze Areal ist so groß wie zwanzig Fußballfelder. Es gibt keinen Himmel, da oben ist nur schwarzer Rauch, der wahnsinnig viel Licht zu schlucken scheint."

„Sehr schön beschrieben, Julius", lobte Toby. „Mich würde mal interessieren, was das in der Mitte sein soll."

Roland überlegte: „Ja, ne?! Sieht aus wie ein riesiger roter See, in dem sich viele kleine was auch immer tummeln. Auf jeden Fall lebt da was."

„Ich möchte euch ja nicht stören, Jungs, aber, ähm, hinter uns steht Kasul", warf Mark ein.

Die anderen drei fuhren herum.

„Ich nehme an, ihr habt euch entschieden, den Dolch zu besorgen. Sehr gut. Übrigens, Roland, deine Bedenken bezüglich deines Verbleibs in der Hölle waren überflüssig. Zum einen gehörst du nicht in diese Zeit, zum anderen hast du einem Menschen das Leben genommen, der seinen Platz hier verdient und gefunden hat. Diese beiden Umstände verbieten es mir, dich hierzubehalten."

Roland wollte es genau wissen: „Heißt das, ich komme deswegen nicht in die Hölle?"

„Ich sage mal so – nicht heute und nicht hier."

„Was ist das alles im Tal da unten?", fragte Toby.

Kasul schien kurz zu überlegen, bevor er eine Entscheidung traf. „Also gut. Lasst uns hinuntergehen, ich werde es euch zeigen. Auf dem Weg werde ich euch alles über den Dolch des Abaddon erzählen, was ihr wissen müsst. Folgt mir."

Er betrat einen schmalen Weg, der steil nach unten in das riesige, weite Tal führte. Die Jungs konnten nicht großartig darüber nachdenken, dass sie sich in der Hölle befanden, zu wichtig waren die Informationen, die Kasul mitzuteilen hatte. Da sie sich bei dieser Ausgeburt der Hölle relativ sicher fühlten, blieben sie dicht bei dem dämonischen Zentaur und folgten ihm auf Schritt und Tritt.

„Jedes Jahr lasse ich eine gewisse Anzahl von Dämonen auf die Erde zurückkehren, um das Gleichgewicht von Gut und Böse beizubehalten. Dabei gibt es die verschiedensten Arten, die aber alle zwei Dinge gemeinsam haben – unauffällig und tödlich. Ein Mensch kann dreißig Jahre lang von einem Dämon besessen sein und in dieser Zeit ein unbescholtenes und vorbildliches Leben führen. Früher oder später wird der Dämon im Inneren seines Wirtes aber die Oberhand gewinnen. Das ist bei einigen so vorbestimmt und gewollt. Er wird dann rauben, töten, Chaos verbreiten, anderen Leid zufügen und nach seinem Ableben schließlich wieder hier in der Hölle landen. Einige Dämonen waren so schon viele tausend Male auf der Erde. Der Dolch des Abaddon ist in der Lage, all diese – zunächst unauffälligen – Dämonen aufzuspüren. Dazu bedarf es einer Weltkarte, die mit schwarzer Tinte auf ein Pergament gezeichnet wurde. Diese breitet man auf einem Tisch aus und hält die linke Hand in einer Höhe von vierzig Zentimetern darüber. In der rechten Hand hält man den Dolch. Jetzt macht man mit der Klinge einen tiefen Schnitt in seine linke Handfläche und lässt das Blut auf die Karte tropfen. Die einzelnen Blutstropfen teilen sich auf und bewegen sich zu den Orten, an denen die Dämonen zu finden sind. Und genau das will ich verhindern. Niemand soll die verborgenen Dämonen aufspüren. Es würde das vorhin erwähnte Gleichgewicht durcheinanderbringen. Mehr müsst ihr dazu nicht wissen."

„Gut, was wir aber wissen müssen, ist, wo genau wir den Dolch finden können. Ich meine Koordinaten und so", meinte Toby.

Kasul sah ihn an und machte einen Schritt auf ihn zu. „Viel zu umständlich." Dann ging er mit seinen Vorderbeinen auf die Knie und berührte kurz mit seiner Hand Tobys Stirn. „Jetzt weißt du, wo du den Dolch findest."

„Das gibt es doch nicht", staunte Toby. „Ich kann mich genau daran erinnern, wo ich den Dolch vergrub. Ich erinnere mich an Palästina, an Megiddo, an die Ausgrabungsstätten – sogar an die Straßen und Wege, die dort hinführen. Aber ich war noch nie in meinem Leben dort. Wie ist das möglich?"

„Du willst nicht wirklich eine Antwort auf diese Frage, mein Freund."

„Nein, nicht wirklich."

„Ich glaube eher, an diesem Ort ist alles möglich", sagte Roland und klang dabei, als würde ihn das nicht einmal sonderlich beeindrucken. „Bis runter zum Tal sind es ja noch Ewigkeiten, wie weit gehen wir denn?"

„Kennt ihr die Größe des Kontinents Afrika?", fragte Kasul.

Die Jungs sahen sich ungläubig an. Wollte Kasul damit etwa andeuten, dass ...?

„Afrika hat eine Fläche von über dreißig Millionen Quadratkilometern", sagte Julius.

Mark klatschte sarkastisch Beifall. „Ey, du bist sowas von

schlau."

„Ich habe noch keinen Menschen getroffen, der wirklich schlau ist", sagte Kasul. „Wenn ich jemandem einen Gefallen tun wollte, würde ich Folgendes sagen: Nimm dich in Acht vor dem Menschen, er ist ein Verbündeter des Teufels. Aber kommen wir zurück zur Hölle. Denn ihre Fläche ist ebenso groß wie Afrika."

Kasul blieb an einem Felsen stehen, der ein dunkelrotes, schwaches Licht abgab, und berührte das Gestein mit der Spitze seines Speeres. Daraufhin begann der Fels, kräftig zu glühen, strahlte dabei jedoch keine Hitze aus.

„Und weil die Hölle ein sehr großer und unüberschaubarer Ort ist, gibt es hier auch Portale. Los, geht durch."

„Ist ja nicht so, als wäre es das erste Mal", scherzte Toby und ging voran. *Seltsam, dieses Portal ist anders als der Spiegel. Ich bewege mich wie in Zeitlupe. Sind die Jungs hinter mir? Ah ja, ich sehe sie. Die bewegen sich auch so komisch. Da vorne scheint der Ausgang zu sein.*

Mark ging hinter Roland und hielt sich an dessen Tau fest, das straff um seine Hüfte gewickelt war. Als nun die Jungs und Kasul wieder aus dem Portal heraustraten, standen sie direkt am Fegefeuer.

Hunderttausende von schreienden und panischen Menschen trieben blutüberströmt und nackt in einem riesigen See. Sie versuchten, zum Ufer zu gelangen und dem Fegefeuer zu entkommen. Doch der See war bis zur Hüfte der Menschen mit einer roten, zähflüssigen Pampe gefüllt, die das Bewegen einschränkte. Und diejenigen, die zu nahe ans Ufer gelangten, wurden von den vielen Zentauren mit ihren Speeren zurückgetrieben. Dabei rammten sie die Speerspitzen in die Körper der Verdammten. So konnte keiner seiner gerechten Strafe entkommen. Die Schreie waren so laut, dass die Jungs ihre Ohren zuhalten mussten. Kasul hob seinen Speer und stieß ihn mit voller Wucht auf den Boden. Die lauten Schreie blieben abrupt aus und wurden durch ein

Röcheln ersetzt. Die Jungs nahmen ihre Hände von den Ohren. Sie sahen Kasul entsetzt an, denn solche Grausamkeiten hatten sie noch nie vorher gesehen. Keiner sagte etwas. Kasul spürte aber, dass die Jungs Fragen hatten, sie aber von dem, was sie sahen, so geschockt waren, dass es ihnen die Sprache verschlagen hatte.

„Ich habe ihre Stimmbänder reißen lassen. Jetzt können sie nicht mehr sprechen und schreien. Das mache ich sonst nie, weil wir diese Art von Lärm hier mögen. Ich tat es aus Rücksicht auf euch. Das ist übrigens der See, den ihr von der Klippe aus gesehen habt. Wir nennen es Fegefeuer oder Tal des Todes. Seht es euch ruhig genau an. Vielleicht seid ihr eines Tages Teil davon. Das Schöne ist, die können nicht sterben, die sind schon tot. Sie spüren nur die Schmerzen, die wir ihnen zufügen, und das tausend Jahre lang, erst dann werden sie erlöst. Hier unten ist das Blut in ihren Adern dicker. Wir können dann öfter zustechen, ohne dass ihre Körper auseinanderfallen oder völlig ausbluten."

Kasul blickte stolz in die Weiten dieser verfluchten Seelen. Er genoss das Leid der Verlorenen in vollen Zügen. Die Jungs standen da und beobachteten das Geschehen. Sie konnten einfach nicht wegsehen. Ihre Blicke waren wie fixiert.

"Ich dachte, das Fegefeuer wäre so eine Art Vorhölle, aus der man unter bestimmten Umständen entkommen kann?", fragte Roland.

"Was sollen das für Umstände sein?", entgegnete Kasul verärgert.

"Na ja, Einsicht und Reue zum Beispiel."

Kasul lachte laut. "Einsicht und Reue in Bezug auf den Menschen? Um es kurz zu machen: Keine einzige Seele kann entfliehen. Und was das Fegefeuer angeht, es ist eine Art Wartebereich für die bevorstehenden Qualen, nichts anderes. Mir ist bekannt, dass einige Gottesvertreter anderer Meinung sind, nur leider irren sie sich. Sie irren sich gewaltig."

Es ist einfach unglaublich, dachte Toby. *All diese Menschen, all dieses Leid. Die sind alle so blutüberströmt, dass man nur an ihren weit aufgerissenen Augen und offenen Mündern erkennt, dass es sich um Menschen handelt.*

Auch Roland konnte nicht fassen, was er da sah. Ungläubig starrte er auf die vielen Zentauren, die um den ganzen See verteilt waren. Es war ihm unbegreiflich, welche Freude sie augenscheinlich empfanden, wenn sie mit ihren Speeren die Leiber der Menschen durchbohrten. Schrecklich.

Markt kämpfte mit sich selbst. *Ich kann es einfach nicht fassen. Ich sehe hier meine besten Freunde, die neben einem Zentauren stehen. Und alle starren sie auf dieses Meer voll Leid und Verdammnis.* Schnell senkte er seinen Kopf und blickte auf seine nackten Füße, die eingestaubt und verdreckt im roten Sand standen. Dieser Anblick gefiel ihm bei Weitem besser.

Julius war der Einzige, der die Szenerie aus einem anderen Blickwinkel betrachtete. *Sie werden es verdient haben. Keiner ist hier, weil er in seinem Leben nur Gutes vollbracht hat. Irgendwo da drin muss auch Blake sein. Ich hoffe es. Meinem Bruder wünsche ich von ganzem Herzen, dass er an einem besseren Ort ist.*

„Ah, darauf habe ich gewartet", rief Kasul entzückt. „Seht da hinten, aus der Menge erhebt sich ein Fels, gerade mal so groß, dass darauf zwanzig Menschen Platz haben. Jeder, der auf den Felsen klettert und dort verweilt, ist für diesen Moment schmerzfrei und wird auch nicht von den anderen Zentauren gefoltert. Nach ein paar Stunden versinkt der Fels wieder und taucht an einer anderen Stelle auf. Herrlich."

„Die Menschen scheinen das schon zu kennen", meinte Toby. „Als ob es um ihr Leben ginge, versuchen sie, mit allen Mitteln auf den Fels zu gelangen. Kann ich verstehen, wenn sie dort eine Pause von ihren Qualen haben. Was ist denn jetzt los? Die, die es hinauf geschafft haben, treten und schlagen nach den anderen, die auch einen Platz haben wollen."

„Das ist ja das Unterhaltsame daran. Sie verhalten sich ganz einfach wie Menschen. Seht ihr, da - einer hat es geschafft, aus dem Fegefeuer zu klettern. Wartet hier, ich bin sofort wieder bei euch."

Kasul galoppierte los, um den Ausreißer wieder einzufangen. Der blutüberströmte Mann rannte, so schnell er konnte, doch Kasul holte ihn schon nach wenigen Sekunden ein und bohrte seinen Speer mit voller Wucht in den Rücken des Flüchtlings. Die Spitze des Speers ragte aus seiner Brust. Dann hob der Zentaur seine Beute stolz nach oben in die Luft und trabte zu den Jungs, die mit weit aufgerissenen Augen das Geschehen beobachteten.

„Seht mal, was ich hier habe. Verdorbenheit am Spieß. Anders kann man diese Kreatur nicht bezeichnen. Seht genau hin, er versucht die ganze Zeit zu schreien und berührt immer wieder vorsichtig mit seinen Fingern die Speerspitze, als könnte er nicht fassen, dass ich ihn aufgespießt habe. Ja, mein Freund, sei entsetzt, genieße diesen Moment, diese unendlichen Schmerzen. Ich frage dich, was fühlte das Neugeborene, das du zu Tode geschüttelt hast, nur weil die kleine, unschuldige Seele ein paar Minuten am Stück schrie – und das auch nur, weil er Hunger hatte?"

Von Weitem sah es aus, als würde Kasul den Mörder an den Haaren ziehen. Tatsächlich aber zog er dem Aufgespießten seine gesamte Kopfhaut ab und warf sie auf den staubigen Boden. Danach holte er mit seinem Speer weit aus und schleuderte den Mann zurück in das Fegefeuer. Dann wandte sich der Zentaur wieder den geschockten Jungs zu.

„Können wir diesen Ort jetzt bitte verlassen?", fragte Toby schon ganz verzweifelt.

Kasul überlegte kurz. „Gut, nur noch eine Sache, dann bringe ich euch zurück, damit ihr eure Mission beginnen könnt. Folgt mir."

Er führte die Jungs zu einem weiteren Portal. Doch bevor er sie zum Durchgehen aufforderte, stampfte er seinen Speer erneut auf den Boden – die kaum auszuhaltenden Schreie der Menschen im Fegefeuer waren jetzt wieder zu hören. Zufrieden gab Kasul ein Handzeichen, dass die Jungs durch das

Portal gehen sollten, denn er wollte seinen Gästen noch einen anderen Bereich der Hölle zeigen.

„Wo sind wir denn jetzt gelandet?", fragte Roland. „Es ist auffällig ruhig hier. Die Luft ist schwer zu atmen, und ein seltsamer roter Schimmer, fast wie Nebel, schwebt durch die Luft. Das kann doch nichts Gutes bedeuten, oder?"

„Hier gibt es spezielle Strafen für spezielle Untaten", klärte Kasul auf.

„Welche Entfernung haben wir denn gerade zurückgelegt, als wir durch das Portal gingen?", wollte Julius wissen.

Kasul wiegte leicht den Kopf. „Das war eine eher kurze Strecke – vielleicht zwei- oder dreitausend Kilometer."

„Da hinten, diese großen Typen", rief Toby plötzlich aufgeregt, „einer von denen war in meinem Albtraum und hat meinen Fuß mit einer Bärenfalle abgetrennt!"

„Das sind Traumfresser. Sie treten in Gebieten auf, in denen grauenvolle Dinge geschehen sind oder noch geschehen werden. Ebenso an Orten, die verflucht wurden von denen, die durch die Gewalt anderer Menschen qualvoll starben. Sie haben auch die Fähigkeit, Menschen aufzuspüren, die unter Albträumen leiden. Sie können sogar ein Teil davon werden. Sieh' dir doch mal dein rechtes Fußgelenk an."

Toby zog hektisch das Ende seiner Mönchskutte hoch, um nach seinem Fußgelenk zu sehen. Was er dann entdeckte, ließ seine kräftige Gesichtsfarbe verblassen.

„Da ist eine Narbe, die einmal um das ganze Fußgelenk herumgeht. Sie sieht aber aus, als wäre die Verletzung viele Jahre her. Wie ist das möglich?"

„Typisch Mensch, ihr wollt immer alles aufklären, alles wissen. Krampfhaft versucht ihr, eine logische Erklärung zu finden für die Dinge, die ihr nicht versteht und niemals verstehen werdet. Darin bleibt die Menschheit weiterhin erfolglos, denn sie glaubt nicht."

Roland versuchte, Toby zu beruhigen. „Also eines ist ganz sicher, in dieser Nacht hast du neben uns auf deiner Matratze gepennt. Alles andere hätten wir mitbekommen. Oder habt ihr was gesehen oder gehört, Mark, Julius?"

Beide verneinten. Obwohl Tobys Freunde sich sicher waren, dass sich niemand in der besagten Nacht an ihm zu schaffen gemacht hatte, überwiegte in ihnen ein ungutes Gefühl. Kasul führte die Jungs nun direkt zu den Traumfressern, um ihnen bei ihrer Arbeit zuzusehen.

Jetzt kommt doch gleich wieder so ein fieses Horrorszenario, befürchtete Mark. *Da stehen zwölf von diesen Traumfressern oder wie die heißen und machen etwas. Nur was? Sie stehen vor einem alten Holztisch so dicht an dicht mit dem Rücken zu uns, ich kann es nicht erkennen. Aber dem Geruch nach ist es etwas Unangenehmes. Außerdem ... da röchelt doch was, das kann ich deutlich hören!*

Die Jungs folgen Kasul einmal um die Traumfresser herum, während er deren Vorgehensweise erläuterte.

„Lasst mich diese Prozedur erklären. Hier sehen wir zwölf Traumfresser, die auf einem großen Holztisch sechs Sünder behandeln. Als Erstes wurden ihre Körper mit Eisenketten an dem Tisch fixiert. Dann haben die Traumfresser ihre Stimmbänder herausgerissen, um zu verhindern, dass sie vor Schmerzen schreien. Denn ihr müsst wissen, Traumfresser sind sehr geräuschempfindlich und überaus sensibel. Deswegen halten sie sich auch von dem Fegefeuer fern, sie ertragen den Lärm nicht. Übrigens, jeder Traumfresser besteht aus dreiunddreißig Dämonen. Wenn sie sprechen, hört es sich an, als würde ein ganzer Männerchor gleichzeitig sprechen."

Das kommt mir irgendwie bekannt vor, dachte Toby.

Kasul fuhr mit seinen Ausführungen fort. „Mit diesen alten, rostigen Messern und Schwertern werden nacheinander die Gliedmaßen abgetrennt. Dabei lassen sich die Traumfresser Zeit. In sechs Wochen ungefähr sind die Sünder fertig bearbeitet. Sie bestehen dann nur noch aus Rumpf und Kopf."

Mark konnte sich nicht mehr beherrschen, er musste sich

übergeben. Auch die anderen Jungs hielten sich die Hand vor den Mund und begannen, zu würgen.

Ich war ja schon so einiges gewöhnt von Blake, aber das hier ..., dachte Julius. *Mir wird schlecht. Diese röchelnden Menschen, in ihren Augen kann man den blanken Horror sehen. Wenn die Traumfresser mit ihren Klingen in das Fleisch dieser Menschen schneiden, hört sich das an, als würde man ein nasses Küchenhandtuch langsam zerreißen. Die Arme haben sie schon allen abgeschnitten. Das Blut läuft aus den Wunden wie ein kleiner Wasserfall. Und dieser Geruch – es riecht einfach nach Tod und Verderben. Ich muss mich umdrehen, ich kann das nicht mehr ertragen.*

Mark sah, dass Julius sich wegdrehte. Beide hielten sich gegenseitig fest und entfernten sich ein paar Schritte, um dem unendlichen Grauen für eine Weile zu entkommen.

Kasul fuhr indes mit seinen Ausführungen fort. „Ihre Wunden werden zunächst versorgt, damit sie nicht vollständig ausbluten. Und dann der Höhepunkt. Dreht euch mal um, seht ihr, da hinten?"

„Sieht aus wie viele Aquarien, alle übereinander gestapelt", meinte Roland. „Das Wasser darin ist aber komisch verfärbt, irgendwas schwimmt da drin. Und die Scheiben sind von Moos überzogen."

„Sehr richtig. Da werden die Körper, oder was davon übrig ist, hineingeworfen. Sie ertrinken also, ohne Gliedmaßen, ohne sich bewegen zu können, immer und immer wieder. Eintausend Jahre lassen wir sie in diesen Behältern."

„Was haben die denn getan, dass sie so eine unmenschliche und grauenvolle Strafe bekommen?", fragte Julius ganz aufgebracht.

„Das sind alles Fischer. Sie gehören zu denen, die Millionen von Haien aus dem Meer zogen und ihnen bei lebendigem Leibe ihre Flossen abgeschnitten haben. Nach dieser Tortur warfen sie ihre noch lebenden Körper zurück ins Meer, wo die armen Tiere auf den Grund sanken und jämmerlich ertranken. Denn ohne Flossen kann kein Hai schwimmen und dadurch auch nicht atmen. Und alles nur, um mit diesen Flossen eine Suppe zu kochen. Ihr Menschen habt für diese Gräueltat sogar einen Namen – Finning. Die Strafe für diese Leute ist angemessen."

„Ich glaube, wir haben genug gesehen. Wir sollten von hier verschwinden und unsere Mission beginnen, Jungs. Mir ist sowas von übel", teilte sich Mark mit.

„Dann soll es so sein, ich bringe euch zurück zum Portal. Ich hätte euch noch gern gezeigt, was wir mit Sündern machen, die noch nicht ausgewachsene Menschen für ihre abtrünnigen Gelüste benutzen."

„Nein!", riefen die Blackfin Boys panisch wie aus einem Munde. Sie waren sich einig, nicht noch mehr von diesen grausamen Bestrafungen sehen zu wollen.

„Nun gut, folgt mir."

Tobys Forscherdrang klopfte noch ein letztes Mal schwach an: „Nur noch eine vorletzte Frage, Kasul."

„Mensch, Toby, es reicht", pöbelte Roland.

Doch der blieb stur und stellte unverblümt seine Frage: „Die vielen anderen, die vor uns durch das Portal gingen, hast du sie nicht gesehen?"

„Ich konnte sie sehen. Sie mich nicht. Ich bat einen der Traumfresser, den Verstand der Eindringlinge zu manipulieren. Als sie durch das Portal in die Hölle kamen, sahen sie nichts als eine kleine Höhle, die nach 50 Metern endete. Außer Staub und Stein wurde ihnen nichts geboten. So konnten wir sicher sein, dass sie wieder schnell verschwinden. Obwohl, sie nicht zu töten, fiel mir merklich schwer."

„Aha, okay. Eines noch: Wenn du wolltest, Kasul, könntest du uns jetzt sofort in unsere richtige Zeit, nach 2018 zurückbringen?"

„Wenn ich wollte – ja. Aber davon habe ich nichts. Erfüllt euren Teil des Vertrages. Geht nun durch dieses Portal, es wird euch in die Nähe eurer Ausgangsposition bringen."

Das ließen sich die Jungs nicht zweimal sagen. Zügig marschierten sie durch den rot glühenden Fels.

KAPITEL 5 – IN TÖDLICHER MISSION

Als die Blackfin Boys das Portal verließen, fanden sie sich tatsächlich im Anfangsbereich der Hölle wieder, nicht weit entfernt von dem Spiegel, durch den sie hierhergekommen waren. Sie waren vielleicht 150 Meter von Willi entfernt.

„Wartet mal bitte", sagte Julius. „Ich muss das erst mal verdauen. Die letzten Minuten und auch die letzten Stunden davor – ich kann nicht mehr. Ich will einfach für eine Weile hier auf dem sandigen Boden sitzen und abschalten. Ich kriege sonst noch eine Krise, Leute. Nur einen kleinen Moment."

„Du siehst wirklich schlecht aus, Alter", sagte Toby besorgt und setzte sich dicht neben Julius, der sein Gesicht tief in seinen verschränkten Armen vergrub.

Beide saßen nun in ihren roten Mönchskutten im roten Sand, angelehnt an eine staubige Felswand, die Beine angewinkelt, die Arme auf den Knien abgelegt. Roland und Mark erkannten, dass sie sich alle ein bisschen Zeit für ihren Freund Julius nehmen mussten. Also setzten sie sich ebenfalls zu ihm.

„Hier an dieser Stelle sind die Schreie, die aus dem Fegefeuer kommen, ganz leise. Fast beruhigend, wenn man nicht wüsste, was dahinter steckt", murmelte Julius, das Gesicht noch immer verborgen.

Toby, Roland und Mark ließen ihn einfach erzählen. Sie unterbrachen ihn nicht und kommentierten seine Sätze nicht.

„Diese Fischer – die Traumfresser haben ihnen brutal Arme und Beine abgeschnitten. Wie das ausgesehen hat. Da brauch ich bestimmt später eine Therapie bei einem Psychologen, der mir hilft, das alles zu verarbeiten. Soll ich euch mal was sagen? Wenn ich mir so überlege, was die Fischer den Haien angetan haben, denke ich, die haben es verdient. Aber was mich am meisten belastet, ist, dass ich wieder richtig tief in der Scheiße stecke. Als ob das mit Blake auf der Insel noch nicht genug gewesen wäre."

Julius schluchzte ein wenig, gab sich aber große Mühe, seine Verzweiflung zu verbergen. Toby legte tröstend seinen Arm um ihn. Roland streichelte kurz über sein glattes Haar und brachte es damit durcheinander. Mark stand auf, ging auf Julius zu, bückte sich, um mit ihm auf Augenhöhe zu sein, und sagte leise:

„Julius – wenn du so in dieser Position sitzt, kann man deinen Pimmel sehen."

Gleichzeitig lachten die Jungs laut los, als hätten sie sich gerade einen Witz am Tresen einer Kneipe erzählt. Als sie aufstanden und noch immer kichernd weitergingen, stellten sie fest, dass ihre Mönchskutten vom roten Sand der Hölle völlig eingesaut waren. Wieder bekamen sie einen erbarmungslosen Lachkrampf. Da war er wieder – ein kleiner Augenblick der Zufriedenheit, der Freude und Sorglosigkeit. Allzu wenig hatten die Jungs davon in den letzten Tagen erfahren. Doch wie immer machten sie das Beste aus ihrer Situation. Julius ließ sich nur allzu gern von der positiven Energie seiner Freunde anstecken und hatte jetzt wieder gute Laune. Er war sogar schon wieder zu Scherzen aufgelegt:

„Sagt mal, Leute, gibt es eigentlich irgendeinen sinnvollen Grund, warum wir unter unserer Kutte keine Unterwäsche tragen? Oder haben die noch was Unanständiges mit uns vor?"

„Da kann ich dich beruhigen", meinte Toby. „Einer von den SS-Leuten hat doch vorhin was von unerwünschten Wellen gebrabbelt, die von der normalen Kleidung ausgehen könnten. Auf was Unanständiges musst du also verzichten."

„Schade eigentlich", scherzte Julius und musste wieder lachen.

„Ich glaube, jetzt ist es nicht mehr weit, dann müssten wir auf Willi treffen", erinnerte sich Roland.

Mark wusste es genauer: „Da vorne geht es leicht nach links. Willi müsste genau in der Kurve stehen. Und von ihm aus sind es dann nur noch sechzig bis siebzig Meter zum Portal – oder besser gesagt bis zur Rückseite des Spiegels. Wollen wir hoffen, dass er noch funktioniert."

„Meinst du damit Willi oder das Portal?", grinste Julius.

Die Jungs schlenderten guter Laune weiter, um Willi abzuholen. Danach sollte es zurück durch das Portal gehen. Und genau dort, wo Kasul Willi eingefroren hatte, stand er noch immer unverändert starr in der Gegend herum und tat nichts außer atmen.

„Hm, vielleicht kommt er wieder zu sich, wenn wir ihn anstupsen?!", meinte Roland. „Oder ich gebe ihm einfach eine ordentliche Backpfeife."

„Stopp, Roland! Wir haben da was übersehen!", ging Toby dazwischen. „Willi hat Kasul gesehen."

Mark hatte das Problem ebenfalls erkannt: „Ganz genau. Das bedeutet, er hat gehört, wie Kasul sagte, dass wir hier nicht hergehören. Dann hat er ihn eingefroren."

Julius schnipste mit seinen Fingern und machte einen Gesichtsausdruck, als hätte er das Problem gelöst: „Ist doch klar, dann erzählen wir Willi genau das, was wir auch den SS-Leuten Hoffmann und Co auftischen werden. Das hatten wir vorhin doch schon besprochen."

„Das reicht aber noch nicht", gab Mark zu bedenken. „Denn Willi wird es sicher merkwürdig finden, dass er als

Einziger eingefroren wurde und ganz zufälligerweise wir vier die halbe Hölle ausgekundschaftet haben."

„Ganz einfach", meinte Roland, „dann erzählen wir Willi, dass Kasul, direkt nachdem er ihn eingefroren hat, das Gleiche mit Julius und Mark getan hat. Dann wird er keinen Verdacht schöpfen."

Toby nickte Roland zu. Dieser zögerte nicht und gab Willi eine so kräftige Ohrfeige, dass es nur so klatschte. Toby, Mark und Julius zuckten kurz zusammen, denn sie hatten nicht damit gerechnet, dass Roland Willi so unsanft aus seiner Trance befreien wollte.

„Mensch, Roland, du solltest ihn nur kurz anstupsen!", schimpfte Toby.

Doch Roland zuckte nur kurz mit den Schultern und beobachtete genau wie seine Freunde, wie Willi auf den Schlag reagierte. Der schien tatsächlich wieder langsam zu sich zu kommen und zwinkerte ein paarmal. Er schwankte leicht, als wäre er betrunken.

Mit verschlafener Stimme fragte er schließlich: „Was ist denn passiert? Wo ist dieser Mann hin, den sie Pferd nannten, oder was war das für ein Kasul – ich äh …"

„Du bist ein bisschen verwirrt, Willi. Das liegt daran, dass Kasul dich in eine Art Tiefschlaf versetzt hat", erklärte Toby behutsam. „Mark und Julius wurden auch auf diese Weise betäubt."

Toby gab den beiden hektisch ein Zeichen und zeigte unauffällig auf Willi, der immer noch etwas taumelte. Prompt begannen Mark und Julius, ihn nachzuahmen, und taumelten unkoordiniert gegeneinander. Allerdings übertrieben sie dabei ein wenig.

„Oh mein Gott, mir ist so furchtbar schwindelig", sagte Mark leidend, wobei er auffällig hin und her wankte.

Julius tat das Gleiche: „Oh mein Gott, ich bin furchtbar, dann schwindel' ich."

Toby schaute sie böse an, sein Blick sagte eindeutig:

Jungs, hört mit dem Blödsinn auf und schaltet mal einen Gang zurück!

Willi allerdings bekam das Ganze überhaupt nicht mit. Roland stellte sich neben den Orientierungslosen, legte Willis linken Arm um seine Schultern und ging los. Um ihn fest im Griff zu haben, umfasste Roland mit seiner Rechten Willis Hüfte. So gingen sie langsam vorwärts.

„Na komm, wir hauen jetzt ab hier. Noch ein paar Meter, dann müssten wir auf den Spiegel stoßen."

Toby, Mark und Julius folgten den beiden. Während die fünf Richtung Ausgang spazierten, wollte sich Willi umdrehen, dabei fragte er:

„Wieso sind eure Mönchskutten alle so dreckig und staubig, und meine ist ganz sauber?!

Roland löste das Problem geschickt: „Nicht umdrehen, schau nach vorne, Willi."

„Ja warum sind denn nun eure Mönchs-, ähm ... Beantworte doch meine Frage!"

„Du bist immer noch etwas verwirrt. Und eine Frage hast du mir nie gestellt. Jedenfalls nicht in den letzten Stunden."

Willi gab sich damit zufrieden. Toby, Mark und Julius hielten sich die Hand vor den Mund, um das Lachen zu unterdrücken. Als das Portal in Sicht war, gingen die Jungs ganz entspannt weiter, als würde es sich um einen ganz normalen Ausgang handeln. Selbst das grünlich schimmernde Feuer beeindruckte sie nicht großartig. Zu viel schräges Zeug hatten sie in den letzten Stunden erlebt. Und Willi war immer noch nicht klar bei Verstand. In seinem Zustand hätte man ihm weißmachen können, dass die Erde eine Scheibe ist, er hätte es geglaubt. Langsam durchschritten die fünf nacheinander das Portal und fanden sich in dem unterirdischen Raum wieder.

Sechs bewaffnete SS-Jungs nahmen sie in Empfang. Ihre Gewehre waren fast so groß wie sie selbst.

Der Größte von ihnen fragte: „Wo wart ihr denn die ganze

Zeit? Wir schieben hier seit fünf Tagen Wache. Wir dachten schon, ihr würdet nie wieder zurückkehren."

„Fünf Tage waren wir weg? Na ja, immerhin haben wir auch etwas entdeckt", erklärte Toby und gab sich vergeblich große Mühe, souverän und wenig überrascht zu wirken. Im Inneren aber haute ihn die Zeitangabe völlig um.

Mark war in Sorge: „Hat sich in der Zeit jemand um unseren Hund gekümmert?"

„Ja, die Kameraden aus eurer Nachbarstube haben ihn mitversorgt. Dann lasst uns mal zurück zu Turm A, dann könnt ihr euch waschen und dem Obergruppenführer Thomas Hoffmann Meldung machen."

Die Blackfin Boys, mit Willi im Schlepptau und im Nacken die übermüdeten SS-Jungs, machten sich erschöpft auf den Rückweg. Der Aufenthalt in der Hölle hatte sie viel Energie gekostet, es war nichts mehr übrig. Den sechs SS-Jungs ging es genauso. Tagelanges Warten und Nichtstun war auch eine Art der Belastung, die aber eher an den Nerven zerrte als an der körperlichen Verfassung. Während der Fahrt mit der Bahn und dann mit dem Fahrstuhl an die Erdoberfläche, sagten die Jungs kein Wort. Ein paar Stunden Schlaf, ein paar Stunden nichts hören und nichts sehen – das war momentan ein Luxus, den sie mehr herbeisehnten als alles andere.

***

Als sie endlich in ihrem Zimmer waren, begrüßte Stiles die Jungs mit lautem Fiepen und Bellen und sprang an jedem hoch, der gerade in Reichweite war, und leckte begeistert jedes Gesicht, das er erwischte. Nur Willi beachtete der freudetrunkene Rottweiler kaum. Der angenehme Moment wurde von Obergruppenführer Hoffmann gestört, als der in ihr Zimmer stürmte.

„Wie seht ihr denn aus? Sofort duschen, dann vernünftig einkleiden und unverzüglich in mein Büro. Ich erwarte euch in zehn Minuten. HEIL HITLER!"

„Heil Hitler!", erwiderten die Jungs schwach und ausgebrannt.

Als Hoffmann das Zimmer verließ, fluchten die Blackfin Boys leise vor sich hin. Es fielen Beleidigungen wie Arschloch, Trottel, Vollidiot, brauner Kackhaufen. Willi war entsetzt, wie respektlos die Jungs über ihren obersten Chef sprachen.

„Das könnt ihr doch nicht sagen, er ist doch unser Vorgesetzter. Außerdem will er doch nur unser Bestes."

„Was können wir nicht sagen?", fragte Roland forsch.

„Na diese ganzen Beleidigungen, die ihr eben von euch gegeben habt."

Roland gab den Ahnungslosen: „Hier hat keiner niemanden beleidigt. Dein Verstand ist noch nicht ganz wieder in Ordnung, Willi. Komm erst mal mit duschen, danach geht es dir bestimmt besser."

Willi schüttelte verwirrt den Kopf. „Wahrscheinlich hast du recht."

Die Jungs grinsten sich gegenseitig an. Um den Obergruppenführer nicht zu verärgern, suchten sie sofort im Untergeschoss die Duschen auf und wuschen sich den roten Staub vom Körper. Besonders hatte sich dieser in ihren Haaren und Ohren festgesetzt. Das Wasser zu ihren Füßen verfärbte sich blutrot.

„Mann, Leute, das ist so eine Wohltat", dachte Toby laut.

„Ich könnte hier glatt einschlafen unter dem warmen Wasser. Ist auch eine Frechheit, uns nach den ganzen Strapazen gerade mal zehn Minuten Zeit zum Duschen und Umziehen zu geben. Drecksbande", ärgerte sich Roland.

Willi hatte für Rolands Kritik kein Verständnis. „Manchmal finde ich eure Ausdrucksweise sehr bedenklich. Außerdem haben wir einen klaren, eindeutigen Befehl erhalten."

„Du wirst dich noch wundern, Willi. Mehr sage ich erst mal nicht", prophezeite Mark mit bitterernstem Ton.

„Wir haben doch diese unglaublich wichtigen Informationen erhalten. Also können die sich gefälligst nach uns richten. Außerdem habe ich einen widerwärtigen Hunger, der sich von innen durch meine Magenwand beißt. Wenn wir uns abgetrocknet und angezogen haben, gehen wir kurz gegenüber in die Kantine", bestimmte Julius spontan.

„Na, ihr traut euch ja was", sagte Willi etwas verschüchtert.

Mittlerweile waren zwanzig Minuten vergangen. Erst jetzt trockneten sich die Jungs in Ruhe ab. Willi war bereits verschwunden. Zu groß war seine Angst, wegen der Verspätung Ärger zu bekommen. Während sich die Blackfin Boys ihre SS-Uniformen anzogen, fiel Roland etwas auf, als er sich im Spiegel betrachtete.

„Also eines muss man dieser Uniform lassen: Sie sitzt wie angegossen. Das Material ist so richtig dick und schwer. Ich schätze mal reine Wolle, die gekämmt ist. Glattes Kammgarn könnte man auch sagen. Keine Spur von Chemiefasern. Wenn die Uniform nass wird und dann nach nassem Haar riecht, kannst du davon ausgehen, dass das eine Bombenqualität ist."

„Na, da scheint ja ein richtiger Experte zu sprechen. Woher die Kenntnisse, Obersturmbanndingens Roland?", scherzte Mark.

„Mein Konfirmationsanzug bestand auch aus so einem Material. Soll wohl ein paar Tausender gekostet haben, erzählte meine Mutter. Völlige Verschwendung war das. Jetzt passt sie natürlich nicht mehr. So eine gute Qualität gibt es heute gar nicht mehr. Na ja, wobei heute ja gestern ist – 1941."

„Wisst ihr, was mir auffällt?", fragte Toby. „Sobald man die komplette Uniform anhat, nimmt man automatisch Haltung an. Das merke ich bei mir und sehe es bei euch. Wenn ich versuche, mich hängen zu lassen, wird es im Halsbereich unangenehm und unbequem."

Julius wusste, warum das so war. „Das ist pure Berechnung. Die Hochwertigkeit der Uniform soll dem Träger das Gefühl geben, etwas Besseres zu sein, nämlich ein Teil einer ganz bestimmten Elitegruppe – wie die Nazis meinen. Und dann natürlich diese aufrechte Haltung, die macht Eindruck beim Volk. Alles total teuflisch von einem wahnsinnigen Massenmörder und seinem treuen Gefolge durchdacht. Schrecklich."

Frisch geduscht und vorschriftsmäßig gekleidet, machten die ausgehungerten Jungs einen Abstecher in die Kantine. Die Tür war zu, aber nicht verschlossen. Ein vertrauter Duft lag in der Luft.

„Hm, kein Mensch hier. Ist wohl noch zu früh", vermutete Toby.

Roland ging zielstrebig auf den Ausgabetresen zu, der am Ende der Kantine lag. „Wenn ich es nicht besser wüsste ... Ich rieche doch eindeutig Frikadellen, die müssen doch hier irgendwo sein. Bestimmt hinter dem Tresen."

Aufgeregt öffnete Roland nacheinander alle Schränke und Fächer, in denen er seine Beute vermutete.

„Gewürze, Mehl, Salz und Zucker von mehreren Kilos ... ah, hier! Hab sie gefunden! Oh Mann, ist das lecker ist das lecker ist das lecker!"

„Seine Nase muss ähnlich wie die von Stiles funktionieren", lachte Mark.

Nachdem Roland auch noch einen Korb voller Brötchen entdeckt hatte, kamen die Jungs in den Genuss der berühmt-berüchtigten Frikadelle auf Brötchen. Begeistert und viel zu schnell schlangen die Ausgehungerten ihr Essen hinunter.

Halbwegs gesättigt machten sie sich nun auf den Weg zum Büro des Chefs, Obergruppenführer Hoffmann. Sein Büro lag ganz oben in Turm D, in dem auch die Gegnerforschung betrieben wurde. Die Tür stand offen. Willi war bereits da. Insgesamt strahlte das Arbeitszimmer eine beklemmende und düstere Atmosphäre aus. Das lag überwiegend am dunklen Holz, das Boden und Decke zierte. An der Wand ein großes Öl-Gemälde, das Hitler in einer überheblichen Siegerposition zeigte. Hoffmann war außer sich vor Wut und fing sofort an zu schreien.

„Ich sagte zehn Minuten und nicht eine halbe Stunde, ihr Trottel. Wenn eure Informationen nicht halbwegs brauchbar sind, stecke ich euch einen Monat in den Kerker. Und jetzt redet gefälligst. Was habt ihr in den fünf Tagen erfahren?"

Jetzt war es Zeit für den Plan, den sich die Blackfin Boys in der Hölle – während Willi schlief – ausgedacht hatten. Sie wussten, wenn sie den wahren Nutzen des Dolchs von Abaddon preisgeben würden, wäre das kein Gewinn für die Nazis. Und es gäbe keinen Grund, sie nach Palästina zu schicken. Somit wäre der Dolch und damit auch der Pakt mit Kasul futsch.

Toby trat vor. „Dass wir so lange fortwaren, war uns nicht bewusst. Die Zeit vergeht anders an diesem Ort. Für uns waren es zwei oder drei Stunden."

„Das erklärt, warum die anderen berichteten, dass sie nur ein paar Sekunden auf der anderen Seite waren. Keiner von ihnen hat etwas gesehen, da soll nur eine kleine Höhle gewesen sein. Also, weiter", forderte Hoffmann ungeduldig.

„Warum die anderen nichts sahen, weiß ich nicht. Wahrscheinlich waren sie nicht tief genug in der Höhle. Wir haben aber ein altes Pergament gefunden, auf dem der Dolch des Dämon Abaddon abgebildet war."

„Wo ist dieses Pergament, ich will es sehen."

„Als wir zurück durch den Spiegel gingen, um wieder in diese Welt zu gelangen, verbrannte das Pergament leider."

„Was stand darin, ich will jede Einzelheit wissen!"

„Der Dolch des Abaddon ist eine Art heiliges Messer. Wenn man mit ihm andere Klingen berührt, wie zum Beispiel Schwerter oder auch Macheten und Speere, ist der Führer dieser Waffe nahezu unverwundbar und erhält ungeahnte Kräfte."

Hoffmanns Ton wurde schlagartig ruhiger und freundlicher. Der Dolch stand augenblicklich ganz oben auf seiner Prioritätenliste. „Wo ist dieser Dolch? Stand das auch auf diesem Pergament?

„Da war eine Karte, die haben wir uns genau eingeprägt", fuhr Toby fort. *Jetzt haben wir dich!,* dachte er. „Der Dolch befindet sich in Palästina in der Stadt Megiddo. Dort gibt es Hunderte von Ausgrabungsstätten. Wir wissen aber genau, wo wir suchen müssen. Bisher ist er noch unentdeckt."

„Warum zum Teufel gerade Palästina!", schimpfte Hoffmann. Aber er überlegte nicht lange: „Nützt alles nichts, ich muss diesen Dolch haben. Ihr fünf macht euch auf den Weg. Geht in euer Zimmer zurück, ich lasse euch zivile Kleidung bringen, ihr arbeitet verdeckt. In dreißig Minuten seid ihr reisebereit, ein Wagen wird euch abholen und zu einem nahe gelegenen Flugplatz bringen. Eine entsprechende Ausrüstung lasse ich umgehend von Adelbrand auf euer Zimmer bringen. Operation heilige Klinge startet jetzt. Ich erwarte eure Rückkehr in spätestens vier Tagen. Außerdem ist es von äußerster Wichtigkeit, die Mission zu dokumentieren. Das werdet ihr mit einem Fotoapparat sowie mit einer Filmkamera tun. Das Material wird in einer geschnittenen Fassung dem Führer gezeigt und gegebenenfalls in einer Folge der Deutschen Wochenschau erscheinen. Wegtreten!"

Gut gelaunt verließen die Jungs Hoffmanns Büro und machten sich auf den Weg zu Turm A. Willi war etwas misstrauisch.

„Sag mal, Toby, wieso hast du nichts von dem Zentaur erzählt?"

„Mal ganz ehrlich, Willi. Würdest du so etwas glauben? Außerdem war es inhaltlich ja alles richtig. Wir besorgen den Dolch, dann gewinnen wir den Krieg. Wir sind dann quasi Helden. Gefällt dir das nicht?!"

Willi fand Tobys Erklärung offenbar schlüssig, und von der Aussicht, maßgeblich zum Endsieg beizutragen, war er hellauf begeistert. Ein Held zu sein, Ruhm und Ehre zu erlangen, der Retter seines Heimatlandes – das gefiel ihm in der Tat.

Mark war etwas besorgt. „Was machen wir mit Stiles? Ich will ihn nicht hierlassen. Er war nun schon ganze fünf Tage allein. So eine Hundeseele ist ja schließlich auch sensibel."

„Hm, das könnte ein Problem werden", meinte Toby.

Roland sah das anders. „Nee, kein Problem. Wir nehmen den Hund einfach mit. Die Piloten wird das wohl kaum interessieren."

Das beruhigte Mark.

Bevor nun die große Reise starten sollte, war man sich einig, sich noch ein bis zwei Frikadellen zu genehmigen.

Als die Jungs danach ihr Zimmer betraten, lag auf den fünf Betten jeweils ein brauner Lederkoffer. Nur die Vornamen standen auf einem kleinen Zettel, der an dem Griff des Koffers mit einem dünnen Band befestigt war. Roland machte seinen Koffer als Erster auf.

„So, ich will ja nicht sagen, dass ich neugierig bin. Mal sehen, was wir hier haben. Klamotten, Unterwäsche, ein Funkgerät. Alter Schwede! Bei mir liegt eine Pistole, eine Walther P.38, und das in neuwertigem Zustand. So etwas gibt es heute, äh, ich meine ... Ach, Munition ist auch dabei." *Scheiße, jetzt hätte ich mich fast verplappert. Die Jungs gucken mich schon grimmig an. Jaha, hab's ja selbst gemerkt. Zum Glück hat es Willi nicht mitbekommen, der ist so mit dem Inhalt seines Koffers beschäftigt.*

„Okay, kleiner Vorschlag", kündigte Mark an. „Einer von euch nimmt meine Waffe, dafür kümmere ich mich um Film und Fotos. Wo ist eigentlich die Ausrüstung dafür? Sie müsste doch auch hier sein."

„Keine Ahnung, vielleicht wird sie noch gebracht. Deine Waffe kannst du mir geben, Kleiner. Wir wissen doch, dass du nicht so auf Waffen stehst."

Willi wurde hellhörig. „Soll das heißen, dass sich Mark

weigert, mit Schusswaffen zu arbeiten?"

„Das soll gar nichts heißen", antwortete Toby schroff. „Mark ist ein ausgezeichneter Filmer und hat Ahnung von Fotoapparaten. Das ist seine Aufgabe. Außerdem genügt es, wenn wir bewaffnet sind. Oder nicht?"

Roland und Julius nickten zustimmend, während sie dabei waren, den Inhalt ihrer Koffer zu untersuchen.

Als die Jungs ihre Uniformen abgelegt hatten und in die zivile Kleidung schlüpften, betrat Standartenführer Helmar Adelbrand das Zimmer.

„Geht schon mal runter in den Hof, der Wagen, der euch zum Flughafen bringt, muss jeden Moment kommen. Viel Glück."

Nachdem der SS-Mann die Tür geschlossen hatte, nahm sich Mark der Ausrüstung an. Roland konnte sich einen Spruch nicht verkneifen.

„Oha, dieses Mal kein Heil Hitler. Ist ihm wohl langsam zu blöd."

„Das hat er sicherlich nur vergessen, weil er viel Arbeit hat", verteidigte Willi seinen Vorgesetzten.

Roland holte schon tief Luft und beugte seinen Oberkörper dabei leicht zurück, um eine passende Antwort zu geben. Doch Toby unterbrach ihn noch rechtzeitig.

„Roland! Später."

„Also ich finde euch manchmal sehr merkwürdig. Woher kommt ihr noch mal?", fragte Willi stirnrunzelnd.

„Ich glaube, im Flugzeug haben wir genug Zeit zum Reden. So, Leute, umgezogen sind wir. Jetzt nehmen wir unsere Koffer und dann runter in den Hof."

Mark leinte Stiles noch schnell an, und dann zogen sie los. Julius war der Letzte, der noch einmal kurz den Raum abcheckte, um zu sehen, ob sie etwas vergessen hatten. Dann schloss er die Tür. Auf dem Weg nach unten trat ihnen Standartenführer Adelbrand entgegen.

„Ihr nehmt den Hund aber nicht mit ins Flugzeug?!",

fragte er entgeistert.

„Nein, keine Sorge!", antwortete Mark im Vorbeigehen. „Wir müssen zügig weiter, unseren Auftrag erfüllen."

Adelbrand fragte nicht weiter nach und ging seines Weges in eine der oberen Etagen.

Roland sagte leise zu Mark: „Siehste, Kleiner, habe ich doch gesagt. Stiles kommt mit."

Mark war sichtlich zufrieden, seinen felligen Freund wieder an seiner Seite zu haben. Stiles ging es genauso. Als die Jungs den Hof betraten, wartete schon ein schwarzer, großräumiger Wagen mit laufendem Motor. Ein junger SS-Offizier stieg aus, um sie in Empfang zu nehmen. Anstatt sich mit Rang und Namen vorzustellen, blickte er kritisch auf Stiles.

„Soll der Hund etwa auch mit? Der versaut mir ja die ganzen Sitze."

„Der Hund ist ein wichtiger Bestandteil unserer Mission. Seine Anwesenheit ist im Übermaße erforderlich. Wir haben keine Zeit, lassen Sie uns losfahren. Alle Mann einsteigen, jetzt!", sagte Roland spontan in einem herrischen Ton.

Sein Befehl wurde umgehend ausgeführt. Der Wagen fuhr über die heruntergelassene Zugbrücke auf die Straße, über die die Jungs zur Burg gekommen waren.

Während der Fahrt war Willi auffällig schweigsam. Er saß still in sich zusammengesunken da und hielt den Kopf gesenkt. Roland kam das verdächtig vor.

„Na, Willi, dieses Mal keine Einwände?"

„Mir ist ein bisschen übel. Ich fühle mich so richtig unwohl. Als hätte ich etwas Verdorbenes gegessen."

„Keine Panik, das ist nur die Aufregung vorm Fliegen", beruhigte Toby.

Die Fahrt zog sich weiter über eine Nebenstraße, die auch für die Blackfin Boys neu war. Ein schlecht ausgebauter Feldweg führte durch ein dicht bewachsenes Waldgebiet.

Der Fahrer drosselte das Tempo, damit der Wagen nicht

allzu sehr schwankte. „Dieser Feldweg hier wird demnächst richtig ausgebaut und sogar verbreitert. Schneller können wir nicht fahren, sonst werden die Stoßdämpfer beschädigt", klärte er die Jungs auf.

Sie nickten ihm stillschweigend zu. Willis Übelkeit wollte nicht verschwinden, doch er riss sich zusammen und verbarg mit aller Kraft seine Schwäche – in der Hoffnung, dass es ihm bald besser gehen würde.

Der Fahrer schilderte den weiteren Ablauf. „Noch ein paar hundert Meter, dann verlassen wir den Wald und fahren in einen Tunnel. Der ist von oben nicht zu sehen, also absolut sicher vor Feinden und deren Luftangriffen."

„Was ist in diesem Tunnel?", fragte Toby.

„Nur Geduld, gleich sind wir da."

Auch wieder so ein merkwürdiger Typ, dachte Toby. *Ob er den Krieg überleben wird? Wenn ich an die ganzen armen Jungs in der Burg denke. Teilweise vierzehn Jahre jung. Überleben die? Ich kann mich nicht daran erinnern, dass ich jemals in unserer Zeit eine Dokumentation über den Zweiten Weltkrieg gesehen habe, in der es um die Burg Adeptus ging. Entweder war die Geheimhaltung so gut, dass diese übernatürlichen Experimente für immer im Verborgenen bleiben, oder das ganze Teil wurde bis auf die Grundmauern zerstört. Wenn ich so darüber nachdenke – von einem Blutritter habe ich auch noch nie gehört. Oh, da vorne fängt der Tunnel an.*

„Wahnsinn!", staunte Roland. „Ein riesiger Berg, in den ein Tunnel gebaut wurde. Von oben gar nicht einsehbar. Wer darüber fliegt, hält das für ein ganz normales Gebirge. Das ist clever."

„Das ist nicht nur ein Tunnel, das ist ein richtiger Hangar", rief Mark aufgeregt. Durch den Beruf seines Vaters war er mit dergleichen Hallen vertraut und kannte nahezu jeden Flugzeugtyp. „Flugzeuge können hier unbemerkt starten und landen. Von der Größe her hätte sogar die Concorde genügend Platz", fuhr er beeindruckt fort.

„Was ist denn eine Concorde?", fragte Willi, dem es langsam wieder besser ging.

Verdammt, jetzt habe ich mich verplappert, dachte Mark. „Äh, das war mal so ein Projekt, das aber nie realisiert wurde", improvisierte er schnell. „Das ist aber verlassen hier. Auf dieser riesigen Fläche sehe ich nur einen Lkw und ein Flugzeug. Ich nehme mal an, dass wir mit dem fliegen werden."

„Genau, an Bord sind zwei Piloten, die euch nach Palästina fliegen. Da die Maschine nur eine Reichweite von 1400 Kilometern hat, werdet ihr in Sarajevo, Izmir und in Paphos auftanken. So, raus jetzt, ich muss umgehend wieder zurück. Viel Glück."

Die Jungs stiegen aus und holten ihr Gepäck aus dem Kofferraum. Mark hielt Stiles an der Leine. Der Fahrer machte sich mit quietschenden Reifen auf den Rückweg.

„Das Flugzeug sieht gar nicht wie ein Kriegsflugzeug aus", stellte Julius fest.

„Na ja, wir wollen ja auch nicht auffallen", entgegnete Toby. „In Palästina zu landen mit Tragflächen, die mit fetten Hakenkreuzen bemalt sind – kommt wohl nicht so gut."

Roland war etwas ungeduldig. „Dann los, Leute. Gehen wir zum Flieger. Der Blödmann von Fahrer hätte uns auch direkt vor der Maschine absetzen können. Jetzt müssen wir noch fünfzig Meter laufen."

„Ich denke, wir werden es überleben. Wenn auch nur ganz knapp", stichelte Mark.

Willi fasste sich mit beiden Händen in die Magengegend und übergab sich ohne Vorwarnung. Einige Stücke der Frikadelle, die er vor gerade mal zwei Stunden gegessen hatte, landeten zusammen mit einer großen Portion Magensäure auf dem grauen Betonboden des Hangars. Toby und Julius hielten ihn besorgt fest. Tapfer und abgehärtet, wie Willi war, tat er seine Schwäche als Kleinigkeit ab.

„Es ist alles in Ordnung, lasst uns weitergehen. Ist wohl

nur die Aufregung. Ich bin ja noch nie geflogen."

„Du kannst dich an Bord ja ein wenig hinlegen", schlug Roland vor.

Mark betrachtete die Maschine verwundert: „Komisch, irgendwas ist anders. Ich erkenne den Typ, es ist eine französische Bloch MB220, ein Passagierflugzeug, das sechzehn Personen fasst. Aber der hintere Teil sieht ungewöhnlich aus. Diese große Laderampe wurde auf jeden Fall nachträglich angebaut."

Sie erreichten die Gangway, stiegen mit ihrem Gepäck die Stufen hoch und betraten den Passagierraum. Ihre Blicke fielen auf einen mit Seilen gesicherten Schwimmwagen vom Typ 166. Der Anblick dieses Amphibienfahrzeuges zauberte den Jungs, bis auf Willi, ein Lächeln in ihre Gesichter. Ihre Touren mit einem ähnlichen, natürlich viel moderneren Wagen auf Blakes Insel gehörten zu ihren schönsten gemeinsamen Erinnerungen.

Roland trat näher heran und betrachtete das Fahrzeug genauer. „Der ist ja brandneu. Ein richtiger Volkswagen. Schwimmt, wie es der Name schon verrät, auf dem Wasser. Aber ich habe so einen noch nie in Schwarz gesehen. Und hinten wurde ein zusätzlicher Kofferraum angeschweißt. Ist also ein Unikat. In Palästina muss wohl gutes Wetter sein, sonst hätten wir bestimmt einen Wagen mit Dach bekommen."

Einer der beiden Piloten, in Zivil gekleidet, trat aus dem Cockpit und begrüßte seine Passagiere knapp, um sie dann mit den nötigsten Informationen zu versorgen.

„Guten Tag. Ihr scheint ja vollzählig zu sein. Von dem Hund wusste ich nichts. Aber gut, soll mir recht sein. Wie ihr seht, sind in diesem Flugzeug alle Sitze entfernt worden, damit der Wagen Platz hat. Als Ersatz könnt ihr die gepolsterten Bänke nutzen, die an beiden Seiten gegenüberliegend befestigt wurden. Dann schnallt euch an, ich werde die Gangway zurückfahren."

Die Jungs leisteten der Anweisung Folge und setzten sich auf die Bänke. Toby, Roland und Willi auf der einen Seite und Mark, Stiles und Julius auf der gegenüberliegenden. Die Bänke waren jeweils vier Meter lang, genug Platz also für den kranken Willi, um sich hinzulegen und etwas zu schlafen. Der Schwimmwagen stand in der Mitte. Nachdem der Pilot die Türen geschlossen hatte, ging er zum vorderen Teil der Maschine und kletterte über eine Strickleiter hoch ins Cockpit. Unmittelbar danach wurden die Motoren angelassen.

Stiles reagierte überaus nervös auf das laute, unbekannte Geräusch und verkroch sich hinter Marks Beinen. Mark streichelte seinen felligen Freund und sprach beruhigend auf ihn ein. Die Maschine fuhr langsam an und beschleunigte nach einigen Sekunden auf Höchstgeschwindigkeit.

„Roland, ich sage dir, dieser Tunnel ist echt der Hammer. Ich schätze die Länge mal auf einen knappen Kilometer", rief Toby seinem Sitznachbarn gegen den Krach ins Ohr.

„Da könntest du recht haben. Aber da vorn ist schon der Ausgang, wir müssten gleich abheben."

Als der Flieger aus dem Tunnel fuhr, zog er steil an und hob vom Boden ab. Die Motoren heulten auf, die Jungs wurden in ihren Sitzen nach hinten gedrückt. Ihre Nasen klebten an den seitlichen Fenstern, auf keinen Fall wollten sie diesen Moment ihres neuen Abenteuers verpassen. Nur Willi lag flach und hoffte, dass der Flug schnell vorübergehen würde.

„Schaut mal, wo wir da herausgekommen sind. Der Tunnel hört auf dieser Seite des Berges einfach auf. Ich meine, wenn wir nicht genug Schub gehabt hätten, wäre das Flugzeug viele hundert Meter in die Tiefe gefallen", sagte Julius aufgeregt. „Also wenn wir da wieder landen, nach unserer Mission, müssen die Piloten ganz genau zielen, sonst zerscheppern wir an der Felswand, oder sehe ich das falsch, Mark?", fragte er.

„Ja stimmt, das ist schon eine Kunst. Zumal wir ja mit einer hohen Geschwindigkeit in den Tunnel fliegen, bevor die

Maschine aufsetzt."

„Wie beruhigend. Ich bin sowas von fertig, ich glaube, ich leg mich mal in die Horizontale und mach' ein bisschen meine Augen zu."

„Da schließe ich mich an."

„Guck mal, Toby", sagte Roland und deutete zu ihren Freunden hinüber, „die beiden wollen offenbar pennen. Eigentlich eine ganz gute Idee. Ich könnte auch eine Mütze Schlaf gebrauchen. Und du auch – so wie du aussiehst."

„Die nächsten Stunden wird eh nichts passieren. Rück mal ein Stück, dann kann ich mich auch lang machen."

Es dauerte nicht lange, bis die Jungs tief und fest eingeschlafen waren. All die Aufregungen der letzten Stunden forderten ihren Tribut und das monotone Summen der Motoren trug unweigerlich dazu bei. Ihre überanstrengten Körper holten sich mit Gewalt die lang überfällige Ruhephase.

Ein lauter Knall riss Toby aus dem Schlaf. Völlig benebelt und noch nicht ganz wieder bei klarem Verstand, sah er sich hektisch um und suchte die Ursache des Geräusches. Schnell wurde er fündig.

Verdammt, der linke Motor ist ausgefallen. Stürzen wir nicht ab, wenn nur ein statt zwei Propeller rotieren? Ich muss die Jungs wecken. Er rüttelte an Rolands Schulter und rief zu den anderen hinüber: „Leute, hallo, wacht auf, wir haben ein Problem!"

Roland, Mark, Julius und Willi öffneten ihre Augen und sahen sich genauso orientierungslos um wir vorher Toby.

„Lass mich raten", sagte Mark. „Dem Geräusch nach würde ich sagen ... Verdammt, der linke Motor ist komplett ausgefallen, oder?"

„Ja, ist er. Weißt du, ob wir mit einem Motor sicher landen können? Ich frag mal die Piloten."

Toby ging nach vorn, doch die Tür zum Cockpit war verschlossen. Aber er entdeckte ein kleines Fenster, das in

Augenhöhe eingelassen war.

„Ähhh, Leute – das Cockpit ist leer.“

„Du spinnst doch“, meinte Mark und stand auf, um sich davon selbst zu überzeugen. Roland und Julius folgten ihm.

Plötzlich gab es erneut einen großen Knall – die Tür zur Passagierkabine wurde innerhalb einer Sekunde aus der Flugzeugwand gerissen. Der Sog, der dadurch entstand, zog Willi sofort aus der Maschine. Dabei schlug sein Kopf gegen den Türrahmen, sodass er wie eine überreife Wassermelone zermatschte. Vor lauter Panik und völliger Überforderung schrien sich die Jungs nahezu die Lungen aus ihren Körpern. Sollte es das gewesen sein? Nach allem, was sie gemeinsam durchgestanden hatten, sollte ein Flugzeugabsturz alles beenden?

„Haltet euch fest, irgendwo – und lasst bloß nicht los!“, schrie Roland, der durch das laute Getöse des Flugwindes kaum zu hören war. Die Jungs klammerten sich mit aller Kraft an der Stoßstange des Schwimmwagens fest, der sich gut gesichert nicht einen Millimeter vom Fleck bewegte. Die Maschine konnte ihre Flughöhe nicht weiter halten und fiel in einen steilen Sinkflug.

„Weiß jemand, ob wir uns über dem Meer oder über Land befinden?“, schrie Julius, so laut er konnte.

Doch seine Freunde waren krampfhaft damit beschäftigt, sich festzuhalten und um jeden Preis im Flugzeug zu bleiben. Toby betrachtete sehr genau die Gesichtszüge von Roland, dann von Mark und schließlich von Julius.

Komisch, so habe ich die drei noch nie erlebt. Die Adern auf ihrer Stirn sind extrem aufgepumpt. Man kann regelrecht sehen, wie das Blut durchschießt. Ihre Augen, so weit aufgerissen, als wären sie verrückt. Vielleicht sollte ich einfach loslassen …

Schlagartig gab es einen neuen, riesigen Knall. Die Maschine schlug mit voller Geschwindigkeit auf den harten Boden auf und brach in zwei Teile.

Toby hob den Kopf und sah sich ungläubig um. Durch den

heftigen Sturz schien er sein Gehör verloren zu haben. *Das ist nicht wahr! Das kann nicht sein! Das ist doch eine Halluzination?! Ich kann meine Beine nicht bewegen, und ich höre nichts. Ich will schreien – aber ich kann nicht. Mein Gott, Rolands Kopf wurde beim Aufprall abgetrennt. Da liegt nur sein lebloser Körper, eingeklemmt unter dem Schwimmwagen. Dieses viele Blut. Wo sind Mark und Julius? Da hinten unter den Trümmern sehe ich einen abgerissenen Arm. Das alles kann doch nicht real sein!*

Er konnte nicht glauben, was da soeben passiert war. Die letzten Minuten waren so unwirklich, so absurd, dass er sich mit der Situation nicht abfinden wollte. Toby war der festen Überzeugung, dass ihn eine Halluzination ersten Grades heimsuchte. Obwohl sein Gehör ansonsten vollkommen ausgeschaltet war, hörte er Schritte. Nur ein paar Schritte – sonst nichts.

Was ist das nun wieder? Dieses Geräusch kommt mir bekannt vor. Da kommt doch jemand auf mich zu. „Hallo, ist da jemand?"

„Wie geht es dir, Toby?", fragte ein Traumfresser, der weit hinten im anderen, abgerissenen Teil der Maschine stand und Toby beobachtete.

„Neiiiin!"

„Mensch wach auf, sonst muss ich dir noch eine scheuern", schrie Roland, während er an Toby rüttelte. „Hast du schon wieder den gleichen Mist geträumt wie in der Burg?"

Toby sah Roland verwirrt an, erkannte dann aber schnell, dass er wieder von einem Albtraum geplagt worden war. Mark und Julius standen besorgt hinter Roland und waren erleichtert, dass ihr Freund in Ordnung war. Auch Tobys Gesichtsausdruck strahlte Erleichterung aus.

„Hab ich dir schon mal gesagt, was du für wunderschöne blaue Augen hast, Roland?"

„Spinner! Jetzt setz dich mal gerade hin, das ist gut für deinen Kreislauf", meinte Roland.

Mark lachte befreit auf und ging zur Bord-Bar, die mit dem Nötigsten ausgerüstet war. Ein Glas Wasser und ein trockenes Brötchen sollten Toby wieder auf die Beine bringen. Mehr gab die kleine Bar auch nicht her.

„Danke, Leute, ihr verwöhnt mich. Mein Schädel brummt." In großen Schlucken kippte er das Wasser hinunter. „Sagt mal, was ist denn eigentlich mit Willi? Der pennt ja immer noch. Ist der noch nicht mal durch mein Geschrei wach geworden? Guck doch mal, ob er noch lebt, Roland."

„Trink' jetzt erst mal das Wasser aus, iss dein Brötchen und laber nicht so viel. Ich schau mal nach Willi. Ah, sehe ich schon von Weitem – der schläft. Er atmet normal, aber er sieht etwas bleich aus."

„Lass' ihn schlafen – dann muss man nicht immer so überlegen, was man sagt und was man lieber verschweigen sollte", sagte Mark leise.

„War es wieder ein Traumfresser, der in deinem Traum vorkam, Toby?", fragte Julius.

„Ja, genau so einer war es. Und das beunruhigt mich. Ich hab jetzt ja schon Angst, wenn ich nur ans Einschlafen denke. Aber lasst uns lieber über etwas anderes reden. Hey, Mark, zeig mir mal deine Filmausrüstung, die du von den Braunen bekommen hast. Und bitte erkläre sie ausführlich, ich muss auf andere Gedanken kommen."

Auch Roland und Julius interessierten sich für Marks Ausrüstung. Immer wenn es um Flugzeuge, Helikopter oder die analoge Filmerei ging, leuchteten Marks Augen begeistert. Und so erzählte er auch.

„Kann ich dir zeigen, habe ja vorhin schon mal kurz reingeschaut. Also mit Super 8 bin ich ja bisher bestens klargekommen, wie euch sicherlich aufgefallen ist. Hier haben wir eine Schmalfilmkamera von der Firma Bolex, deren Filmstreifen ist nicht wie bei Super 8 acht Millimeter breit, sondern sechzehn. Bis Ende der Achtziger wurden auf diesem Material sogar noch Beiträge für Nachrichten gedreht. Das Besondere für diese Zeit: Es sind Farbfilme, natürlich von Kodak. Da haben wir vier Stück, mit einer Gesamtaufnahmedauer von gerade mal zehn Minuten. Der Preis dafür liegt im Jahr 2018 bei knapp zweihundert Dollar. Und es ist nicht einmal eine Tonspur dabei. Und, Toby?" Er grinste seinen Freund schief an. „Habe ich dich auf andere Gedanken gebracht?"

Der konnte sich ein Lächeln nicht verkneifen und sagte leise: „Fast, mein Guter, fast. Leg noch schnell eine Schippe drauf, dann ist mein Gehirn richtig schön vernebelt. Dann weiß ich zwar nicht mehr, wo oben und unten ist, aber das ist mir in diesem Fall sogar lieber."

„Aber sicher doch, Toby. Zu Hause fotografiere ich am liebsten mit dem CineStillfilm 800 Kunstlicht und setze einen Orange-Filter auf das Objektiv, um auch bei Tageslicht Aufnahmen machen zu können. Das ist übrigens ein Film, auf dem Kinofilme gedreht werden. Die Remjetschicht wurde in einem speziellen Verfahren entfernt, sodass ihn quasi jeder Fotoladen für ein paar Dollar entwickeln kann. So, und Roland wiederholt das jetzt alles noch mal."

„Ja ja, Kleiner, mach' ich später. Bis dahin kannst du dir meinen Stinkefinger angucken."

„Also ich finde, das hast du wirklich sehr schön erklärt. Können wir die Bilder und Filme nicht mit in unsere Zeit nehmen und entwickeln lassen?"

„Das geht, Toby, ist kein Problem, wenn uns die Nazis die Rollen nicht vorher abnehmen. Der Entwicklungsprozess ist immer noch der Gleiche."

„Mal was anderes, Toby", sagte Julius. „Weißt du noch genau, wo wir den Dolch finden?"

„Ja, ich habe alles vor Augen. Der Dolch ist in einem alten Grab auf einem Friedhof, den schon lange keiner mehr nutzt. Der Name auf dem Grabstein lautet Doktor Friedkin Edelweiss. Ist so außergewöhnlich, dass man ihn gut behalten kann."

Mark war wenig begeistert. „Wenn ich das schon wieder höre – in einem alten Grab. Das bedeutet, wir müssen da was ausbuddeln, dann liegt da eine verrottete Leiche, dann wird das gruselig, und dann …"

„Hallooo? Kleiner! Jetzt bleib' doch mal locker", sagte Roland genervt. „Wir sind doch noch nicht mal da. Ich finde, wir sollten uns jetzt wieder hinlegen und noch ein bisschen entspannen."

Sein Vorschlag wurde einstimmig angenommen. Die Jungs verteilten sich wieder auf die Bänke und machten die Augen zu. Es kehrte Ruhe ein. Fast.

Julius, der jetzt dicht bei Roland lag, flüsterte leise: „Du, Roland?"

„Ja, was denn?"

„Wenn wir wieder zu Hause sind, ich meine in unserer richtigen Zeit, 2018 – na ja, ich weiß ganz einfach nicht, wo ich dann hin soll. Meine Eltern sind tot, mein Bruder auch, und andere Verwandte gibt es nicht."

Roland hatte sofort eine Idee. „Komm doch erst mal mit zu mir nach Berlin. Das Haus meiner Mutter ist groß genug. Ich bestimme jetzt einfach mal, dass wir das Gästezimmer zu deinem machen. Und außerdem – Berlin ist cool. Da kannst du auch die Jungs von Von Wegen Lisbeth treffen, die machen voll die geile Musik. Ich war sogar schon mal auf einem Konzert, war der Hammer."

„Von wegen was?"

„Erkläre ich dir dann, wenn es so weit ist. Mach dir mal keine Sorgen. Wenn das hier alles überstanden ist und wir zu Hause sind, setzen wir uns zusammen und überlegen weiter. Wozu sich jetzt schon den Kopf zerbrechen. Schlaf jetzt."

Julius kam Rolands Bitte sofort nach und legte sich wieder hin. In ihm kam ein Gefühl hoch, das er noch nicht allzu oft in seinem Leben gespürt hatte – Zufriedenheit.

Das hätte ich nicht gedacht, dass Roland mir gleich ein Zimmer anbietet. Das scheint für ihn vollkommen selbstverständlich zu sein. Total großzügig und hilfsbereit. Ich bin echt ein wenig gerührt. Hm – nein – nicht nur ein wenig. Ich kann jetzt nicht schlafen. Aber ich versuch's trotzdem.

Er hatte den Gedanken kaum zu Ende gedacht, schon war er eingeschlafen.

KAPITEL 6 – FREMDES LAND

Die Maschine begann langsam mit dem Landeanflug auf Igman, einen kleinen verschlafenen Ort in der Nähe von Sarajevo. Hier musste das Flugzeug betankt werden, da die Reichweite mit einer Ladung Treibstoff 1400 Kilometer betrug. Die Nazis hatten am Rande eines Waldgebietes ein geheimes Depot errichtet, das Flug- und Fahrzeuge aller Art mit Treibstoff versorgen sollte – und das möglichst unauffällig. Doch davon bekamen die Jungs nichts mit. Zu tief war der Schlaf, in den sie gefallen waren. Nur Stiles hob kurz seine Nase, nachdem die Maschine gelandet war. Doch wieso sollte er sich anstrengenderweise aufrappeln und irgendwelche Aktivitäten starten, wenn alle um ihn herum fest schliefen? Er hielt es für das Beste, vorerst die Augen wieder zu schließen und nichts weiter zu unternehmen. Genauso unspektakulär verlief ihre Zwischenlandung in Zafer, bei Izmir. Auch hier hatten die Nazis, dieses Mal in der Nähe eines verlassenen Friedhofs, ein Depot für ihre Verbündeten errichtet. Nachdem die Maschine erneut unbemerkt aufgetankt werden konnte, steuerten die Piloten den letzten Tankstopp auf Zypern an. Paphos hieß der Ort, an dem das Flugzeug zum letzten Mal runtergehen sollte, bevor es sein Ziel in Palästina erreichen würde.

Nach einer bisherigen Flugzeit von ungefähr vier Stunden beschlossen die Jungs, doch mal einen Fuß vor die Tür zu setzen. Die Sonne hatte sie mit ihren warmen Strahlen, die durch die Fenster der Maschine drangen, an ihren Nasen wachgekitzelt. Selbst Willi schien es wieder besser zu gehen. Während der Tankvorgang im Gange war, spazierten sie zusammen mit Stiles ein wenig durch die Gegend und genossen das angenehme Klima.

Die karge und felsige Landschaft beherbergte nur wenig, vereinzelte Botanik. Der kräftig blaue Himmel und die frische Luft, die vom nahe liegenden Meer herüberwehte, machten den Ort zu einem angenehmen Plätzchen. Stiles kam dies sehr gelegen, denn in seiner Blase hatte sich einiges angesammelt, mit dem er ausgelassen den nächsten Strauch markieren konnte. Und den nächsten. Die spezielle Duftnote beinhaltete die Information: Stiles was here.

Willi ging eine Sache nicht aus dem Kopf. „Was ich euch schon lange fragen wollte, jetzt wo wir mal in aller Ruhe zusammen sind – dieser Zentaur, Kasul, der sagte, dass mit euch etwas nicht stimmt. Außerdem sagte er, der Krieg wäre sinnlos und irgendwas über unsere Vorgesetzten. So genau bekomme ich das nicht mehr zusammen, ich kann mich nur an Bruchstücke erinnern. Könnt ihr mir erklären, was dieser Zentaur genau damit meinte? Gleich danach wurde ich ja sozusagen ausgeschaltet."

Zunächst schwiegen die Blackfin Boys – aber so ein paar Sekunden können schnell unendlich lang wirken, und so wurde die Stille, die sie umgab, in diesem Moment unerträglich laut. Schließlich versuchte Toby, eine Erklärung aus dem Ärmel zu schütteln.

„Das wissen wir auch nicht. Er hat das nicht weiter erklärt. Roland und ich waren ja quasi alleine mit ihm, weil Mark und Julius auch in den Schlafzustand versetzt wurden. Und ich für meinen Teil hatte zu viel Angst, diesem Ungeheuer überhaupt eine Frage zu stellen. Ist es nicht so, Roland?"

„Ja, total. Wir hatten Angst, dass er uns mit seinem Speer aufspießt. In dieser Situation war es unangebracht, Fragen zu stellen."

„Ja, das klingt logisch. Ich wollte es nur wissen, weil mir dieser Satz schon die ganze Zeit durch den Kopf geht."

Glücklicherweise beobachtete Toby genau in diesem Augenblick etwas, das für einen Themenwechsel wie geschaffen war: „Seht mal, der Typ ist fertig mit dem Betanken. Jedenfalls hat der den Kerosinschlauch wieder abgeklemmt. Lasst uns wieder zurückgehen."

„Schade", meinte Julius. „Die Gegend hier ist schön und das Klima angenehm, der Himmel strahlend blau. Hier hätte ich es auch länger ausgehalten."

Auf Willis Gesicht erschien sofort wieder der missbilligende Gesichtsausdruck, den die Jungs inzwischen schon häufiger gesehen hatten. „Wir sind ja nicht zum Ausruhen hier, sondern um unserem Land einen Dienst zu erweisen. Es geht um die Mission!"

Mark platzte der Kragen. „Du denkst, das geht alles gut aus mit diesem Krieg und dass du eine ganz besonders rosige Zukunft hast, oder?", herrschte er Willi an.

Toby zog kurz, aber kräftig an Marks Arm, um ihn zu bremsen. Willi ging aber umgehend auf Marks Äußerung ein und rechtfertigte sich.

„Das denke ich nicht nur, das weiß ich. Der Führer liebt sein Volk – sogar auf sein Gehalt als Reichskanzler hat er verzichtet. Das nenne ich echte Hingabe. Und auch sonst hat er so viel Gutes gebracht. Den Urlaub, die Autobahn, vor allem die Beschaffung von Arbeit. Und du solltest aufpassen, was du sagst. Am Endsieg zu zweifeln, ist ein Verbrechen."

Roland mischte sich erst einmal nicht ein, doch sein Gesicht sprach Bände. *Wie gern würde ich diesem Typen eins auf die Zwölf hauen und ihm dann erklären, was für ein verdammter*

Massenmörder sein geliebter Führer ist, der sein Volk mit allerfeinstem System ausbeutet, ausnutzt, verheizt und verkauft. Er atmete tief durch. Nein, dieses Mal wollte er es unbedingt vermeiden, Zündstoff für weitere hitzige Diskussionen zu liefern.

„Wie heißt es so schön? Der Bessere wird siegen", sagte er deshalb nur und deutete auf das Flugzeug. „Und jetzt zügig zur Maschine, einer der Piloten fuchtelt schon wie wild mit seinen Armen. Das heißt wohl, wir sollen uns beeilen."

Willi nahm Rolands Antwort zur Kenntnis. Zufrieden damit war er aber keineswegs. *Dieser Kasul hat es erkannt – mit denen stimmt was nicht. Die Art und Weise, wie sie reden und miteinander umgehen, das ist doch alles ungewöhnlich. Ich werde sie von jetzt an ganz genau beobachten und zuhören, wenn sie sich unterhalten. Diese Auffälligkeiten sollte ich dem Obergruppenführer melden.*

Als die Jungs die Maschine betraten und ihre Plätze einnahmen, blickte Toby immer wieder zu Willi. *Eben, als Roland sagte, dass der Bessere gewinnen soll, hat der Willi so komisch geguckt. Und auch jetzt ... Er scheint über etwas nachzugrübeln. Ich werde ihn im Auge behalten. Hoffentlich versaut er uns die Rückkehr in unsere Zeitlinie nicht.*

Das Flugzeug hob ab und erreichte schnell die gewohnte Flughöhe und -geschwindigkeit. Nach insgesamt drei Tankstopps würde die Maschine nun endlich direkt in Palästina landen. Jedenfalls waren die Jungs dieser Meinung, denn die Strecke von Zypern aus würde man ganz sicher mit einer Tankfüllung schaffen. Nach einer Weile öffnete sich die Tür des Cockpits, und einer der Piloten kam in den Passagierraum, um den Jungs die nötigen Instruktionen zu geben.

„Setzt euch jetzt alle in den Schwimmwagen und schnallt euch an."

Die Jungs kamen der Bitte des Piloten nach. Toby und Roland nahmen vorne Platz, die anderen drei auf der Rückbank.

„Diese Gurte sind aber keine normalen Anschnallgurte",

stellte Mark fest. „Erinnert mich an ein Fahrgeschäft auf dem Rummel, damit man nicht herausfliegt."

„Das ist ja auch Sinn der Sache. Ihr drei hinten nehmt den Hund quer auf eure Beine und haltet ihn gut fest."

Mark gab das Kommando: „Komm, Stiles. Hopp, rein hier."

Nachdem alle so saßen, wie es sein sollte, nahm der Pilot die Koffer der Jungs und verstaute sie im Kofferraum. Der Pilot fuhr mit seinen Anweisungen fort.

„Es ist ja wohl klar, dass wir aufgrund der aktuellen politischen Lage nicht einfach so in Palästina landen können. Ich werde jetzt gleich zwei extragroße Fallschirme am Wagen anbringen, vorn und hinten. Dann lasse ich euch über die Laderampe aus dem Flugzeug rollen. Genau dann, wenn wir fünfundzwanzig Kilometer von der Küste Palästinas entfernt sind. Das ist am unauffälligsten. Die Schirme öffnen sich automatisch und bringen euch sicher auf das Meer."

„Das soll doch sicherlich ein Witz sein?", fragte Toby völlig entrüstet. „Was ist, wenn der Wagen sich überschlägt und wir alle herausfallen?"

„Wir machen das nicht zum ersten Mal. Hat immer gut funktioniert. Wichtig ist noch, dass ihr das Land zwischen den Städten Akkon und Haifa betretet, beziehungsweise befahrt. Da ist nicht viel los. Wenn ihr die Mission beendet habt, funkt uns an. Die Frequenz ist auf euren Funkgeräten, die sich in euren Koffern befinden sollten, voreingestellt."

Während der Pilot mit voller Konzentration die Fallschirme vorbereitete, tauschten die Jungs ungläubige Blicke aus.

Mark ging ein Licht auf. „Jetzt weiß ich auch, warum der hintere Teil der Maschine umgebaut wurde. Die Laderampe lässt sich während des Fluges öffnen, und dann lassen sie den Wagen einfach rausrollen."

„Das hast du sehr schön zusammengefasst", meinte Julius. „Nur eine Kleinigkeit hast du vergessen. Wir alle sitzen in diesem Wagen, der dann einfach rausrollt. Das ist doch Wahnsinn! Toby, Roland, was sagt ihr denn dazu?"

Roland war relativ entspannt. „Also ich würde sagen, es funktioniert. Die machen es doch immer so, hat er ja gesagt. Stimmt doch, Toby?"

„Ehrlich gesagt bin ich kurz davor, mir in meine neuen Vierziger-Jahre-Hosen zu kacken. Wenn der Pilot es erklärt, hört es sich an, als würden wir über einen Tagesausflug nach Disneyland reden."

„Genau das meine ich", sagte Willi genervt. „Du redest von einer Vierziger-Jahre-Hose, als wäre sie längst aus der Mode."

„Im Ernst? *Darüber* machst du dir in dieser Situation Gedanken?" Toby blickte ihn verständnislos an. „Herrgott, das ist halt der Schnitt, der heißt so – weil die Bügelfalte auch drin ist, wenn man nicht bügelt. Ist doch wohl klar."

Toby hatte nicht die Nerven, sich jetzt auch noch Sorgen darüber zu machen, ob Willi ihm diesen Mist abnahm. Viel zu groß war seine Angst vor dem bevorstehenden Fallschirmsprung. Oder dem bevorstehenden Absturz.

Willi gab sich mit der Antwort zufrieden. Trotzdem dachte er immer noch darüber nach – das verriet sein angestrengter Gesichtsausdruck. Der bevorstehende Absprung schien den treuen SS-Jungen hingegen nicht zu beunruhigen. Roland, Mark und Julius sahen sich mal wieder mit diesem ganz besonderen Blick und einem winzigen Lächeln an. Sie alle waren sich einig, dass Toby über die Hose einen unglaublichen Bockmist erzählt hatte – und Willi es ihm abkaufte. Toby sah die Gesichter seiner Freunde im Rückspiegel und wusste genau, was in deren Köpfen vorging. Und genau das brachte ihn auch zum Schmunzeln und beruhigte seine angespannten Nerven ein wenig. Willi bekam wie immer nichts mit von der stummen Kommunikation seiner Kameraden.

Die gute Stimmung nahm schlagartig eine Kehrtwendung, als einer der Piloten aus dem Cockpit heraus die elektrische Laderampe öffnete. Dadurch entstand im Passagierraum ein enormer Druckabfall, der einen starken Sog mit sich brachte. Es war auf einmal so laut, als würden tausend Winde und Stürme zur selben Zeit aufkommen.

Mein Gott, obwohl wir alle fest angeschnallt sind, fühlt es sich an, als würde uns der Sog gleich aus den Sitzen reißen, dachte Toby. *Was guckt der Pilot denn so blöde aus dem Cockpit? Hinter seiner dicken Tür ist er ja sicher. Jetzt zeigt er mit seinem Daumen nach unten. Was soll ...*

„Aaaahhhhhhh! Festhalten, Jungs!"

Der Wagen rollte langsam rückwärts Richtung Laderampe – wie eine Achterbahn, die an der höchsten Stelle Schrittgeschwindigkeit fährt, bevor es allerheftigst in den Abgrund geht.

Ich kann es nicht fassen, dachte Toby. *Auf was haben wir uns da wieder eingelassen. Ich glaube, mein Magen will mir mitteilen, dass mein Körper mit der ganzen Sache nicht einverstanden ist.*

Die Hinterachse überwand die Kante der Laderampe, sodass der Boden des Wagens krachend auf dieser aufschlug.

„Oh nein, bitte nicht!", schrie Mark.

Dann fiel der Schwimmwagen im freien Fall abwärts. Tiefer und immer tiefer. Doch die Fallschirme öffneten sich einfach nicht. Die Jungs schrien aus Leibeskräften, so laut sie nur konnten.

Der Wagen drohte, in eine beträchtliche Schieflage zu geraten. Die Gefahr, dass die Jungs aus dem Fahrzeug fallen würden, wurde immer größer. Mark und Julius umklammerten Stiles, so fest sie nur konnten.

Plötzlich gab es einen heftigen Ruck, endlich, endlich hatten sich die beiden Schirme geöffnet und bremsten ihren Sturz massiv ab. Nun ging es mit einer angenehmeren Reisegeschwindigkeit abwärts Richtung Mittelmeer. Zeit, um die letzten Sekunden zu verarbeiten.

„So ein verfluchter Mist", schrie Roland. „Ich dachte echt, das war's. Wieso hat das so lange gedauert, bis sich die Fallschirme öffnen?"

„Ist alles klar da hinten bei euch?", fragte Toby seine Freunde auf der Rückbank. „Ich denke mal, ich kann schreien, was ich will, ihr versteht kein einziges Wort, weil der Wind so stark ist – richtig?"

Mark, Julius und Willi zuckten nur mit den Schultern, denn sie hatten wirklich kein einziges Wort verstanden. Stiles hielten sie immer noch fest im Griff. Der Gesichtsausdruck des sonst so mutigen Rüden verriet, dass er sich aus Angst fast ins Fell pinkelte, oder besser formuliert, auf die Schenkel der Jungs, auf denen er lag.

Julius wagte erstmals einen Blick nach unten: *Es sieht so aus, als würden wir mit dem Schwimmwagen auf dem offenen Meer landen. Hoffentlich ist der Aufprall nicht so stark, dass wir mit dem ganzen Wagen untergehen. Das Teil hat ja nicht mal ein Dach, wenn hier zu viel Wasser reinspritzt, könnte es ruckzuck sinken. Und wenn wir es doch schaffen, haben wir noch gute fünfundzwanzig Kilometer vor uns, bis wir das Land erreichen. Wer hat sich bloß diesen verrückten Landeplan ausgedacht??*

Der Wagen näherte sich stetig der Wasseroberfläche. Gleichzeitig ließ der starke Wind nach, und es wurde langsam wieder angenehm ruhig. Der Schwimmwagen setzte etwas unsanft auf, hielt sich aber stabil über Wasser.

„Mann, bin ich froh, dass wir unten sind – und das ohne Schaden", stellte Mark erleichtert fest und ließ seinen Kopf gegen die Rückenlehne sinken.

„Achtung, die Fallschirme!", schrie Willi.

Er hatte es kaum ausgesprochen, da legten sich die beiden Schirme auch schon wie eine weggeworfene Plastiktüte über den gesamten Wagen.

„Na toll, wie werden wir den Mist los? So können wir ja gar nichts sehen", meinte Julius.

„Ich liebe es, wenn du die Geschehnisse so ausführlich

kommentierst, Julius", antwortete Roland. „Los, lass uns mal ins Wasser springen, zu zweit ziehen wir die Schirme vom Wagen herunter."

Mark war besorgt. „Passt bloß auf wegen Haien und so."

„Hier gibt es keine Weißen Haie, sondern nur ein paar Sandbankhaie", beschwichtigte Toby. „Glaube ich jedenfalls."

Rolands Plan funktionierte. Problemlos zog er gemeinsam mit Julius die Schirme vom Wagen. Die Sicht war nun wieder frei. Während die beiden durchnässten Jungs wieder auf ihr Gefährt kletterten, begann Mark damit, die zerknitterten Fallschirme einzuholen und zusammenzurollen. Ganz zum Unverständnis von Willi.

„Was willst du denn mit den Dingern hier. Die nehmen doch nur viel Platz weg, und wiederverwenden können wir sie nicht mehr. Also lass sie doch einfach im Meer. Die gehen irgendwann unter."

Mark sah ihn böse an und holte tief Luft. „Jetzt hör' mal gut zu, Willi", sagte er mit einer für ihn ungewohnten Bestimmtheit, „genau wegen Typen wie dir gehen die Meere vor die Hunde. Was meinst du wohl, was mit den Fallschirmen passieren wird. Sie werden untergehen, das stimmt. Damit werden sie zur Todesfalle für die Meeresbewohner, die sich darin verheddern und qualvoll ertrinken. Genauso wie Plastiktüten, die im Meer landen. Wusstest du, dass sich zwischen Kalifornien und Hawaii ein drei Millionen Tonnen schwerer Müllstrudel gebildet hat? Angetrieben von Wind und Strömung schwimmt dieser Müllstrudel auf dem Ozean und ist so groß wie Mitteleuropa. Schildkröten verwechseln die Plastiktüten mit Nahrung. Genau wie Wale, Haie und Robben. Zehntausende von ihnen gehen jährlich jämmerlich zugrunde. Und solche Ignoranten wie du begreifen eine ganz wichtige Tatsache nicht: Sterben die Meere, dann sterben auch wir. Du solltest dich mal mit Sea Shepherd beschäftigen, die setzen sich für den Erhalt der Meere und deren

Bewohner ein."

Willi wurde während Marks Vortrag ganz bleich und immer kleiner in seinem Sitz auf der Rückbank des Wagens. Die Situation war ihm sichtlich unangenehm. Kleinlaut sagte er: „Gut, allzu viel habe ich nicht verstanden, aber ich weiß nun, worauf es dir ankommt. Was war das mit Kalifornien und Hawaii?"

Toby lenkte ein. „Jetzt wollen wir uns wieder alle beruhigen und ziehen zusammen die Fallschirme aus dem Wasser. Und dann starten wir den Wagen und steuern die Küste an. Wir wollen ja alle wieder schnell nach Hause."

Aha, Toby ist wohl sowas wie ihr Anführer. Er hat schon des Öfteren versucht, brenzlige Situationen zu glätten. Das, was dieser Mark gerade faselte, werde ich auf jeden Fall dem Obergruppenführer melden ... Jetzt wird mir schon wieder übel, was ist das bloß?

Toby bat Julius, die Schiffsschraube, die am Heck des Wagens befestigt war, herunterzuklappen und damit ins Wasser zu lassen. Dann startete er den Wagen. Mit einer Geschwindigkeit von ungefähr zehn Kilometer pro Stunde trieb der kleine Heckmotor den Schwimmwagen an. Nach all der Hektik war die Ruhe, die sie nun umgab, eine absolute Wohltat. Nur das leise Summen der Schiffsschraube war zu hören. Der monotone Klang, der von dieser Mechanik ausging, wurde von den Jungs kaum wahrgenommen. Der Himmel war strahlend blau, und es war keine einzige Wolke zu sehen. Der Wind wehte nur schwach eine warme Brise über die ruhige Wasseroberfläche. Julius, der hinten rechts saß, hielt seine Hand ins Wasser und genoss die Frische des vorbeiziehenden Wassers. Stiles hatte ein gemütliches Plätzchen auf der Motorhaube des Schwimmwagens gefunden. Auch er begeisterte sich für diesen stressfreien Ort. Wahrscheinlich erinnerte er ihn an sein Zuhause. Keiner sagte auch nur ein einziges Wort. Jeder wollte ein paar Minuten ganz allein für sich haben, ohne zu sprechen und sogar ohne zu denken. Einen Moment einfach nur sein, darin waren sich die Jungs einig.

Lange hielt dieser unbeschwerte Einklang mit der Natur jedoch nicht an – Willi meldete sich.

„Mir wird schon wieder so übel. Ich glaube, ich muss mich übergeben."

Und das tat er auch. Er beugte sich würgend über den Rand der Karosserie.

Mark strich ihm, wohl eher unbewusst, aus Mitgefühl über seinen Rücken und fragte: „Geht's wieder? Du siehst aber auch so richtig krank aus, wenn ich das mal so sagen darf."

„Es geht schon, in ein paar Minuten bin ich wieder in Ordnung."

Dass er schon seit ein paar Wochen diese Übelkeitsanfälle hatte, behielt Willi vorläufig für mich. *Die müssen ja nicht alles wissen.*

Er musste sich noch einige Male übergeben, bevor sich sein Magen beruhigte. Die letzten zwanzig Minuten ihrer Fahrt auf dem Meer verliefen ohne weitere Komplikationen. Roland
holte eine Landkarte aus dem Handschuhfach.

„So, wollen wir mal sehen, wo wir sind und wo wir genau an Land müssen."

Toby kannte den Weg genau. Für ihn war es so, als sei er schon viele Male an ihrem Ziel gewesen – dank der von Kasul eingepflanzten Erinnerung. Da sie Willi diese Information verschwiegen hatten, zeigte Toby stumm mit seinem Finger auf den Teil der Karte, an dem sie vom Meer auf das Festland fahren würden. Gleichzeitig gab er mit seinem Ellenbogen Roland einen kleinen, sehr leichten Seitenhieb in seine Rippen.

Der nickte und erinnerte sich: *Stimmt ja, wir haben Willi nicht erzählt, dass Kasul Toby den genauen Weg mitgeteilt hat. Verdammt, man muss dermaßen aufpassen, dass man sich nicht verplappert.*

Mark stand auf und stellte sich auf seinen Sitz, um einen

besseren Überblick zu haben. „Na endlich, da vorne ist ja schon der Strand. Ist das auch die richtige Stelle, an der wir an Land sollen?"

„Na klar", meinte Toby. „Hier sind wir genau richtig."

„Schon mal nicht schlecht, dass hier absolut nichts los ist. Kein einziger Mensch zu sehen", stellte Julius fest.

„Wo du gerade von schlecht redest", warf Willi mit gedrückter Stimme ein, „ich glaube, ich habe mir etwas eingefangen. Diese Übelkeit, die ist so hartnäckig und kommt immer wieder in kleinen Schüben. Außerdem muss ich dringend auf die Toilette."

„Geht ja gleich los. Ich fahre den Wagen auf den Strand, und dann machen wir eine kleine Pinkelpause, Jungs", schlug Toby vor.

Wie sich herausstellte, waren Roland, Mark und Julius auch daran interessiert, ihre Notdurft zu verrichten. Toby fuhr den Wagen auf den Sandstrand, stoppte und schaltete den Motor aus. Stiles war der Erste, der den Wagen verließ und an den nächstbesten Felsen pinkelte. Die Jungs nahmen das zum Anlass, sich auch an genau dieser Stelle zu erleichtern. Sie stellten sich nebeneinander und pinkelten drauf los. Mark wurde etwas stutzig, als er Willis Urin sah.

„Du, Willi, mit deinem Urin stimmt was nicht. Die Pfütze, die du hinterlassen hast, schäumt. Das bedeutet, du verlierst Eiweiß – zu viel Eiweiß."

„Woher willst du das wissen, du bist doch weder Arzt noch Sanitäter", gab Willi patzig zurück.

Mist, dachte Mark. *Ich kann ihm wohl kaum erzählen, dass mein Vater ein Flugunternehmen hat, das hauptsächlich transplantierfähige Organe transportiert. Aber Willi weist die gleichen Symptome auf wie ein Nierenkranker. Ich bin mir sicher, dass er ein Problem mit den Nieren hat. Hm, ich muss mir was ausdenken...*

„Ich habe aber viele Kurse in der Hitlerjugend absolviert, und deswegen habe ich davon ein wenig Ahnung."

Toby mischte sich ein: „Du kannst dem Mark ruhig glauben. Alle fertig? Dann einpacken und zurück zum Wagen."

Doch in diesem Moment wurde Willi ohnmächtig. Er fiel der Länge nach auf den weichen Sand und rührte sich nicht mehr. Erschrocken und bestürzt versuchten die Blackfin Boys, ihn aufzuwecken. Doch vergebens. Toby presste sein Ohr auf Willis Brust, um einen Herzschlag auszumachen.

„Sein Herz schlägt – aber ziemlich schnell."

Mark hielt an seiner These fest: „Ich glaube, er ist einfach sehr krank. Diese andauernden Übelkeitsanfälle, die blasse Gesichtsfarbe, und wie wir eben gerade erfahren haben, mit seinem Urin stimmt auch etwas nicht. Der schäumt, und das bedeutet, dass er Eiweiß verliert. Ich denke wirklich, dass seine Nieren nicht mehr richtig arbeiten. Ich habe das schon oft mitbekommen, wenn ich mit meinem Vater Organe transportiert habe."

Julius hatte eine Idee: „In dem Koffer waren doch Funkgeräte, damit können wir doch die Typen, die uns später abholen sollen, kontaktieren. Vielleicht schicken die uns Hilfe."

„Sehr gute Idee", meine Roland. „Ich werde mir gleich so ein Teil schnappen. Hoffentlich funktionieren die auch." Zügig, und ohne unnötig Zeit zu verlieren, schnappte sich Roland seinen Koffer und kramte das Funkgerät hervor. „Mann, das ist aber auch ein alter und schwerer Knochen. Total unpraktisch."

„Ist ein bisschen was anderes als ein iPhone, was?"

„Ja, sehr witzig, Toby. Wie geht das Teil denn an? Ah, hier ist der Einschaltknopf. Hat der Pilot vorhin nicht gesagt, dass die Frequenz schon voreingestellt ist? Okay, ich versuche es. Hallo? Ist da jemand? Hier spricht die Operation heilige Klinge, bitte kommen!"

Eine Stimme drang undeutlich aus dem Gerät. „Was ist? Habt ihr eure Mission erfolgreich beendet?"

„Äh, nein. Dem Willi geht es sehr schlecht, er braucht einen Arzt. Was sollen wir jetzt machen?"

„Ihr sollt euch erst melden, wenn ihr die Operation ausgeführt habt. Dann werden wir euch mitteilen, wie und wo
und wann wir euch abholen. Ende."

„Hey, Moment mal – ich sagte doch, dass Willi einen Arzt
benötigt."

„Ist euer Problem. Zur Not müsst ihr ihn zurücklassen.
Ende."

Roland sah seine Freunde völlig entgeistert an. „Das können die doch nicht machen?!"

„Das ist so eine Sauerei", schimpfte Toby. „Seine eigenen
Leute verrecken lassen, weil es ja so schön bequem ist.
Schade, dass Willi das nicht gehört hat: Die Führung seines
geliebten Deutschen Reiches will ihn über die Klinge springen lassen. Selbst wenn wir ihm das später erzählen, er wird
es uns nicht glauben, weil sein Verstand schon so einen heftigen braunen Rand angesetzt hat."

„Leute, das bringt doch nichts. Los jetzt", sagte Mark ent-
schlossen. „Helft mir, Willi in den Wagen zu tragen. Dann
fahren wir los und halten bei dem nächst gelegenen Arzt. Das
ist das Beste, was wir für den armen Kerl tun können."

Ohne zu zögern kamen die anderen Marks Anweisung
nach. Mit vereinten Kräften trugen sie den bewusstlosen
Willi auf die Rückbank des Schwimmwagens und setzten ihn
vorsichtig in eine aufrechte Position, die einen stabilen
Kreislauf unterstützen sollte. Laut Karte war der nächste Ort
Haifa. Toby startete den Wagen und fuhr los. Dabei überlegte
er laut:

„Also diesen Umweg, den wir jetzt fahren, kenne ich
nicht. Na ja, was heißt kennen, Kasul hat mir ja nur die Bilder
eingepflanzt, die direkt zum Dolch führen. Das betrifft auch
alle Wege, Orte und selbst kleine Flächen – auf den Quadratmeter genau."

„Ach, wir kriegen das schon hin", sagte Roland in einem
beruhigenden Ton. „Wir haben ja die Karte, also fahren wir
jetzt nach Haifa und suchen dort einen Arzt. Und von da aus

geht es dann weiter nach Megiddo. Dann müsste es ja mit Kasuls Anweisungen wieder passen."

Der beginnende Nachmittag verdrängte die kräftige Mittagssonne, sodass die Temperaturen etwas angenehmer wurden. Dreiundzwanzig Grad Celsius hätte das Thermometer angezeigt, wenn der Schwimmwagen mit einem ausgestattet gewesen wäre. Julius schaute sich zufrieden um.

„Also mal abgesehen davon, dass Willi in einer schlechten Verfassung ist, und dass wir für die Nazis einen alten Dolch suchen, muss ich sagen, dass ich das hier gerade richtig genieße. Das Wetter ist schön, der Himmel wolkenlos und strahlend blau – und ich sitze hier in einem Cabriolet mit meinen besten Freunden. Nur die Landschaft könnte etwas abwechslungsreicher sein. Hier ist einfach alles beige. Sand, so weit das Auge sehen kann, kein Grünzeug, nur ein paar vertrocknete Sträucher. Und die sind auch beige. Aber diese frische Luft, die vom Meer herüberweht, entschädigt für alles."

„Mega Vortrag, Julius", meinte Mark sarkastisch.

„Lass ihn doch", sagte Toby. „Er hat doch recht. Wisst ihr, ich mache mir schon die ganze Zeit Sorgen und Gedanken, ob wir das alles hinbekommen. Finden wir den Dolch, was wird aus Willi, kommen wir zurück in unsere Zeitlinie. Nichts als Probleme. Aber dann schafft es immer wieder einer von euch, mich zu beruhigen. So wie du eben mit deiner kleinen Geschichte, Julius, die war schön."

„Dankeschön, Toby", freute sich Julius über das Kompliment und streckte Mark provozierend seine Zunge heraus. Der reagierte gelassen.

„Sehr erwachsen, Julius."

„Ach, halt die Fresse!"

„Halt du doch die Fresse!"

Zwischen den beiden entwickelte sich ein kurzes Handgemenge – beide schlugen sich abwechselnd auf ihre Oberarme. Roland wandte sich genervt nach hinten um und strafte die beiden mit einem bitterbösen Blick. Und schon endete die Rangelei wie von Zauberhand.

Nach zwölf Kilometern Fahrt kamen sie in Haifa an. Der Ort war sehr übersichtlich. Außer ein paar Ziegen und Hühnern, die auf der unbefestigten Dorfstraße umhertrotteten, schien niemand unterwegs zu sein. Rechts und links der behelfsmäßigen Hauptstraße standen einige Baracken aus Holz, die mal besser und mal schlechter zusammengeschustert worden waren. Toby brachte den Wagen auf Schritttempo und blickte sich stirnrunzelnd um.

„Komische Atmosphäre hier. Ich habe schon ein paar Bewohner gesehen, aber die sitzen alle hinter ihren Fenstern und starren uns interessiert an."

„So wie ich das sehe, werden wir hier wohl keinen Arzt auftreiben können", meinte Roland. „Halt doch mal an, Toby. Ich finde, einer von uns sollte an einer Hütte klopfen und nach einem Arzt fragen. Machst du das, kleiner Mark?"

„Wieso gerade ich? Mach' es doch selbst?"

„Du siehst aber am ungefährlichsten von uns aus. Außerdem bist du ja noch ein halbes Kind. Hast ja nicht mal ansatzweise einen Bartwuchs. Und überhaupt – Haare habe ich bei dir nur auf dem Kopf und über deinen Augen gesehen."

„Ist ja gut, ich habe es verstanden, Roland. Weitere Vergleiche und Ausführungen sind unnötig." Er sprang aus dem Auto.

Julius musste Stiles festhalten, da er nur zu gern hinterhergelaufen wäre. Vorsichtig und zurückhaltend klopfte Mark zweimal an die labil wirkende Tür der nächsten Baracke und ging dann einen großen Schritt rückwärts. Ein sehr alter Mann mit weißen Haaren und einem weißen Vollbart öffnete die Tür und sah Mark fragend an.

„Guten Tag, wir sind von außerhalb. Das können Sie sich wahrscheinlich denken. Wir suchen einen Arzt, unser Freund ist krank."

Schweigend betrachtete ihn der alte Mann für einen Moment. Schließlich deutete er mit ausgestrecktem Arm die Hauptstraße hinunter – die einzige Straße im Ort überhaupt. Dann schloss er langsam die Tür.

„Ja, vielen Dank für das Gespräch", sagte Mark leise vor sich her und ging zurück zum Wagen. Die Jungs sahen ihn fragend an.

„Was glotzt ihr denn so blöde? Er hat nichts gesagt – nur in die Richtung gezeigt, in die wir sowieso fahren. Also weiter, würde ich sagen."

Toby trat aufs Gas und setzte die Fahrt mit zwanzig Kilometer pro Stunde fort. Das Ortsbild blieb gleich. Hütte an Hütte, keine Menschen in Sicht, ein paar Tiere, die umherliefen. Mark beschäftigte die kurze Begegnung von eben.

„Hm, als der alte Mann seine Tür öffnete, fiel mir was Merkwürdiges auf. Die Einrichtung war nicht so, wie es der äußere Zustand der Hütte vermuten ließ."

„Sondern?", fragte Roland ungeduldig. „Jetzt komm' zum Punkt."

„Mein Gott, halt' doch mal die Füße still. Ist ja schrecklich mit dir. Also, der Raum, den ich erkennen konnte, war wie ein ganz normales Wohnzimmer eingerichtet. Der Boden bestand aus Parkett, es lagen ein paar Läufer herum, auf denen hochwertige Möbel standen. Aus dem Wohnzimmer führte eine große, breite Treppe nach unten. Und selbst die war makellos, sogar die einzelnen Holzstufen glänzten vor Sauberkeit – als ob sie frisch poliert wurden."

„Von der Taktik her nicht schlecht", meinte Toby. „Ich meine, wer kommt schon auf die Idee, in so eine Bruchbude, was sie ja von außen zu sein scheint, einzubrechen?"

„Seht ihr, da vorne!", rief Julius plötzlich. „An der Hütte ist ein rotes Kreuz aufgemalt. Fast verblasst, aber man erkennt den Umriss noch."

Erleichtert fuhr Toby den Wagen direkt vor die Hütte, stellte den Motor ab und zog die Handbremse an. Stiles sprang heraus und näherte sich neugierig, aber vorsichtig einer der freilaufenden Ziegen. Dieses Mal klopfte Toby an die schrottreife Tür, die willkürlich aus Latten zusammengenagelt worden war. Ein großer, dunkelhaariger Mann öffnete und begrüßte Toby.

„Guten Tag, mein Name ist Marvin Metzner, ich bin Arzt. Und wie es aussieht, benötigt ihr meine Hilfe."

„Äh, ja, guten Tag", erwiderte Toby verdattert. „Unser Freund scheint krank zu sein. Wir haben die Befürchtung, dass es etwas Ernstes ist."

„Gut, bringt ihn rein. Der Hund wartet aber draußen."

Wie seltsam, dachte Toby. Aber er hatte keine Zeit, sich weiter zu wundern, jetzt ging es darum, Willi so schnell wie möglich zu helfen. Vorsichtig trugen die Jungs den noch immer Bewusstlosen in die Hütte des freundlichen Arztes. Mark befahl Stiles, vor der Hütte brav Sitz zu machen. Und wie es sich für einen gut erzogenen Hund gehört, tat er dies ohne Murren. Metzner führte die Jungs zu einer Treppe, die ins Untergeschoss führte. Mark kam die Szenerie bekannt vor.

Das gibt es ja nicht. Ist genauso eingerichtet wie das Haus vorhin. Im Wohnzimmer alles ganz schick, und dann diese Treppe, die nach unten führt. Bin gespannt, was uns da erwartet.

Als die Jungs im Untergeschoss ankamen, standen sie zu ihrer Überraschung in einem komplett weiß gekachelten Operationsraum. Ausgestattet mit einigen technischen Geräten sowie haufenweise Verbandsmaterial, machte dieser Raum einen sterilen und guten Eindruck. Jedenfalls waren die vier davon überzeugt, dass Willi sich hier in guten Händen befände.

„So, legt den Patienten auf den Behandlungstisch. Dann erzählt mal."

Mark erläuterte dem Arzt seine Vermutung bezüglich des Nierenversagens. Toby, Roland und Julius erzählten nacheinander, was ihnen genau an Willi aufgefallen war und wie oft seine Übelkeitsanfälle auftraten. Währenddessen untersuchte Metzner Willi sehr gründlich. Er kontrollierte seine Augenlider, sah in seine Ohren, tastete die Magengegend ab und maß seinen Blutdruck.

„Also das ist außergewöhnlich. In dieser Ruhephase der Bewusstlosigkeit ist der Blutdruck mit 190 zu 120 viel zu hoch. Ich würde gern seinen Urin untersuchen. Außerdem ist eine Blutprobe unerlässlich. Er muss auf jeden Fall bis morgen hier bleiben. Transportfähig ist er auf keinen Fall. Ich spritze ihm jetzt ein blutdrucksenkendes Mittel und gebe ihm eine Infusion, die Kochsalz enthält. Er macht einen ausgetrockneten Eindruck. Wir haben hier noch eine freie Hütte, dort könnt ihr übernachten."

Toby lehnte dankend ab. „Wir müssen leider weiter, einen dringenden Termin wahrnehmen. Wenn es in Ordnung ist, kommen wir morgen wieder."

„Also gut, ich werde mich um euren Freund kümmern."

„Was sind wir Ihnen denn schuldig für die Behandlung?", fragte Roland.

„Eine Bezahlung ist doch nicht nötig. Wir bekommen hier nur selten Besuch, deswegen bin ich froh, wenn ich eurem Freund helfen kann."

Mark brannte da noch eine Frage unter den Nägeln. „Eines würde ich gern wissen. Warum sehen die Hütten im Ort alle so armselig aus? Sind denn alle so schön eingerichtet wie diese?"

„Wir wollen unsere Ruhe haben. Jeder, der hier durchfährt, wenn es überhaupt jemanden hierher verschlägt, hält nicht an. Das soll auch so bleiben."

Die Jungs bedankten sich ausgiebig bei Dr. Metzner für seine Hilfe und seine Großzügigkeit, bevor sie wieder zu ihrem Wagen gingen. Stiles freute sich über die Rückkehr seines Rudels und sprang zufrieden in den Schwimmwagen. Dass Willi nicht dabei war, störte den gutmütigen Rottweiler wenig. Roland studierte kurz die Karte.

„So, Leute. Der nächste Ort wäre Nescher. Von da aus

wären wir dann wieder auf unserem ursprünglichen Kurs. Toby? Hast du gehört?"

„Ja, sorry, Roland. Ich dachte gerade nur an Willi. Ist es richtig, dass wir ihn einfach hier zurücklassen?"

Mark gab sich größte Mühe, Tobys Bedenken aus der Welt zu schaffen: „Uns bleibt ja wohl nichts anderes übrig. Dass er ohne ärztliche Hilfe nicht auskommt, liegt wohl auf der Hand. Und außerdem – ich bin ganz froh, dass er weg ist. So können wir uns wenigstens richtig unterhalten, ohne uns verstellen zu müssen."

Julius nickte zustimmend, und Toby startete den Wagen.

Während sie sich von dem Ort entfernten, erzählte Roland von einem Fernsehbericht, den er vor Kurzem gesehen hatte: „Also wenn der Willi wirklich eine neue Niere braucht, dann war es das wohl für ihn. Die Medizin ist in dieser Zeit noch gar nicht so weit. Das Perfide ist aber, dass die Situation in 2018 zwar anders, aber genauso schlimm ist. Das Problem ist nicht mal unbedingt mangelnde Spendenbereitschaft, sondern die Krankenkassen, die den Kliniken nicht genug Geld zukommen lassen, wenn sie Spenderorgane entnehmen. Das heißt im Klartext: Es gibt Spenderorgane, aber die Kliniken entnehmen keine, weil sie draufzahlen müssen. Und diejenigen, die dringend auf eine Niere oder ein Herz warten, sterben eben, weil es günstiger ist. Das ist doch der Hammer! Vielleicht sollten sich die Krankenkassen weniger luxuriöse Firmengebäude gönnen und lieber den Satz für die Organentnahme erhöhen. Aber daran sieht man mal, wie dämlich die sind. Einen Dialysepatienten zu behandeln kostet pro Jahr über sechsundzwanzigtausend Euro. Das würde komplett wegfallen, wenn der Patient eine neue Niere erhält. Also müsste doch die Krankenkasse Interesse daran haben, neue Organe zu verpflanzen. Aber dafür zahlen wollen sie nicht – wo bleibt denn da die Logik?"

Bis zum nächsten Dorf waren es zehn Kilometer. Während der fünfzehnminütigen Fahrtzeit dorthin verlor keiner der Jungs auch nur ein einziges Wort. Die Temperatur war angenehm, und ein warmer, milder Wind war aufgekommen. Der Wohlfühlfaktor der Jungs lag bei vollen hundert. Toby fuhr an den Straßenrand und stoppte den Wagen.

„In ungefähr zweihundert Metern erreichen wir das Ortsschild von Nescher. Es ist ein dunkelbraunes Holzschild, beschriftet mit weißen Buchstaben. 'Willkommen in Nescher – gegründet 1925 – 7625 Einwohner'. Ich sehe es ganz deutlich vor mir."

„Alter, das ist voll gruselig. Ich habe jetzt die übelste Gänsehaut", stellte Julius etwas verängstigt fest.

„Und das ist noch nicht mal alles", grinste Toby seinen Freund an. „Ich kann sogar sagen, wo wir in Nescher etwas zu essen bekommen."

„Perfekt, ich habe so einen verdammten Hunger, gib Gas!", drängelte Roland.

Und tatsächlich – als die Jungs das Ortsschild zu Nescher passierten, konnten sich Roland, Mark und Julius von Tobys präziser Vorhersage überzeugen. Langsam fuhren sie durch das belebte Dorf. Im Gegensatz zu Haifa waren hier viele Menschen unterwegs. Es sah so aus, als wäre heute Markttag. Viele kleine Stände, die links und rechts der Hauptstraße errichtet wurden, boten allerlei Klüngelkram und viele verschiedene Speisen an. Toby parkte hinter einem alten Laster, der in einer kleinen Seitenstraße stand. Mark leinte Stiles an, dann ging es zu Fuß weiter. Toby vorneweg.

„Folgt mir, Jungs. Jetzt werden wir erst mal was Schönes essen. Mist, mir fällt gerade ein – wir brauchen Geld."

„Keine Panik", meinte Mark. „Im Seitenfach unserer Koffer steckt jeweils eine Goldmünze. Seht mal, sieht aus wie aus dem alten Rom."

„Da habe ich noch gar nicht nachgesehen", sagte Roland. „Gib doch mal her. Die sieht aber wertvoll aus. Da ist ein Typ drauf, der auf einem Sockel steht. In einer Hand hält er eine Keule und in der anderen ein Tuch oder sowas Ähnliches."

„Ich glaube, das kommt mir bekannt vor", meinte Julius. „Kann ich die mal haben? Hm, das ist kein Tuch, das ist eine Löwenhaut. Und auf die Rückseite ist der Kopf des Imperators Trajan geprägt, der von 98 bis 117 an der Macht war."

Mark klopfte Julius lobend auf die Schulter. „Na da hat aber jemand seine Hausaufgaben gemacht."

„Ich kenne mich aus mit Münzen, Dr. Blake hatte so eine in seiner Sammlung."

Roland interessierte sich weniger für Numismatik, sein Magen hatte gerade erste Priorität: „Wie auch immer, lasst uns endlich was essen. Die Münze können wir mit Sicherheit gegen was Vernünftiges eintauschen."

Toby führte seine Freunde zielstrebig an einen Stand, der offensichtlich frisch zubereitete Mahlzeiten anbot. Eine kleine, dicke Frau mit schwarzem Haar rührte mit einem großen Holzlöffel wie verrückt in einem riesigen Topf voll Reis, der über einem kleinen Feuer an einer Eisenkette hing. Toby bestellte fünf Portionen und bezahlte mit der Münze. Die Verkäuferin suchte offensichtlich in ihren Taschen nach Wechselgeld. Da sie anscheinend über keines verfügte, gab sie den Jungs per Handzeichen zu verstehen, dass sie gleich wiederkommen würde, nachdem sie das Wechselgeld aufgetrieben hätte. Derweil aßen die fünf vor dem Stand ihr Schälchen Reis. Selbst Stiles, der von Natur aus ein begeisterter Fleischfresser war, mampfte genüsslich seine Portion. Wahrscheinlich dachte er so viel wie: Besser als nichts.

„Also den Reis erkennt man zweifelsfrei, aber der ist mit etwas anderem gemischt. Keine Ahnung, mit was, aber es schmeckt", stellte Toby zufrieden fest.

„Ja, es schmeckt wirklich. Vielleicht ist da noch Hühnchen oder so drin", mutmaßte Julius.

„Auf jeden Fall ist es kräftig gewürzt. Hoffentlich bekommt Stiles keinen Durchfall davon", sorgte sich Mark.

Roland blieb fast das Essen im Halse stecken, als er aufgeregt mit vollem Mund versuchte, etwas Wichtiges mitzuteilen. Sein unverständliches Gestammel führte aber nur dazu, dass seine Freunde ihn fragend ansahen.

„Also ich habe nur Hosenschnödel verstanden – oder war da noch was anderes? Schluck' doch erst mal runter, und dann erzähle, Freund", schlug Mark sarkastisch vor.

„Ich wollte sagen, dass die Frau, die uns das Essen verkauft hat und Wechselgeld holen wollte, gerade mit einem Fahrrad an uns vorbeigeprescht ist, als wäre der Tod hinter ihr her. Dann fragte ich, wer von euch den Autoschlüssel in der Hosentasche hat, um sie schnell zu verfolgen. Und du hörst daraus nur Hosenschnödel? Und während ich den ganzen Kram jetzt langsam und ausführlich erkläre, wird sie schon über alle Berge sein. Die werden wir nicht mehr wiederfinden in dem Gewühl hier. Sicher weiß sie, dass die Münze so richtig viel Schotter wert ist."

Toby sah das gelassener: „Ach Roland, ist doch egal. Wir haben noch drei Münzen, und wir sind satt. Wenn alles gutgeht, sind wir morgen schon wieder in unserer richtigen Zeitlinie. Und um deine Frage zu beantworten: Den Hosenschnödel, falls du damit den Gegenstand meinst, der den Wagen startet, habe ich."

Roland fand das gar nicht witzig – ganz im Gegensatz zu seinen Freunden. Sie lachten so laut und herzlich los, dass es Roland zumindest ein kleines Grinsen in sein Gesicht trieb. Gut gelaunt gingen sie zurück zum Wagen. Mark hatte etwas Wichtiges vergessen.

„Oh Mann, ich sollte doch unsere Mission fotografieren und filmen – und keins von beidem habe ich bisher gemacht."

„Ist doch egal", winkte Toby ab. „Die Braunen wissen doch nicht, dass die Filme leer sind. Und wenn sie es merken, sind wir schon längst wieder zu Hause."

„Mach' doch wenigstens Fotos, wir hatten doch überlegt, die, wenn wir zurück sind, entwickeln zu lassen", sagte Julius."

Mark holte umgehend den Fotoapparat aus seinem Koffer und spannte einen Schwarz-Weiß-Film von Kodak ein. Obwohl die Sonne langsam am Horizont verschwand, fotografierte er seine Freunde, wie sie im Auto saßen und freundlich in die Kamera blickten. Von Stiles machte er mehrere Portrait-Aufnahmen und ging mit der Kamera so nah an seinen bulligen Kopf, dass der fast das ganze Bild ausfüllte. Dann sprang Mark auf den Rücksitz und leistete Julius Gesellschaft. Lächelnd packte er die Kamera wieder weg.

Meine besten Freunde. Wie sie eben alle freundlich in die Kamera geguckt haben – genauso treu und freundlich wie Stiles. Ob wir in dreißig Jahren immer noch so gut miteinander befreundet sind? Ach, ich genieße den Moment und die Zeit – wer weiß schon, was in der Zukunft passiert.

Toby steuerte den Wagen aus dem Dorf hinaus in Richtung Hauptstraße. Der Schwimmwagen zog einige neugierige Blicke der Bevölkerung auf sich. Doch davon bekamen die Blackfin Boys nichts mehr mit, denn gerade fuhren sie an einem Holzschild mit der Aufschrift „Auf Wiedersehen" vorbei. Der nächste Halt sollte nun ohne Umwege direkt in Megiddo sein. Doch Mark war durch seine sentimentalen Gedanken bezüglich seiner Freunde eine Idee gekommen:

„Halt doch mal an, Toby."

„Was ist denn? Irgendwas nicht in Ordnung?", fragte der besorgt.

„Nee, schaut mal dahinten, das ist doch ein kleiner See. Ich hätte jetzt Lust, dort hineinzuspringen und ein wenig zu schwimmen. Stiles würde sich bestimmt auch freuen! Was meint ihr?"

Toby und Roland sahen sich mäßig begeistert an, sie hatten sowas von keinen Bock auf diese Aktion. Doch dann blickten sie hinter sich, um die Reaktion von Julius zu checken. Der freute sich genauso wie Mark und strahlte übers ganze Gesicht. Seufzend gab Toby nach und fuhr in einem Neunzig-Grad-Winkel von der Hauptstraße ab. Ungefähr zweihundert Meter mussten sie über unebenes Gestein holpern. Der Wagen schaukelte hin und her, hielt dem groben Untergrund aber problemlos stand. Außer ihnen war keine Menschenseele am See. Toby parkte den Wagen direkt am Ufer, das mit vielen kleinen weißen Kieselsteinen übersät war, die im Mondlicht fluoreszierend leuchteten. Natürlich war Stiles der Erste, der aus dem Auto und im Wasser war. Ihm war deutlich anzusehen, wie sehr er die angenehme Frische des leicht kühlen Wassers genoss.

„Wir haben ja gar keine Badehosen", stellte Julius fest.

Roland zog sich bis auf sein letztes Hemd aus und ging vorerst bis zu den Knien ins Wasser.

„Was glotzt ihr so blöde? Das habt ihr doch schon alles gesehen. Außerdem ist es dunkel. Das Wasser ist echt angenehm."

Als er sich rücklings in den See fallen ließ und losschwamm, zogen die anderen sich ebenfalls aus und sprangen mit Anlauf ins Wasser. Ihre Klamotten legten sie auf den scheinbar sauberen Kieselsteinen ab.

Roland wies seine Freunde zurecht: „Man springt nicht in unbekannte Gewässer, weil man nie weiß, was im Wasser ist. Das solltet ihr euch merken. Ich habe schon mal jemanden gesehen, der kopfüber in einen See gesprungen ist. An der Stelle betrug die Wassertiefe leider nur vierzig Zentimeter. Heute sitzt er im Rollstuhl. Also, schreibt euch das auf."

Nach Rolands Ansprache, die den Jungs wirklich zu denken gab, schwammen sie kreuz und quer durch den See. Mensch und Tier fühlten sich sorglos und befreit. Diese Aktion gehörte zu den kleinen angenehmen Ablenkungen, die die ganzen Umstände weitaus erträglicher machten. Diese Erfahrung hatten sie bereits auf Blakes Insel gemacht.

Wie viel Zeit die Jungs in und an dem See verbrachten, war ihnen nicht so recht bewusst, denn schöne Zeiten gehen immer schneller vorüber als schlechte. Es waren aber knapp über zwei Stunden. Das lag auch daran, dass sie keine

Handtücher zum Abtrocknen hatten und alternativ einfach am Wasser entlangschlenderten, bis die laue Nachtluft ihre Haut getrocknet hatte. Für Stiles kam sowieso keine andere Methode in Frage. Für ihn reichte einmal schütteln.

Frisch gewaschen ging es weiter. Einstimmig wurde beschlossen, keine weiteren Pausen einzulegen. Roland studierte die Landkarte, die ordnungsgemäß im Handschuhfach abgelegt war, erneut.

„So, Jungs, nur noch knapp dreißig Kilometer, dann haben wir es geschafft. Und du kannst dich noch immer genau an den Weg erinnern, Toby?"

„Yep, ich weiß genau, wo wir lang müssen. Normalerweise sollten wir die Strecke in weniger als einer halben Stunde schaffen. Aber ihr seht ja selbst, was das für beschissene Straßen hier sind. Wobei man ja eigentlich nicht einmal von Straßen sprechen kann, es sind ja eher Wege mit mal mehr und mal weniger Sand darauf."

„Also können wir mit mindestens dreißig Minuten rechnen?", fragte Roland.

Toby bejahte und gab sich Mühe, die Fahrtgeschwindigkeit von etwa siebzig Kilometer pro Stunde zu halten. Ihre Berechnung ging auf, nach einer knappen halben Stunde fuhren sie in Megiddo ein.

„Jetzt ist es nicht mehr weit. Der Friedhof liegt so ziemlich am Ortsausgang. Ein paar Minuten noch, dann sind wir da. Komisch ist, dass ich Erinnerungen an diesen Ort habe, wie er am Tage aussieht. Jetzt, bei finsterer Nacht ist das ein bisschen schwieriger. Aber ich kriege es hin."

Die Hauptstraße schlängelte sich kurvenreich durch den Ort. Auch hier war die Straße nichts weiter als ein breiter, sandiger Streifen. Unzählige Zeltlager wurden direkt an den ebenfalls unzähligen Ausgrabungsstätten errichtet. Hier versuchten Archäologen aus aller Welt, längst vergessene Relikte, Skulpturen und menschliche Knochen zu finden, um vergangene Bräuche und Lebensumstände zu rekonstruieren. Durch die halb ausgegrabenen Monumente, die in einem schlechten Zustand waren, wirkte es, als habe eine Bombe die Stadt verwüstet. Die Jungs näherten sich langsam, aber sicher ihrem Ziel. Toby erkannte die Gegend wieder.

„Seht ihr den Hügel da? Genau oben drauf soll der Friedhof sein."

Roland war begeistert: „Der Vollmond leuchtet so hell, dass ich sogar einige Kreuze und einzelne kleine Umrisse der Grabsteine sehen kann. Das muss es sein."

„Das ist doch alles total unheimlich", meinte Julius. „Meine innere Stimme sagt mir, es ist besser, diesen Ort zu meiden."

„Es bleibt uns ja nichts anderes übrig", entgegnete Mark. „Wir wollen doch alle nach Hause, und das ist der einzige Weg. Aber ehrlich gesagt bin ich auch sowas von aufgeregt. Und ja, du hast recht – es ist total unheimlich."

Toby schaltete in den ersten Gang, damit der Motor der extremen Steigung des Hügels standhielt. Würde der Wagen jetzt versagen, wäre die gesamte Mission in Gefahr.

„Wer zum Teufel kommt denn auf die Idee, einen Friedhof auf einem Hügel zu errichten? Ist doch Schwachsinn", ärgerte sich Toby.

„Bleib locker, wir sind doch gleich oben", sagte Roland ruhig. „Ich schätze mal, bis nach oben sind es so fünfzig bis sechzig Meter."

Kurz nach Rolands Feststellung erreichten die Jungs mit dem Schwimmwagen endlich den höchsten Punkt des Hügels. Toby stellte den Motor aus und zog die Handbremse fest an. Sie waren fast am Ziel.

KAPITEL 7 – GRUFT DES GRAUENS

Zögerlich stiegen sie aus, um sich einen Überblick zu verschaffen. Selbst Stiles blieb dicht bei seinem Rudel.

Julius hielt seine Emotionen nicht zurück: „Ich revidiere meine Aussage von vorhin, als ich sagte, das sei total unheimlich. Es ist nämlich der reinste Horror, oder will das jemand von euch bestreiten?"

Toby bestaunte das Ganze eher, als dass er sich ängstigte. „Seht euch das an, Leute. Das sieht ja aus wie in einem Horrorfilm. Ein Friedhof mit megaalten und teilweise zerstörten Grabsteinen – und das ganz oben auf einem Berg."

„Der Mond gibt durch seine Beleuchtung noch den Rest. Das bläuliche Licht lässt den Nebel und die Grabsteine besonders gruselig erscheinen. Sieht genauso aus wie in dem Thriller-Video von Michael Jackson", stellte Roland fest.

Mark verschränkte seine Arme, auch er fühlte sich sichtlich unwohl. „Es ist saukalt hier oben. Als würde die Kälte des Todes über uns hereinbrechen. Lasst uns bloß zusehen, dass wir so schnell wie möglich hier wieder wegkommen. Wie hieß noch mal der Typ, in dessen Grab der Dolch liegen soll, Toby?"

„Friedkin Edelweiss. Ich würde sagen, wir teilen uns auf, dann finden wir das Grab schneller."

„Das kannst du sowas von vergessen! Wir bleiben alle schön zusammen!", forderte Mark, so aggressiv er konnte.

„Ist ja gut, dann bleiben wir eben zusammen. Am besten, wir gehen Schlangenlinien um die Gräber, damit wir auch nichts auslassen."

Zunächst öffneten die Jungs ihre Reisekoffer und bewaffneten sich mit Taschenlampe und schussbereiter Pistole. Roland hatte zwei Waffen, da Mark ihm ja seine Walther vor Reiseantritt überlassen hatte. Langsam und dicht beieinander gingen die fünf los und leuchteten jeden Grabstein an, in der Hoffnung, möglichst schnell die Stätte des Friedkin Edelweiss zu finden. Die hellen Strahlen ihrer Leuchten sahen im Nebel aus wie ein Spotlight in einer mit Trockeneis überfluteten Diskothek. Plötzlich ertönte ein lauter Schrei, von der Art so grausam, als würde ein kleines Kind furchtbare Schmerzen erleiden. Die Jungs schrien vor lauter Schreck ebenfalls laut auf. Stiles bellte.

„Verdammte Tat, was ist das?", fragte Toby zitternd.

„Da hinten, seht ihr, das war nur eine Katze, die hinter einem Grabstein hervorkam", beruhigte Roland.

Toby ärgerte sich über seine eigene Angst. „Mann, so einen Mist können wir hier nicht gebrauchen. Mein Puls ist auf zweihundertzwanzig. Weiter jetzt."

Völlig verängstigt und angespannt setzten sie die Suche fort. Um ihrer Angst etwas den Wind aus den Segeln zu nehmen, lasen sie abwechselnd laut die Namen vor, die auf den Grabsteinen eingemeißelt waren.

„Debra Hill – geliebte Ehefrau und wundervolle Mutter. 1850 bis 1905."

„Steven Lucas – Autor fantastischer Geschichten. 1744 bis 1840."

„Noah Weintraub – geliebter Vater und Ehemann. 1801 bis 1832."

Toby blieb auf einmal stehen und starrte für einen Moment auf den Boden. Als er den Kopf wieder hob, war sein

Blick leer, und er begann, völlig willkürlich verschiedene Namen aufzusagen. Dabei wurde seine Stimme von Name zu Name immer tiefer.

„Labartu, Kelet, Moloch, Crocell, Botis, Aulak, Bar Zangi, Dogaiiiiiiii!"

Plötzlich verstummte Toby wieder. Er drehte seinen Kopf leicht zur Seite, als würde er überlegen. Gleichzeitig verkrampfte sich sein gesamter Körper. Sein Gesicht verriet, dass er unglaubliche Schmerzen haben musste. Seine Augen wurden weiß, seine Haut verfärbte sich bläulich, und er fing an, bedrohlich zu knurren – in einer beängstigend tiefen Tonlage.

Roland schüttelte seinen Freund kräftig durch. „Mensch, Toby, was passiert denn mit dir?"

„Seine Augen, was ist nur mit seinen Augen", fragte Julius fassungslos.

In dem Moment holte Toby aus und schlug dem arglosen Roland so heftig ins Gesicht, dass der auf der Stelle umfiel. Dann wandte er sich Mark und Julius zu und hämmerte mit seiner Taschenlampe so stark auf ihre Arme, dass es zu einigen blutigen Platzwunden kam. Immer wieder schrie er die Worte: „Labartu, Kelet, Moloch, Crocell, Botis, Aulak, Bar Zangi, Dogai!" Seine Stimme klang wie die eines Fremden. Stiles spürte, dass Toby in diesem Wahn nicht er selbst war. Er biss den Besessenen in seine rechte Ferse. Doch das hielt Toby nicht davon ab, weiter auf Mark und Julius einzuschlagen, fast so, als würde er die Schmerzen des Bisses nicht einmal fühlen.

Als Roland wieder zu sich kam, stürzte er sich auf Toby und brachte ihn zu Fall.

„Los, Mark, Julius, helft mir, ihn festzuhalten!"

Gemeinsam gelang es ihnen, Toby zu überwältigen. Zu dritt hielten sie ihn fest am Boden und konnten so verhindern, dass er weiterhin körperliche Gewalt ausübte. Toby war nun bewegungsunfähig, schrie aber immer weiter mit fremder Stimme diese merkwürdigen Namen.

„Was ist denn mit dir? Wie redest du denn? Komm wieder zu dir, Mann", schrie Roland verzweifelt.

Schlagartig wurde Toby still und bewegte sich nicht. Dann fing er an zu grinsen. Es war aber kein Grinsen, wie sie es von einem freundlichen und ausgelassenen Toby kannten, sondern ein finsteres, hämisches Grinsen, kalt und gleichgültig. Als er zu sprechen begann, lief ihm übermäßig Speichel aus dem Mund.

„Roland, du bist der Beste hier. Du hast jemandem das Leben genommen. Das hast du gut gemacht. Mach nur weiter so, mein Freund. Es bedarf doch keines großen Aufwands, ein Leben auszulöschen."

Tobys Kopf schnellte zur Seite, und er biss Roland in den Oberarm. Dieser schrie vor Schmerzen und versuchte, Tobys Kopf wieder auf den Boden zu drücken.

„Dein Blut, es schmeckt so gut. So gut, Roland!"

Roland reichte es. „Sorry, Freund, es geht nicht anders", kündigte er an, bevor seine Faust mehrmals kräftig auf Tobys noch immer irre grinsendes Gesicht niederfuhr.

Nach dem vierten Mal schien es, als hätte Toby das Bewusstsein verloren. Die Jungs ließen langsam von ihm ab und betrachteten ihn geschockt, wie er regungslos am Boden lag.

Mark schluchzte und zitterte am ganzen Körper. „Was ist bloß mit ihm passiert. Als würde er von etwas Bösem heimgesucht."

„Irgendetwas hat Besitz von ihm ergriffen. Die Namen, die er immer wieder gerufen hat, das waren alles Dämonen. Davon habe ich viel in Blakes Bibliothek gelesen, über dieses Thema gab es dort eine besonders große Auswahl. Bist du okay, Roland?"

„Es geht schon. Ihr habt ja auch überall blutige Stellen. Wir sollten mal nachsehen, was wir im Verbandskasten finden. - Schnell, ein paar Schritte zurück, Leute, Toby bewegt sich!"

„Was ist passiert, ah, mein Kopf, der dröhnt, als hätte ich gestern Abend gesoffen", stöhnte Toby. Er richtete sich auf und blickte verwirrt zu seinen Freunden. „Was ist, wieso starrt ihr mich so an? Oh Gott, ihr seid ja verletzt!"

Toby machte einen Schritt auf sie zu, doch Roland schob Julius und Mark mit seinem Arm zurück und stellte sich schützend vor sie. „Du kannst dich an nichts erinnern?", fragte er misstrauisch.

Toby ließ sich wieder auf den Boden sinken. „Ich weiß noch, dass wir hier oben angekommen sind. Dann sind wir los, um das Grab von Edelweiss zu suchen. Und plötzlich wurde mir schwarz vor Augen."

Roland schilderte Toby, was er in den letzten zwei Minuten angerichtet hatte. Mark und Julius trauten sich erst nicht so richtig an Toby heran. Doch als sie merkten, dass sie ihren alten Freund wiederhatten, zeigten sie ihm ihre Wunden und Verletzungen.

„Mensch, Leute, es tut mir ja so leid. Ich kann mich an absolut nichts erinnern. Vielleicht hat es was mit meinen Albträumen zu tun. Aber dieses Mal habe ich keinen Traumfresser gesehen. Roland, du hast richtig gehandelt. Falls ich mich nochmal auf diese Weise verändern sollte, schlag mich bitte gleich k.o."

„Denkst du, das war leicht für mich? Jeder Schlag tat mir doppelt so weh wie dir. Das Letzte, was ich will, ist meine Freunde zu verletzen. Na komm her, du besessener Freak."

Roland gab Toby seine Hand und half ihm aufzustehen – die beiden umarmten sich. Ein kurzes, aber kräftiges Drücken, das von beiden Seiten ausging, bedeutete bei ihnen so viel wie: Hey, alles gut, tut mir leid. Mark und Julius schlossen sich der Knuddelei an. Da die Coolness aber auch in diesem Moment nicht zu kurz kommen durfte, unterbrachen die Jungs den Körperkontakt rasch wieder, um weiter nach dem Grab zu suchen. Da es so viele Gräber waren und sie nach Tobys Besessenheit diesen Ort mehr denn je so schnell wie möglich verlassen wollten, teilten sie sich nun doch auf. Stiles blieb dicht an Marks Seite. Nach einer Weile war es Julius, der laut „Bingo!" rief.

„Ich hab's gefunden, Leute! Seht euch das an!"

Erleichtert liefen die anderen zu ihm.

Doch Toby zögerte. „Es ist seltsam, ich kann mich an diese Stelle nicht erinnern. Kasul hat mir nur den Weg hierher und eine Übersicht des Geländes in meinen Kopf gepflanzt. Ich frage mich, wieso. Das Einzige, was ich jetzt noch weiß, ist, dass der Dolch in einem Grab auf diesem Friedhof liegen soll. Aber wenn ich so davor stehe, kommt mir einzig und allein der Name Friedkin Edelweiss bekannt vor."

„Macht doch nichts, Toby. Übrigens, auf dem Grabstein steht Friedkin Edelweiss Junior", sagte Mark.

„Bitte? Wie Junior, das verstehe ich nicht."

„Na ja, wenn es einen Junior gibt, dann gibt es auch einen Senior – muss ja irgendwie", meinte Roland. „Gott sei Dank liegt der Leichnam nicht mehrere Meter unter der Erde, sondern direkt unter dieser massiven Steinplatte. Lasst uns mal versuchen, sie zusammen ein Stück zur Seite zu schieben."

Mit vereinten Kräften stemmten sich die Jungs gegen die gut fünf Zentimeter dicke Platte, die längst von Moos und anderem grünen Zeug in Beschlag genommen worden war. Die Steinplatte bewegte sich um ungefähr eine Elle.

„Stopp!", rief Toby. „Der Spalt ist groß genug, wir müssen den Deckel ja nicht komplett entfernen. Leuchten wir doch mal rein."

Neugierig richteten die Jungs den grellen Lichtstrahl ihrer Taschenlampen auf das Innere des Grabes. Von einem Dolch jedoch keine Spur, nur ein menschliches Skelett in einem miserablen Zustand.

„Wieso ist denn hier jetzt kein Dolch?", fragte Toby verwundert.

„Ich denke mal, weil der Typ ein Junior ist. Es muss also

noch einen anderen Edelweiss geben. Also lasst uns keine Zeit verlieren, sondern zügig weitersuchen", schlug Roland vor.

Hektisch gingen die Jungs den restlichen Friedhof ab. Doch auch nachdem sie das letzte Grab inspiziert hatten, hatten sie auf keinem der Steine den Namen Edelweiss entdeckt. Suchend und ein wenig ratlos schauten sie sich um.

Da fiel ihr Blick auf ein kleines, gemauertes Gebäude am Ende des Friedhofs, das von zwei schweren Eisengittern und einer dicken, verrosteten Kette verschlossen gehalten wurde. Die Jungs richteten ihre Taschenlampen auf den heruntergekommenen Bau. Die einzelnen Steine, aus denen das Gemäuer bestand, waren von Umwelt und Zeit stark angegriffen. Auf den ersten Blick machte es den Anschein, dass es jeden Moment einstürzen könnte.

Toby sah den Tatsachen ins Auge: „Vielleicht ist der andere Edelweiss da drin. Sieht aus wie der Eingang zu einer Gruft. Tja Leute, es bleibt uns nichts anderes übrig. Mir nach."

Zögerlich gingen die fünf auf das beeindruckende Tor zu.

Mark fiel beim Näherkommen sofort eine Ungereimtheit auf. „Seht mal das Schloss, das die Ketten zusammenhält. Das ist doch neu. Ich versuche mal, es zu öffnen." Mit einem kräftigen Ruck zog Toby an dem Schloss – und hielt es prompt in der Hand. „Ups, das war gar nicht verschlossen."

„Das stinkt doch bis zum Himmel. Hier muss doch vor Kurzem jemand gewesen sein", vermutete Julius.

Mark entfernte das Schloss von den beiden Ketten, sodass sie nun ungehindert das Tor öffnen konnten. Unmittelbar dahinter führte eine Treppe in den Untergrund, die so alt und unheimlich aussah, als hätte sie jemand aus der Dekoration eines Dracula-Films entwendet. Die Stufen gingen steil über eine Länge von zwanzig Metern nach unten. Um mehr erkennen zu können, mussten sie wohl oder übel die Treppe hinuntergehen. Die Jungs wollten keine Zeit verlieren und stiegen hinab. Julius rümpfte seine Nase.

„Boah, das stinkt hier ja extrem nach Verwesung."

„Wartet mal, lasst mich lieber vorgehen, falls etwas Unvorhergesehenes angreift, schieße ich einfach", bot Roland an und lud seine Pistole durch.

Stiles mochte die Stufen nur ungern hinuntergehen, das konnte man eindeutig an seinem wackligen Gang erkennen. Aber oben warten und vom Rudel getrennt werden, das kam für ihn keinesfalls in Frage. Am Ende der Stufen machte die Treppe eine harte Neunzig-Grad-Biegung. Was sich den Jungs dann offenbarte, war einfach unglaublich.

„Verdammte Tat, seht euch das an", staunte Toby. „Die Gruft ist so groß wie der gesamte Berg!"

„Ja, diese scharfe Biegung ist wohl gewollt, damit man oben nicht gleich sieht, was hier unten lauert", spekulierte Julius.

Roland ging weiter vor und leuchtete den Raum mit seiner Funzel so gut wie möglich aus, um sich einen Überblick zu verschaffen.

„Das ist ja ganz übersichtlich angeordnet. In der Mitte ein Gang und links und rechts davon die Gräber. Beziehungsweise sind es ja keine Gräber, sondern jeweils zwölf Särge, die in Regalen übereinandergestapelt sind. Wartet mal, im Boden sind überall kleine Löcher. Ich guck' mal durch eines." Er kniete sich hin und leuchtete mit seiner Taschenlampe in eine der Öffnungen. „Aha, da ist noch eine weitere Etage. Ich schätze mal, das zieht sich bis nach ganz unten hin."

„Na toll, das kann ja ewig dauern, bis wir hier den richtigen Sarg gefunden haben", nörgelte Mark. „Sollen wir uns wieder aufteilen? Dann sind wir schneller wieder hier raus."

Die anderen nickten stumm, und so verteilten sich die Jungs schnell auf die einzelnen Ebenen und grasten die Namen an den Särgen ab. Roland lief in die unterste Etage. Dieses Mal war er das Glückskind. Und das teilte er seinen Freunden mit – so laut, wie es nur ging.

„Heeey, haaalloooo – alle Mann runter, ich hab den Sarg von Friedkin Edelweiss gefunden, und es steht weder Senior noch Junior drauf." Während er auf die anderen wartete, trat er ungeduldig von einem Fuß auf den anderen. *Ich glaube, wenn jetzt alle unsere Taschenlampen den Geist aufgeben würden – dann wäre ein Herzinfarkt nicht weit weg. Das ist aber auch gruselig hier. Zum Glück sind wir ja bewaffnet.*

Völlig außer Atem stießen die anderen Jungs mit Hund zu ihm. Roland hatte den Sarg noch nicht geöffnet. Diese Ehre wollte er Toby zuteilwerden lassen, auch wenn es gar keinen richtigen Grund dafür gab. Aber schließlich wurde sein Gehirn für diese Reise von Kasul manipuliert. Toby stand direkt vor Edelweiss' Sarg.

„Also gut. Ich werde jetzt den Deckel öffnen. Julius, halt doch mal meine Pistole. Ist das staubig, lieber nicht so kräftig einatmen. Klemmt ein wenig, der Deckel. Achtung, es geht, er lässt sich öffnen!"

Toby drückte mit beiden Händen den Deckel des Sarges langsam nach oben. Das quietschende Geräusch, das dabei entstand, hallte durch die gesamte Gruft und hörte sich dadurch dreimal so laut an. Die Jungs starrten, ohne ein einziges Mal zu zwinkern, wie hypnotisiert auf den Inhalt des Sarges. Toby machte es kurz.

„Es ist keine Leiche drin – aber der Dolch ist da!"

Gleichzeitig stießen sie überglücklich Freudenschreie aus, umarmten sich und sprangen in die Luft. Sie hatten es geschafft! Jetzt stand ihrer Heimkehr in ihre Zeit nichts mehr im Wege.

Doch plötzlich fiel ein Schuss, der den schönen Moment jäh zunichtemachte. Der Knall hallte unheimlich in den Gängen der Gruft nach. Stiles fing an zu bellen und wollte loslaufen – Mark konnte ihn gerade noch festhalten.

„Die Entscheidung, euren Köter zurückzuhalten, war weise", sagte einer der beiden ungepflegten Männer, die oben auf der Treppe erschienen und mit Pumpguns bewaffnet waren. Ihre langen Mäntel waren staubig und an einigen Stellen eingerissen. Einer von ihnen trug einen alten Lederhut, tief ins Gesicht gezogen. Zwar hatten sie registriert, dass die Blackfin Boys ebenfalls bewaffnet waren, doch die kleinen schwarzen Automatik-Pistolen machten keinen sonderlichen Eindruck auf die Eindringlinge.

„Übergebt uns einfach den Dolch, und keiner wird verletzt."

Roland reagierte als Erster. „Alles klar!", rief er den bedrohlichen Gestalten zu. „Hier ist er!"

Er holte weit aus und warf seine Taschenlampe in Richtung der Männer. Das reichte, um diese für einige Sekunden abzulenken. Beinahe gleichzeitig zog Roland die zweite Pistole, die er von Mark erhalten hatte, aus seiner Gesäßtasche und feuerte mit beiden Waffen mehrmals auf ihre Kontrahenten.

Julius, der sofort schaltete, tat dies ebenfalls, denn auch er hatte eine zweite Waffe, die von Toby. Der Mann mit dem Hut fiel sofort um und stürzte die Treppe herunter wie ein Sack Kartoffeln. Sein Kopf schlug dabei mehrere Male hart auf die einzelnen Stufen. Blut floss aus seinen Ohren und aus seinem Mund. Der andere floh stark humpelnd eine Etage nach oben und verschanzte sich. Roland gab Julius leise taktische Anweisungen.

„Du behältst jetzt genau den Treppenaufgang im Auge. Sobald sich dort was bewegt, drückst du ab. Ich werde vorsichtig nachschauen, ob der Typ noch lebt."

Julius nickte, richtete seinen Blick starr auf die Treppe und hielt seine beiden Pistolen schussbereit. Toby, Mark und Stiles blieben geduckt im Hintergrund und leuchteten den Treppenaufgang und den Erschossenen an. Roland schlich zu ihm und tastete mit zwei Fingern den Hals ab. Da er nur noch den Tod feststellen konnte, gab er seinen Freunden ein entsprechendes Zeichen: den Daumen nach unten gerichtet.

„Ist ja auch kein Wunder", flüsterte Toby Mark zu. „Ich

glaube, sie haben ihn fünfmal getroffen. Und der andere hat mindestens eine Kugel abbekommen. Ich möchte mal wissen, wie diese fadenscheinigen Typen auf den Dolch kommen."

„Ja, der Zweite ist, glaub ich, am Bein verletzt. Unglaublich, dass Roland und Julius so geistesgegenwärtig reagiert haben. Sonst wären wir jetzt die Opfer. Oder zumindest verletzt. Ein bisschen Angst macht mir das Verhalten der beiden aber schon. Ist nun schon der Dritte, den Roland umgebracht hat."

„Ach komm, Mark, es war in allen Fällen Notwehr, und zwar ganz eindeutig, so wie es im Strafgesetzbuch geschrieben steht. Und schließlich hab ich damals auf dem Boot mein Messer auf Julius' Bruder geworfen – also haben quasi Roland *und ich* den Jungen auf dem Gewissen. Aber nun nochmal – wieso sind diese Typen hinter der Klinge von Abaddon her?"

„Vielleicht sind es ganz einfach primitive Grabräuber. Na ja, sind wir ja im Endeffekt auch, aber wenigstens kommen wir damit nach Hause."

Roland besprach zwischenzeitlich mit Julius ihr weiteres Vorgehen. Sie wollten sich beide vorsichtig die Treppe hochschleichen, um auszukundschaften, wo sich der Angeschossene befand. Vielleicht war er bewusstlos geworden, vielleicht wartete er aber auch nur auf die Jungs und würde sie abknallen, sobald sie versuchten, die Gruft zu verlassen.

Doch bevor sie losziehen konnten, löste sich der Plan in Luft auf, als der Gejagte zum Jäger wurde: Wie besessen und mit einem lauten Angriffsschrei humpelte der Schießwütige die Treppe herunter und feuerte mit seiner schweren Pumpgun in die Richtung der Jungs.

„Los, Julius, Feuer!", schrie Roland.

Die beiden schossen so lange auf den Angreifer, bis die Magazine der vier Waffen fast leer waren. Es dauerte nur wenige Sekunden, bis der Typ völlig durchlöchert zusammenbrach. Der Rauch des Schwarzpulvers schwebte wie eine Wolke in der Mitte des Raumes.

„Hat er euch erwischt?", fragte Julius besorgt Toby und Mark, die sich langsam mit Stiles aus ihrer Deckung erhoben.

„Bei uns ist alles okay", sagte Toby. „Zumindest tut nichts weh. Und bei euch?"

„Wir sind in Ordnung. Verdammt, das hätte auch ganz anders ausgehen können", schnaufte Roland.

„Was waren das bloß für Typen, wieso sind die gerade jetzt hier aufgetaucht?", überlegte Toby. „Sag mal, Roland, haben die vielleicht Ausweise oder irgendwelche Papiere bei sich?"

Roland ging mit einem grimmigen Blick auf Toby zu und sagte in einem ruhigen, aber äußerst scharfen Ton: „Hör' mir mal gut zu, mein Freund. Es ist mir sowas von scheißegal, was das für Typen sind – oder waren. Diese verdammte Gruft ist eine Todesfalle. Wir müssen hier weg. Also denk gar nicht erst dran, Zeit damit zu verschwenden, diese Toten zu durchsuchen. Was wir jetzt machen, ist Folgendes: den Dolch einsacken, anschließend laufen wir hier raus. Nicht trödeln, nicht stehen bleiben, nicht in der Nase bohren, nicht am Arsch kratzen. Einfach nur sehr schnell laufen und zurück zum Auto. Hast du damit ein Problem?"

Toby war von Rolands Vortrag tatsächlich ein wenig eingeschüchtert: „Nein, kein Problem. Dann los, Leute, ihr habt Roland gehört!" *Mann, ich dachte schon, jetzt haut der mir eine rein. So einen finsteren Blick habe ich bei Roland ja noch nie gesehen,* dachte er besorgt.

Roland führte seine Gruppe an und sprintete die Etagen so schnell hoch, dass die anderen nur schwer mithalten konnten. Sie betraten gerade die vorletzte Etage vor dem Ausgang, als Roland abrupt stehen blieb. Als ihn die anderen einholten und sahen, dass er plötzlich regungslos dastand, waren sie leicht verwirrt.

„Psst, seid mal leise. Hört ihr das auch? Hier stöhnt doch

irgendwer. Da, seht mal: Auf diesem Sarg ist der Staub verwischt, als ob jemand daran rumgefummelt hätte."

„Sei lieber vorsichtig, wer weiß, was sich darin befindet", warnte Toby.

„Sicher. Julius, wenn mich was angreift, erschieße es."

Julius nickte und hielt seine beiden Pistolen fest auf den Sarg gerichtet. Toby und Mark beleuchteten diesen. Roland griff nach dem Deckel und hielt zunächst inne. Als das Gestöhne erneut auftrat, riss er mit einem Ruck den Deckel auf.

„AAAhhhh! Verdammt, was ist das?", schrie Roland entsetzt, ließ den Sargdeckel zufallen und sprang einen Schritt zurück. Seine Freunde hatten schon im Vorfeld für einen sicheren Abstand gesorgt. Aus diesem Grund konnten sie nicht sehen, was Roland sah.

„Was ist, Roland? Nun sag schon", drängte Toby.

„Da liegt ein Mensch, ein lebender – eingewickelt in irgendwelche Tücher. Verfluchte Scheiße, was geht hier ab?"

Toby gab Roland seine Taschenlampe und öffnete den Sarg erneut. Rolands Beschreibung bestätigte sich. Ein lebender Mensch, bis zur Bewegungsunfähigkeit in dicken, feuchten Tüchern eingewickelt. Sofort holten die Jungs den offensichtlich Leidenden gemeinsam aus dem Sarg und legten ihn vorsichtig auf den Boden. Stiles bellte dieses Ungetüm zunächst an. Schnell entfernten die Jungs die Tücher. Toby befreite zuerst sein Gesicht, um eine ungehinderte Atmung zu gewährleisten. Obwohl Roland, Mark und Julius damit beschäftigt waren, die Tücher an Armen und Beinen abzuziehen, schauten sie immer wieder kurz zum Kopf des Unbekannten. Zu groß war die Neugier, wer hier lebendig begraben wurde. Was sich ihnen dann offenbarte, konnten die Jungs nur schwer begreifen.

„Willi? Wie kommst du denn hierher? Und vor allem – wer hat dir das angetan?", fragte Toby verwirrt und fassungslos.

Doch Willis Zustand war so schlecht, dass er kaum sprechen konnte. Er murmelte nur noch den Namen Marvin Metzner, dann wurde er ohnmächtig. Roland reagierte, ohne Zeit zu verlieren.

„Also gut, ich nehme ihn huckepack, und dann raus hier. Helft mir mal, ihn hochzunehmen."

Das war nicht ganz einfach. Durch Willis Bewusstlosigkeit hatte sein Körper die Konsistenz eines nassen Sackes. Nur mit viel Mühe gelang es, ihn auf Rolands Rücken zu verfrachten. Seine Hände, die Rolands Oberkörper umfassen sollten, fesselten sie mit einem der Tücher, damit Willi nicht während des Laufens herunterfallen würde. Die Sache funktionierte gut, nach wenigen Minuten waren sie bereits am Wagen und legten den Kranken auf die Rückbank. Toby startete den Wagen.

Als die Jungs den Berg hinunterfuhren, kamen sie an einem Geländewagen vorbei, der verlassen am Straßenrand stand. Wahrscheinlich gehörte er den zwei fiesen Typen, die nun tot in der Gruft lagen.

Auf der Fahrt zur Küste murmelte Willi im Delirium immer wieder unzusammenhängende Wörter und Namen. Neben „Metzner" fielen Begriffe wie: Kinder der roten Flut, Blutregen, Opfergabe, Fleisch, Knochen. Doch aus diesem Gestammel wurden die Jungs nicht schlau. Außerdem hatte jetzt die Herstellung einer Funkverbindung Priorität. Das klappte auch tadellos, als die sechs am Meer ankamen, ertönte eine weibliche Stimme aus dem Funkgerät, das Julius schon während der gesamten Fahrt aufmerksam ans Ohr gehalten hatte.

„Operation heilige Klinge, bitte kommen."

Julius antwortete zaghaft: „Ja, hier Operation heilige Klinge. Auftrag erledigt. Erwarte Instruktionen."

„Fahrt mit dem Wagen auf das Meer hinaus. Wir holen euch ab. Ende."

„Hallo? Wie, wann und wo genau werden wir abgeholt? …

Die antwortet nicht mehr, was sagt man dazu?!"

„Vielleicht kommt ein Schiff, das wir auf dem Meer treffen", spekulierte Toby.

„Fahr' einfach ins Wasser und dann immer geradeaus auf das offene Meer. Irgendwas wird schon passieren", meinte Roland gelassen.

Toby gab Gas und wies Mark und Julius an, den Motor mit der Schiffsschraube herunterzuklappen. Langsam fuhren sie auf das offene Meer hinaus.

Julius drehte sich um und blickte zurück zum Ufer. „Eigentlich ein schönes Land. Schade, dass wir dort nicht mehr Zeit verbringen konnten.

Nach etwa zwanzig Minuten Fahrt begann der Motor ihres Wagens, ungute Geräusche von sich zu geben. Er stockte und versagte letztendlich ganz. Hektisch und nervös versuchte Toby, den Wagen erneut zu starten.

„Das darf doch nicht wahr sein! Hat denn keiner auf die Tankanzeige geachtet?"

„Du sitzt doch am Steuer", wetterte Roland. „Und wer am Steuer sitzt, muss auch auf die Armaturen achten, ist doch ganz klar."

„Ich unterbreche euch nur ungern", sagte Mark, „aber seht mal da hinten, da ragt etwas aus dem Wasser – und es kommt langsam näher."

Augenblicklich beendeten Toby und Roland ihre Diskussion und blickten suchend über das Meer.

„Also für mich sieht das aus wie ein Periskop", stellte Julius nüchtern fest. Als er aber realisierte, was an so einem Periskop für gewöhnlich dranhängt, geriet er völlig aus dem Häuschen. „Heilige Kuh, das ist ein U-Boot, wie cool ist das denn?"

Julius hatte tatsächlich recht. Wie in Zeitlupe tauchte dreißig Meter vor ihrem Schwimmwagen ein dunkelgraues U-Boot auf. An der Seite prangte in großen weißen Lettern die Bezeichnung U751-FDF. Die Jungs waren sprachlos, denn mit so einem Transportmittel hatten sie nicht gerechnet.

„Mal ganz ehrlich", sagte Roland. „So eine Fahrt mit einem U-Boot entschädigt doch ein wenig für den ganzen Mist, den wir bisher auf dieser Mission ertragen mussten."

Toby war weniger optimistisch. „Ich will dir den Spaß nicht verderben, aber es könnte auch sein, dass sie uns den Dolch abnehmen und uns hier zurücklassen."

Die Luke auf dem U-Boot öffnete sich, und eine uniformierte Frau guckte heraus, die wild mit ihren Armen gestikulierte. Die Jungs sahen sich fragend an. Die Frau rief laut: „Los, kommt an Bord!"

„Wir können nicht weiter, das Benzin ist alle", schrie Toby zurück.

„Unter euren Sitzen sind Paddel!"

Toby und Roland sahen unter ihre Sitze, und tatsächlich lagen dort zwei zusammensteckbare Paddel. Schnell schraubten die beiden die Hilfsmittel aneinander und paddelten auf das U-Boot zu. Der ruhige Seegang kam wie gerufen, sie kamen gut vorwärts. Toby und Roland kletterten als Erste an Bord. Mark und Julius saßen noch auf der Rückbank und überlegten, wie sie den noch immer bewusstlosen Willi vom Wagen auf das Deck bringen sollten.

„Ich hab eine Idee", rief Roland ihnen zu. „Werft ihn ins Wasser!"

„Wir sollen was?", fragte Mark verdattert.

„Ihr sollt Willi ins Wasser werfen, nun macht schon!"

Mark und Julius blickten sich unsicher an - kamen der merkwürdigen Anweisung dann schließlich nach und bugsierten Willi mit vereinten Kräften über die Karosserie. Mit einem lauten Platsch landete er im Ozean. Glücklicherweise hatte das zur Folge, dass Willi aus seiner Ohnmacht erwachte und wie wild zu paddeln begann. Toby und Roland gingen in die Knie und zogen ihren klatschnassen Kumpel mit vereinten Kräften auf das Deck der U751-FDF. Mark, Julius und

Stiles sprangen aus dem Wagen direkt auf das Deck. Willi war nach dem unfreiwilligen Bad wieder ganz gut drauf.

„Was ist passiert? Wo sind wir?"

„Die Frage ist berechtigt, lieber Willi", sagte Toby, „aber momentan leider völlig unangebracht. Steh' bitte auf, wir gehen jetzt schön durch diese Luke dort, aus der die nette Frau herausschaut."

„Kommt jetzt endlich an Bord", rief die Dame. „Wir sind sowieso schon hinter dem Zeitplan."

Die Jungs leisteten dem Befehl Folge und stiegen nacheinander die Leiter hinunter. Mark und Julius mussten Stiles die steile Leiter hinuntertragen, was sich aufgrund des enormen Gewichts des Rottweilers als ziemlich schwierig erwies. Als die Jungs im Inneren des U-Bootes ankamen, staunten sie nicht schlecht. Die gesamte achtzehnköpfige Besatzung bestand ausschließlich aus Frauen. Auf ihren knappen schwarzen Röcken hafteten hochwertige Stoffaufnäher, die Hakenkreuz, SS-Runen und einen Totenkopf zeigten. Daneben ein scheinbar selbst gesticktes Emblem: ein Hai, der einen Delphin in zwei Stücke zerbiss. Hellbraune Blusen, dazu gedacht, diese bis auf den letzten Knopf zu schließen, um Seriosität und Ordnung zu repräsentieren. Das hätte auch zweifelsfrei funktioniert, wenn die Damen nur etwas mehr als drei Knöpfe geschlossen hätten, um nicht nur gerade so ihre Oberweite zu verdecken. Die Hälfte von ihnen hatte eine Zigarette im Mundwinkel. Dementsprechend glich die Atmosphäre an Bord der Luft in einer schummrigen Kneipe.

Die gesamte Mannschaft starrte die Jungs an. Eine blonde Frau mit blauen Augen und blutrotem Lippenstift trat aus dem Rauch und stellte sich den Jungs mit einer leisen, leicht verrauchten, sexy Stimme vor.

„Guten Abend, die Herren. Ich bin Elsa Schneider, sozusagen die Befehlshaberin hier."

Roland wollte gerade seine Freunde und sich vorstellen, da kam Elsa auf ihn zu und steckte ihm spontan ihre Zunge in seinen Mund. Gleichzeitig streichelte sie mit ihrer linken Hand seinen Hinterkopf. Mit ihrer Rechten fasste sie den überrumpelten Roland fest in seinen Schritt.

„Ist das ein Schlüsselbund, oder freust du dich so, mich zu sehen? Du hast ja ordentlich was zu bieten, Süßer!"

Die ganze Mannschaft lachte laut los. Willi, Stiles und die Blackfin Boys, die gerade keine fremde Zunge im Mund hatten, beobachteten mit offenem Mund und entgleistem Gesichtsausdruck das Geschehen. Nachdem Elsa von Roland abließ, räusperte der sich verlegen und brachte kein Wort heraus.

Elsa grinste verführerisch. „Die Formalitäten können wir uns sparen. Ich weiß, wer ihr seid und dass es eurem Freund nicht gut geht. Wir werden ihn auf die Krankenstation bringen, dort kann er sich ausruhen." Sie gab zwei Frauen ein Zeichen, worauf diese Willi mit in den vorderen Teil des Bootes nahmen. „Für euch anderen haben wir normale Kojen. In acht Tagen werden wir, wenn alles klappt, in Venedig eintreffen. Von dort aus fliegt ihr zurück in den Schwarzwald."

„Wenn ich fragen darf, Frau Schneider, wieso wurden wir nicht mit einem Flugzeug abgeholt?", fragte Toby vorsichtig.

„Die Flugzeuge mit so einer großen Reichweite sind alle im Kampfeinsatz."

Elsa führte die Jungs weiter in den hinteren Teil des U-Bootes. Dort fanden sich noch vier freie Schlafplätze. Zwei Pritschen waren übereinander an einer Seite des U-Bootes angebracht und zwei gegenüber. Es war unerträglich heiß, das rote, diffuse Licht einer Kontrolllampe machte die Atmosphäre zusätzlich schummriger.

„Legt eure Sachen alle in den Korb, morgen früh lasse ich euch eure Uniformen bringen. Hier bei der Hitze schläft es sich ohnehin besser, wenn man nackt ist."

Elsa verabschiedete sich und wünschte eine gute Nacht. Die Jungs und Stiles waren nun ungestört. Endlich konnten sie ihren Gedanken freien Lauf lassen.

„Na, die ist ja ganz schön rangegangen, was, Roland?"

„So eine Unverschämtheit, dich einfach zu küssen!"

„Da hat nicht viel gefehlt, und sie hätte dich flachgelegt."

Roland reagierte ganz gelassen: „Beruhigt euch, Leute. Die war doch ganz nett."

„Ganz nett, ganz nett – sie ist 'ne Nazi-Braut!", entgegnete Mark entrüstet.

„Wie auch immer, der Genießer schweigt. Viel schlimmer finde ich, dass wir jetzt über eine Woche auf diesem scheiß Kahn rumhängen müssen. Aber jetzt ziehen wir uns aus und gehen schlafen. Ich schwitze jetzt schon. Und diese Hitze macht mich richtig müde."

Da sie von ihren Abenteuern in Megiddo vollkommen erledigt waren, widersprach keiner. Sie alle sehnten sich nach ein wenig Ruhe. Roland und Julius legten sich in die unteren Kojen, Toby und Mark nahmen die oberen. Stiles lag auf dem Boden. Es dauerte nur ein paar Minuten, da fielen die völlig Erschöpften tief in den wohlverdienten Schlaf.

Nach ungefähr zwei Stunden wurde Roland durch ein Raschschln geweckt. Elsa betrat leise den Schlafbereich. Sie war vollständig entblößt, zog Rolands Decke weg, legte sich auf ihn und begann, ihn leidenschaftlich zu küssen.

„Ich stehe auf kräftige, durchtrainierte Jungs mit großen Händen", flüsterte sie. „Ich kann spüren, dass dir meine Anwesenheit von Sekunde zu Sekunde angenehmer wird. Da habe ich wohl ein schlafendes Monster geweckt. Berühre mich – berühre mich überall."

„Wenn du das willst, kein Problem", erwiderte Roland leise.

„Du bist so göttlich", stöhnte Elsa.

Durch das Gestöhne und das laute Flüstern wurde Mark, der direkt über Roland lag, aus dem Schlaf gerissen. *Das ist doch nicht das, was denke.* Er guckte vorsichtig über die Kante nach unten. *Ach du dickes Ding, Elsa und Roland treiben es –*

direkt unter mir. *Na, die bearbeitet ihn ja ohne Gnade. Hm, dadurch dass er sich immer rasiert, wirkt sein Prengel doppelt und dreifach so groß. Es ist erstaunlich, wie sich das rote Umgebungslicht in den Schweißperlen auf ihrer Haut spiegelt und glitzert. Als ob die beiden mit Hunderten von kleinen, leuchtenden Rubinen besetzt wären. Das würde bestimmt ein stimmungsvolles Foto geben. Aber ich müsste länger belichten, und dann bräuchte ich dafür ein Stativ ...*

Roland bemerkte Mark, zwinkerte ihm genüsslich zu und zeigte ihm gleichzeitig den Stinkefinger. Erschrocken wich Mark peinlich berührt zurück. Er schaute rüber zu Toby und Julius. Die beiden grinsten vor sich hin, schlossen ihre Augen und taten so, als wenn nichts wäre.

Nach einer halben Stunde schlich Elsa so leise davon, wie sie gekommen war. Roland lag erschöpft da und versuchte einen klaren Gedanken zu fassen. Doch sein Gehirn fühlte sich an wie sein gesamter Körper – völlig leer. *Mist, jetzt kann ich nicht mehr schlafen. Ich werde mal sehen, wie es dem Willi geht. Außerdem interessiert mich, wie er in diesen Sarg gekommen ist. Boah, diese Hitze hier ist ja unerträglich.*

Splitternackt ging Roland durch den engen Gang, der zur Krankenstation führte. Unter seinen Füßen spürte er das leichte Vibrieren, das vom Antrieb des U-Bootes ausging. Leise zischten einige Ventile, die die Regelungen der Tauchzellen steuerten.

Willi sah nicht sehr gut aus, obwohl das in dem roten Licht nur schwer zu beurteilen war.

„Pssst, hey, Willi – ich bin's, Roland."

Willi hatte scheinbar einen leichten Schlaf und reagierte prompt. „Was, wer ... Oh, hallo Roland. Nett, dass du vorbeischaust."

„Ich wollte mal hören, wie es dir geht."

„Nicht so doll, ich fühle mich wirklich schlecht."

„Das tut mir leid. Zu Hause werden sie dich richtig durchchecken. Was ist überhaupt mit dir passiert? Wie bist du in diesen Sarg gekommen? War das dieser Metzner?"

„Nein, ich meine ja, schon irgendwie. Erst habe ich eine Infusion bekommen. Danach ging es mir schon besser. Anschließend spritzte Dr. Metzner mir irgendein Mittel, und ich konnte mich nicht mehr bewegen, war aber immer noch bei Bewusstsein. Dann betraten ein paar Männer den Raum. Der Typ, den Mark ganz am Anfang nach dem Weg gefragt hat, war auch da. Sie fingen an, mich in diese komischen Tücher einzuwickeln. Metzner entschuldigte sich bei mir und erklärte mir, das sei nötig. Die sind alle verrückt. Das ganze Dorf ist eine einzige große Sekte, sie nennen sich Kinder der roten Flut. Metzner meinte, sie müssten mich opfern, um den großen Gott Dysan zu befriedigen. Denn wenn sie dies nicht täten, würde Dysan Blut regnen lassen. Und dieses Blut würde das Fleisch der Einwohner von ihren Knochen lösen. Die Gruft, in die sie mich schleppten, soll einst von diesem Gott erschaffen worden sein. Bekloppte Spinner."

„Das ist ja unglaublich. Willi, das tut mir so leid, aber dein Zustand war so schlecht, dass es gar keine andere Möglichkeit gab. Du brauchtest ärztliche Fürsorge."

Willi hatte Rolands Entschuldigung nur zur Hälfte gehört. Der Schlaf nahm den Kranken sofort wieder in seinen Bann. Roland ging zurück und legte sich in seine Koje, wo er endlich einschlief.

Der nächste Morgen begann entspannt. Während die gesamte Mannschaft schon seit ein paar Stunden auf den Beinen war, durften die Jungs richtig lang ausschlafen. Das war für die Besatzung auch das Einfachste – denn wer schläft, der stört nicht. Wie Elsa es bereits am Vorabend angekündigt hatte, lagen schon die vier Uniformen bereit. Während die Jungs sich diese in ihrem Schlafquartier anzogen, sagte keiner ein Wort. Doch jeder blickte verstohlen zu Roland und schaute schnell wieder weg, als er es bemerkte.

„Wollt ihr mir was sagen? Oder was wissen? Ja, ich hab's

mit der Elsa getrieben, das habt ihr doch alle mitbekommen, ihr Schweinehunde. Der Einzige von euch, der sich anständig verhalten hat, war Stiles. Den hat das überhaupt nicht gejuckt."

Mark konterte: „Na komm, Roland, du musst ja wohl zugeben, dass diese Situation nicht so ganz alltäglich war. Es war so wie ein Unfall, man wollte nicht hinsehen, konnte aber auch nicht wegsehen. Und ehrlich gesagt dachte ich, dass du schwul wärst."

„Wie kommst du denn darauf?"

„Na ja, du präsentierst dich uns gern nackt, das ist mir schon auf der Insel aufgefallen. Und du bist überall rasiert."

Jetzt mischte sich auch Julius ein. „Na und, ich bin auch überall rasiert und nicht schwul."

„Habt ihr wenigstens verhütet?", wollte Toby wissen.

„Elsa sagte, das sei nicht notwendig. Warum auch immer – war mir aber in diesem Moment egal."

„Das ist ja mal richtig verantwortungslos. Du kannst dir was einfangen, sie kann schwanger werden."

„Na, Gott sei Dank ist es nicht umgekehrt", scherzte Roland.

„Das ist wohl kaum witzig. Stell dir vor, sie wird schwanger und bekommt einen Sohn, den sie nicht bekommen hätte, wenn ihr nicht rumgemacht hättet. Und nun stell dir weiter vor, du hättest einen zweiten Hitler in die Welt gesetzt. Hattest du sonst noch mit jemandem Sex – in unserer Anwesenheit?"

„Es ist ja wirklich nicht zu fassen, was ihr euch so für Gedanken macht", sagte Roland. „Wenn ihr es genau wissen wollt, mit einem Typen hab ich es auch schon mal gemacht. Na und? Ich weiß, manche Menschen können das überhaupt nicht verstehen. Das sind dann aber die, die als Biertrinker einen guten Wein verfluchen, ohne ihn jemals probiert zu haben. Und damit haben sie nur den halben Spaß. Ich will den ganzen. Aber jetzt lasst uns was essen, ich habe schon

Magenschmerzen vor lauter Hunger. Übrigens – ich war in den frühen Morgenstunden bei Willi. Na ja, das erzähle ich euch beim Frühstück."

KAPITEL 8 – BEIM STERBEN
IST JEDER DER ERSTE

Die Zeit im U-Boot verging grauenhaft langsam. Außer Karten spielen und schlafen gab es für die Jungs nichts zu tun. Was Willi über sich ergehen lassen musste, betrübte die Jungs zutiefst. Sie fühlten sich schuldig, aber mit einer derart skurrilen Wendung der Ereignisse hatten sie einfach nicht rechnen können.

Nach ein paar Tagen verschwanden die blauen und grünen Flecken, die die Jungs durch den besessenen Toby auf dem Friedhof erlitten hatten. Dieser kontrollierte mehrmals täglich, ob der Dolch des Abaddon noch in seinem Koffer war. Elsa Schneider wusste nichts von diesem Gegenstand. Ihr war nur der Name der Mission mitgeteilt worden, aber keine Details. Die Befehlshaber der oberen Riege vertrauten niemandem. Elsa suchte jede Nacht Rolands Koje auf, um ihr Verlangen nach junger Standfestigkeit zu stillen. Für Roland stellte das kein Problem dar. Er genoss die nächtlichen Aktivitäten in vollen Zügen.

Auf seine Bitte hin ließ Elsa das Boot einige Male für kurze Zeit auftauchen. So konnten die Jungs zusammen mit Stiles ein paar Meter auf dem Deck hin und her laufen. Der Hund nutzte diese Gelegenheiten, um seine Blase zu leeren,

Mark nutzte sie, um mit der Spiegelreflexkamera Fotos zu schießen. Sogar ein paar Aufnahmen mit der Filmkamera konnte er machen. Für ihn war klar, dass er die Filme mit in seine Zeit nehmen würde. Die Nazis sollten sie keinesfalls in ihre braunen Finger bekommen.

Willi erholte sich ein wenig. So richtig gesund wirkte er aber nie. Die Zeit unter Deck machte den Jungs psychisch schwer zu schaffen. Sie unterhielten sich immer weniger. Das änderte sich ganz gewaltig am achten und letzten Tag der unendlich wirkenden Fahrt. Ihre Laune schoss in die Höhe, es wurden Witze gemacht und endlich wieder gelächelt. Diese positive Energie übertrug sich auch auf Stiles, der ahnte, dass jetzt endlich was anderes, was Besseres passieren würde.

Ein laut tönender Alam signalisierte, dass das Boot jetzt auftauchen würde. Elsa ging schnellen Schrittes voran, kletterte die Leiter hoch und öffnete die Luke. Die Jungs folgten ihr aufs Deck. Ein motorbetriebenes Schlauchboot wartete bereits. Der Fahrer zeigte nervös auf seine Armbanduhr.

Elsa verabschiedete sich nur von Roland. „Es wird Zeit, mein Großer. Vielleicht sehen wir uns noch mal wieder."

Dann zog sie Roland fest an sich heran und gab ihm einen langen, feuchten Abschiedskuss und flüsterte ihm etwas ins Ohr. Die anderen gingen derweil mit Willi auf das Schlauchboot und nahmen Platz. Roland zwinkerte Elsa wortlos zu, dann wandte er sich von ihr ab und stieg zu seinen Freunden. Das Boot setzte sich sofort in Bewegung.

„Wir fahren jetzt zu einer abgelegenen Stelle im Hafen von Venedig. Da werdet ihr abgeholt."

„Ja, wir wissen Bescheid", antwortete Toby. „Seht mal, Leute, da hinten kann man schon den Hafen sehen. Vielleicht noch einen knappen Kilometer, dann sind wir da. Ich war noch nie in Venedig, das wird ja aufregend."

Roland dämpfte Tobys Vorfreude mit harten Fakten: „Du weißt aber schon, dass direkt am Hafen ein Heli auf uns wartet, der gleich zurück in den Schwarzwald fliegt. Da ist nichts mit Sightseeing und so."

„Du hast wohl recht. Du, Roland, was hat die Elsa dir denn eben ins Ohr geflüstert? Verrätst du es mir?"

„Ich hatte sie letzte Nacht gefragt, was die Buchstaben FDF in der Bezeichnung des U-Bootes bedeuten. Sie sagte, Front der Frauen. Aber ich denke mal, dass das nicht stimmt."

Mark und Julius lehnten sich dicht an den kranken Willi, um ihm etwas Körperwärme zukommen zu lassen. Er war alles andere als fit, konnte aber zumindest aufrecht sitzen.

„Ihr seid so gute Kameraden", sagte er dankbar. „Wie ihr euch um mich sorgt, das vergesse ich euch niemals."

Das Schlauchboot fuhr nun einen alten Holzsteg in einem Randbereich des Hafens von Venedig an, der genauso unspektakulär war wie der Rest der Umgebung. Hier stand der Helikopter bereit. Der Pilot vor dem dunkelgrünen Fluggerät rauchte eine Zigarette. Der Fahrer des Schlauchbootes nahm sich nicht die Zeit, am Steg festzumachen. Stattdessen ergriff er einen der Holzpfähle, damit das Boot nicht vom Steg abtrieb, und scheuchte die Jungs schnell an Land. Er verschwand, als wäre er auf der Flucht.

„Ah, Venedig", schwärmte Julius.

„Bist wohl auf den Spuren von Dr. Jones, was?"

„Wer soll dieser Doktor sein?"

„Ein Lehrer, der hier im Museum arbeitete. Eines Tages schnappte er sich einen wertvollen Kelch aus der Ausstellung und betrank sich mit Wein. Auf dem Nachhauseweg fiel er in einen Gully und blieb stecken. Als man ihn am nächsten Morgen befreite, sagte er erstaunt: Ah, Venedig. So erzählt man sich zumindest."

„Steht da nicht blöde rum und quatscht, kommt her und steigt ein. Wir haben nicht viel Zeit", brüllte der Pilot, nachdem er gemütlich seine Zichte zu Ende geraucht hatte.

Mark hatte sich in der Zwischenzeit den Helikopter

genauer angesehen. „Das ist ein Focke-Achgelis Fa 223", flüsterte er seinen Freunden zu. „Der hat Platz für insgesamt vier Personen. Wir sollten uns auf eine unangenehme Überraschung einstellen."

Vorgewarnt gingen die Jungs auf den Mehrzweckhubschrauber zu und öffneten die Tür, um einzusteigen. Willi konnte immer noch nicht allein gehen, deswegen stützten ihn Mark und Julius. Wie Mark es vorausgesagt hatte, machte der Pilot Zicken.

„Stopp mal. Der Hund bleibt hier, der Kranke auch und der große Blonde auch. Die Maschine kann nur vier Personen transportieren."

Roland lächelte freundlich. „Hören Sie, guter Mann, die Sache läuft folgendermaßen. Mark, mein lieber Freund, nachdem du dieses Flugmodell vor ein paar Minuten identifiziert hast, gehe ich davon aus, dass du das Ding fliegen und steuern kannst."

Mark nickte leicht und antwortete in einem übertrieben freundlichen Ton: „Worauf du einen lassen kannst, geschätzter Freund."

Roland bedankte sich für die Auskunft seines Freundes mit einem Nicken und wandte sich wieder lächelnd dem Piloten zu. Nachdem dieser ihn fragend ansah, holte Roland weit aus und schlug ihm zweimal kräftig in sein verwundertes Gesicht. Der Pilot ging ohne große Umwege bewusstlos zu Boden.

„So, jetzt sind wir fünf Personen und ein Hund. Meinst du, wir kriegen das hin, Mark?

„Also ich sehe, dass der Heli einen Zusatztank hat. Das bedeutet, wir können statt fünfhundertachtzig Kilometer ganze siebenhundert Kilometer zurücklegen. Damit kommen wir ganz sicher zurück in den Schwarzwald. Die Frage ist, ob wir überhaupt abheben können. Übergewicht haben wir alle Male. Los, alle einsteigen, wir versuchen es. Bleibt uns ja nichts anderes übrig."

Roland legte seine Hand auf Marks Schulter: „Kleiner, ich bin so froh, dass du einen Flugschein hast."

„Davon war nie die Rede. Keiner erteilt einem Sechzehnjährigen eine Fluglizenz. Aber was soll's, wir werden schon nicht in eine Verkehrskontrolle geraten."

Mark setzte sich ins Cockpit, das von einer stabilen Glaskuppel umschlossen wurde. Neben ihm war Platz für eine weitere Person, die ursprünglich als Beobachter fungieren sollte. Toby nahm diesen Platz ein. Es war kein Co-Pilot erforderlich, Mark konnte alle Steuerungen selbst übernehmen. Roland und Julius saßen direkt hinter den beiden, gefolgt von Willi und Stiles. Es war übermäßig eng und beklemmend, denn immerhin waren ein Mensch und ein großer Hund zu viel an Bord.

Mark drehte den Zündschlüssel. Der Motor startete, und die Rotorblätter drehten sich. Speziell dieser Hubschrauber hatte zwei seitlich angebrachte Dreiblatt-Rotoren. Das sollte die Flugstabilität erhöhen. Mark kämpfte mit der Steuerung, doch der Heli klebte am Boden wie ein alter Kaugummi. Es ging nicht einen Zentimeter nach oben. Mark resignierte.

„Verdammt, wir sind zu schwer. Das war's dann wohl, Freunde."

Willi, der mit Stiles ganz hinten saß, hatte da eine Idee: „Wieso schmeißen wir denn nicht die ganzen Flaschen raus, die hier hinter mir lagern?"

„Wie bitte? Was für Flaschen?"

Willi zog eine graue Decke hinter sich hervor, die zwölf Holzkisten mit jeweils vierundzwanzig Flaschen Schnaps verbarg. Fast gleichzeitig sprachen die Jungs den Satz aus: „Unser Willi ist der Beste!"

Roland und Julius schafften die Kisten in Windeseile aus dem Heli, indem sie den ganzen Stoff einfach hinauswarfen. Die Flaschen zerdepperten auf dem Holzsteg, das zog einige ungewollte Blicke von Hafenarbeitern an, die hofften, etwas abstauben zu können. Nachdem die letzte Kiste entsorgt war, kletterten Roland und Julius wieder an Bord. Unmittelbar nach dem Zuschnappen der Tür versuchte Mark es erneut. Und tatsächlich, die Maschine hob ab – begleitet von einem lauten Freudenruf der erleichterten Besatzung. Endlich konnte es zurück in den Schwarzwald gehen, um den Pakt mit Kasul abzuschließen. Mark hatte indes zur Abwechslung mal gute Neuigkeiten.

„So, Freunde der Nachtmusik, wir bekommen das hin. Es sind ungefähr sechshundert Kilometer bis zur Burg Adeptus. Wie gesagt, dank des Zusatztanks sollte das problemlos klappen. Unsere Höchstgeschwindigkeit liegt bei einhundertzwanzig Kilometer pro Stunde. Also, wie viel Stunden brauchen wir bis zur Landung? Geeenau, ganze fünf Stunden. Genießt also die Aussicht."

Toby grinste Mark an und kniff ihm kurz in den Oberschenkel. Damit wollte er sagen: Ich bin sowas von stolz auf dich. Und genau das verstand Mark auch. Es war Balsam für seine kleine Seele.

Roland, Julius und Willi pennten bald ein. Das monotone Geräusch des Motors und der enge Körperkontakt, bedingt durch den begrenzten Platz im Innenraum, förderten ein gemütliches Nickerchen. Toby unterhielt Mark, um zu verhindern, dass die Müdigkeit auch von ihm Besitz ergriff.

„Weißt du schon, was du als Erstes machst, wenn du wieder zu Hause bist, Mark?"

„Viel Zeit mit meinem Dad verbringen, ganz klar", antwortete Mark, ohne einen Augenblick zu zögern. „Unsere Nachbar-Ranch hat ein paar Pferde. Wir haben uns oft welche ausgeliehen und sind zusammen ausgeritten. Das würde ich gern wieder machen. Nur dann würde ich gern Stiles mitnehmen. Der Fellbatzen ist mir so sehr ans Herz gewachsen."

„Also meinen Segen hast du. Und wenn wir mal ehrlich sind – an dir hängt er ja am meisten. Also nimm ihn ruhig mit."

Mark strahlte beim Gedanken daran, den gutmütigen

Rottweiler mit nach Hause zu nehmen. „Und? Was machst du, wenn du wieder in Los Angeles bist?"

„Meine Eltern besuchen. Und danach gleich die Bilanzen meiner Firma überprüfen. So lange waren wir eigentlich gar nicht weg von zu Hause. Ich glaube, zusammen mit der Kreuzfahrt und dem Aufenthalt auf Blakes Insel müssten es so drei Wochen gewesen sein. Ach, ich weiß es nicht mehr."

„Du hast eine Firma?"

Toby stutzte. „Wir haben uns nie darüber unterhalten, was wir eigentlich in unserem normalen Leben machen. Das gibt es doch nicht. Wir sind mittlerweile beste Freunde geworden und wissen fast nichts voneinander."

„Doch, wir wissen, dass wir auf den anderen zählen können. Wir vertrauen uns, und wir wissen, was in uns vorgeht, behaupte ich jetzt einfach mal. Also ich habe Freunde fürs Leben gefunden."

„Geht mir auch so, kleiner Mark."

Die nächsten Stunden forderten ein neues Schlafopfer. Toby hatte eigentlich nur kurz seine Augen schließen wollen und fiel binnen Sekunden in einen friedlichen Schlaf. Dabei legte er unbewusst seinen Kopf auf Marks Schulter.

Schade, dass ich mein Smartphone nicht dabei habe, das wäre ein witziges Selfie geworden, dachte der grinsend. *So langsam kämpfe ich auch mit der Müdigkeit. Nach meinen Berechnungen sind es noch achtzig Minuten. Das schaffe ich, ganz sicher.*

Konzentriert und selbstsicher flog Mark den überladenen Mehrzweckhubschrauber, als ob er nie etwas anderes getan hätte. Das gute Wetter erleichterte den Flug ungemein. Mark wusste zwar nicht, wo genau die Burg Adeptus lag – ein Ortsschild hatten die Jungs nie gesehen, und auch sonst waren nie der Ortsname oder Breitengrad gefallen –, doch er war die absolute Nummer eins im Kartenlesen. Diese Fähigkeit hatte er sich auf den vielen Flügen mit seinem Vater angeeignet.

Aus der Ferne sah er schon den Berg, der in seinem Inneren die geheime Landebahn beherbergte. Da er mit dem Heli aber keine Landebahn benötigte, entschloss sich Mark, direkt die Burg anzufliegen und im Innenhof zu landen. Seiner Meinung nach war es höchste Zeit, seine Freunde darüber zu informieren.

„Hey, Leute, aufwachen! Seht mal nach unten. Wir sind wieder im Nazi-Nest."

„Was ist das denn für eine Bezeichnung?", fragte Willi.

„War nur Spaß. Ich geh jetzt runter."

Im Hof fand gerade eine Art Paradeübung statt, an der ungefähr einhundert Schüler teilnahmen. Der starke Wind, den der Heli verursachte, zerstörte die frisch geföhnten Pimpf-Frisuren der angehenden Blutritter. Wie eine Schar Enten sammelten sie sich an den Innenmauern der Burg, um Platz für den Helikopter zu machen. Als Mark im Hof aufgesetzt hatte, stellte er den Motor aus. Die Rotorblätter kamen recht schnell zum Stillstand. Toby gab den Ton an.

„So, Türen öffnen, alle Mann raus und erst mal sofort in die Krankenstation, um Willi zu versorgen. Hopp Hopp!"

Während die Jungs Turm A anstrebten, bildete sich um den Heli ein Pulk von Hitlerjungen, die das seltene Fluggerät bestaunten. Keiner von ihnen hatte dieses Modell jemals aus der Nähe gesehen, da die Luftangriffe im Zweiten Weltkrieg überwiegend von Flugzeugen durchgeführt wurden. Willi konnte zwar wieder einigermaßen allein gehen, doch war das eine sehr wackelige Angelegenheit. Toby hatte den Dolch fest an seinem linken Bein mit einem Stück Wäscheleine aus Elsas U-Boot befestigt. Mark hatte nur die Filme in seine Taschen gesteckt, die er in den letzten Tagen belichtet hatte. Auf dem Weg zum Arzt fiel ihm allerdings was auf.

Merkwürdig, ich habe nur drei Filme in meiner Tasche, aber ich bin mir ganz sicher, dass ich vier Stück im U-Boot eingesteckt habe. Mist, dann habe ich wohl einen verloren.

Der Arzt hatte seinen Behandlungsraum in der obersten Etage des Turmes. Es schien so, als würde Dr. Harald Schiffmann, wie es an dem Türschild zu lesen war, schon auf Willi warten. Er machte einen freundlichen und sympathischen Eindruck.

„Guten Tag, mein Name ist Dr. Schiffmann. Sehr gut, dass ihr den Willi herbringt. Ich habe schon über Funk gehört, welche Beschwerden ihn plagen. Ich habe auch schon alles vorbereitet. Leg' dich bitte auf den Behandlungstisch, Willi. Ich gebe dir jetzt diese Spritze."

Willi kam der Bitte nach. Außerdem krempelte er bereitwillig seinen Ärmel hoch, damit der Doktor ungehindert die Spritze verabreichen konnte. Das tat Schiffmann, ohne viel Zeit zu verlieren. Er kommentierte das mit: »Jetzt gibt es einen kleinen Piks.« Den Jungs kam das Ganze etwas seltsam vor. Toby wollte mehr wissen.

„Sagen Sie, Dr. Schiffmann, Sie wissen, was mit Willi nicht stimmt?"

„Aber natürlich. Die Krankenakte von Willi lag mir schon lange vor. Es wurde schon vor einigen Jahren festgestellt, dass er Blut im Urin hat und dass seine Nieren nicht die volle Leistung bringen. Manche können damit ein ganzes Leben verbringen, ohne dass es zu Beeinträchtigungen führt. Bei Willi war dies nicht der Fall, wie die letzten Tage gezeigt haben. Sehr traurig, aber nicht zu ändern. Leider ist er für das Dritte Reich unbrauchbar geworden. Ich lasse die Leiche heute Nachmittag entsorgen. Nun gut, vielen Dank noch mal, dass ihr ihn zu mir gebracht habt."

Die Jungs standen da, als wären sie hypnotisiert. Sie starrten auf Willis Leichnam und konnten nicht fassen, was da eben so ganz nebenbei, während eines scheinbar netten Gespräches mit einem Arzt, der Leben retten soll, passiert war. Er hatte Willi umgebracht, einfach so, mit einem Lächeln im Gesicht.

Roland drehte sich wortlos um, ging aus dem Zimmer und warf einen Blick in den Flur. Dann betrat er langsam erneut das Arztzimmer und schloss die Tür hinter sich. Zu seinen Freunden sagte er nur einen Satz.

„Da draußen ist keiner."

Schiffmann hob fragend die Augenbrauen. Eine Sekunde später traf ihn Rolands Faust so heftig, dass er einen weiten Satz nach hinten machte und auf einen Tisch mit Hunderten von Reagenzgläsern knallte. Noch bevor der mörderische Arzt aufstehen konnte, stürzte sich Roland auf ihn und schlug immer wieder mit seinen Fäusten in Schiffmanns Gesicht. Das Blut spritzte so weit, dass Rolands Gesicht einige Tropfen abbekam. Erst als der Arzt bewusstlos wurde, ließ Roland von ihm ab. Wutverzerrt blickte er seine Freunde an, deren Gesichter dieselbe Wut und Trauer widerspiegelten. Dann wandten die Jungs sich Willi zu. Sie versuchten, ihn durch ein paar ganz zaghafte Schläge ins Gesicht zur Besinnung zu bringen. Doch eigentlich war ihnen klar, dass das nichts bringen würde – aber etwas mussten sie tun, einfach so dastehen und nichts unternehmen, das hatte Willi nicht verdient.

Julius sagte leise und betroffen: „Jungs, wir sollten schleunigst rüber zu Turm C und durch das Portal verschwinden, bevor diese ganzen Obersturmbannarschlöcher unseren Dolch haben wollen."

Sie verabschiedeten sich von Willi, indem sie für ein paar Sekunden seine Hand drückten. Niemand sprach. Zu sehr schmerzte der übergroße Kloß in ihren Hälsen. Gerade wollten die Jungs los, da bewegte sich Schiffmann und kroch zum Telefon. Roland riss das Kabel aus dem Apparat.

„Ich muss gestehen, dass ich große Lust habe, Sie umzubringen. Doch das wäre nicht richtig."

Roland nahm ein Skalpell, das auf einem stahlpolierten Rolltisch lag, und schnitt dem Mann seine Achillessehnen durch. Der stöhnte vor Schmerz bei jedem Schnitt leise auf.

„Jetzt versuch mal zu laufen und Hilfe zu holen, Freundchen."

Toby zog Roland von Schiffmann weg. „Roland, es reicht. Ich glaube, er hat genug. Wir müssen los. Und wir müssen uns beeilen."

„Nur mal so zur Info", meinte Julius, „im Hof sind über hundert junge Nazis versammelt, die uns ganz einfach aufhalten können, wenn sie merken, dass hier was nicht stimmt."

Mark nahm Stiles an die kurze Leine und lief los. Seine Freunde folgten ihm.

„Einfach mal nicht so lange quatschen, sondern handeln. Ist doch auch sonst unsere Art", sagte Mark auf dem Weg nach unten. Der Hubschrauber zog die angehenden Blutritter zum Glück immer noch in ihren Bann. Es setzten sich sogar einige hinein, um nur ansatzweise das Gefühl zu erfahren, wie es wäre, das Teil in schwindelerregende Höhen zu fliegen. Fast unbemerkt gelang es den fünf, quer über den Hof zu laufen, um zum Portal in Turm C zu gelangen. Schnell betraten sie den Fahrstuhl und fuhren nach unten.

***

„Macht lieber mal eure Taschenlampen an, es wird wohl keiner extra für uns die ganzen Fackeln angezündet haben", gab Toby Anweisungen. „Also bisher läuft es ja ganz gut, zumindest was unsere Flucht angeht." Nach einem kurzen Schweigen wagte er es, die Frage zu stellen, die ihm auf der Seele lag.

„Sind wir schuld an Willis Tod? Immerhin waren wir es, die ihn zum Arzt gebracht haben."

Seine Freunde beruhigten ihn schnell.

„Was hätten wir denn anderes tun sollen? Wir hatten doch keine Wahl, selbst hätten wir Willi schließlich nicht helfen können. Dass der Typ so ein kaltherziger Killer ist, konnte doch keiner ahnen!", erklärte Julius. Die anderen nickten betreten.

Unten angekommen, hatte Mark eine gute Idee: „Wir sollten den Fahrstuhl blockieren, damit ihn keiner nach oben holen kann. Ich denke, auf unangenehme Verfolger können wir verzichten."

„Sehr gute Idee, Kleiner", lobte Roland und zertrümmerte mit dem Griff seiner Pistole das Steuerpult. Ein paar Funken sprühten, dann erlosch das Licht der kleinen Kontrolllampe.

Ohne Zeit zu verlieren, liefen die Jungs zum vorderen Teil des Zuges und stiegen in die Führerkabine. Dort stellte sich ein Problem. Keiner von ihnen wusste, wie man die Maschine startete.

„Etwa hundert Meter weiter stand doch beim letzten Mal eine Handhebeldraisine auf den Schienen", erinnerte sich Julius.

„Du hast recht. Hoffentlich steht sie noch da. Alle Mann raus und zur Draisine", befahl Toby.

Sie rannten so schnell sie konnten, was nicht so ganz einfach war. Die eng geschnittenen Uniformen behinderten sie beim Laufen. Obwohl sie zeitmäßig im grünen Bereich waren, wollten sie unter gar keinen Umständen ein Risiko eingehen. Julius' Tipp erwies sich als Glückstreffer. Die Draisine stand mitten auf den Schienen. Mit Anlauf sprangen sie auf die Stehfläche des eisernen Gefährtes und fingen sofort an, das Teil in Betrieb zu nehmen. Roland und Toby auf der einen Seite – Mark und Julius gegenüber. Abwechselnd drückten und zogen sie mit aller Kraft den Hebel auf und ab. Keiner von ihnen sagte auch nur ein Wort, denn jeder überflüssige Atemzug würde Kraft und Energie verbrauchen. Da sie alle Hände für den Antrieb benötigten, hatten sie ihre leuchtenden Taschenlampen in ihre Hosentaschen gesteckt. Trotzdem konnten sie aufgrund der mangelnden Beleuchtung nur schwer abschätzen, wie hoch ihre Geschwindigkeit war. Nach einer Weile verließ sie gänzlich das Zeitgefühl, was aber nicht weiter schlimm war. Schließlich brachte sie die Draisine an das gewünschte Ziel. Ihr Vorteil war, dass sie bereits hier gewesen waren und sich bestens auskannten.

Die dreiunddreißig Stufen meisterten die Jungs in Re-

kordzeit, ebenso wie den Vorraum, in dem noch immer knö-
chelhoch das Wasser stand. Die nassen Füße nahmen sie
kaum wahr, so konzentriert investierten sie ihre Kräfte, um
so schnell wie möglich zum Spiegel zu gelangen. Dort angekommen, erhielten sie einen fetten Dämpfer.

„So ein verdammter Mist!", fluchte Toby. „Wir brauchen
für die Errichtung des Portals Blut und Asche. Da hinten in
der Ecke – zwei Eimer!"

Roland sprintete hinüber und checkte die beiden Behäl-
ter: „Der eine ist leer beziehungsweise liegt da nur das Messer drin. Und in dem anderen ist die komische Asche."

„Ist ja wohl klar, was wir nun machen müssen. Roland,
bring die Eimer zum Spiegel, das Messer natürlich auch",
sagte Julius.

Keiner stellte Fragen, stattdessen ritzte sich jeder von
ihnen mit dem Messer die Handfläche auf und ließ sein Blut
in den Eimer mit der Asche tröpfeln. Julius knetete anschließend das Ganze mit seinen Händen zu einer zähen Masse
und bestrich in Windeseile die Fläche des Spiegels.

„Ich will nur hoffen, dass das alles so funktioniert. Der
Spiegel ist gar kein richtiger Spiegel mehr, sondern nur noch
eine verrußte Fläche. So, das dürfte reichen."

„Ich glaube, ich kriege gleich einen Herzinfarkt. Mit was
wollen wir dieses Gemisch anzünden?", fragte Toby völlig
panisch.

„Ganz ruhig, Toby. Hier, das Feuerzeug vom alten Blake
habe ich immer noch", sagte Mark stolz und hielt die kleine
Flamme an die Masse, die sofort Feuer fing.

Wie schon beim letzten Mal verfärbten sich die Flammen
grün. Stiles wich ein paar Schritte zurück und fing an zu bellen. So etwas hatte er noch nie zuvor gesehen und stufte die
Situation als Bedrohung ein. Mark zog den Hund an der
Leine zu sich und beruhigte ihn.

„Also dann? Mit Anlauf?", fragte Toby.

Seine Freunde nickten ihm zu. Roland war der Erste, der

durch das Portal lief. Dabei stieß er eine Art Kampfschrei aus. Ihm folgten Toby, Julius und Mark, der große Schwierigkeiten hatte, den störrischen Stiles hinter sich herzuziehen. Unbeschadet fanden sich alle vollzählig auf der anderen Seite wieder – wenn auch angespannt, unsicher, ängstlich und eingeschüchtert. Sie legten ihre Taschenlampen auf den Boden. An diesem Ort brauchten sie sie nicht, denn die Fackeln an den Felswänden spendeten genug Licht.

„Das wäre schon mal geschafft. Und jetzt?", fragte Roland.

„Jetzt gehen wir weiter in das Innere der Hölle, bis wir auf Kasul stoßen", schlug Toby vor.

„Seid mal ruhig!", rief Mark und lauschte angestrengt in die entstandene Stille. „Hört ihr das? Sind das nicht Pferdehufe, die langsam näher kommen?"

Toby revidierte seinen Plan: „Ich höre es jetzt auch. Also gut, wir warten hier."

Kasul kam gemütlich, mit einem selbstsicheren Grinsen hinter einem großen, hervorstehenden Fels an der ersten Biegung hervor. Seinen Speer trug er lässig über seiner Schulter. Die Körpersprache verriet, dass alles zu seiner Zufriedenheit verlief. Er näherte sich den Jungs bis auf etwa zwei Meter. Stiles bellte, Mark konnte ihn – wie schon so oft – beruhigen. Kasul holte tief Luft und sprach sehr langsam, dafür aber sehr laut. Seine Stimme hallte durch jeden Winkel der Hölle.

„Sieh an, sieh an. Welch gern gesehener Besuch. Habt ihr etwas für mich?"

Toby stellte sich direkt vor den mächtigen Zentaur und schaute nach oben in sein haariges Gesicht. „Es war nicht alles so, wie du mir bei unserem ersten Treffen übermittelt hast. Der Dolch war nicht im Sarg auf einem Friedhof, sondern tief unten in einer Gruft. Und dann waren da noch zwei Typen, die ebenfalls hinter dem Dolch her waren. Wie kommt das?"

Kasul schnaufte und scharrte kurz wütend mit seinem rechten Huf durch den roten Sand. Dann aber antwortete er freundlich: „Das war noch eine zusätzliche Absicherung. Die beiden wollten Macht, Geld, ewiges Leben und all den überflüssigen Schnickschnack, der für euch Menschen so übermäßig wichtig ist. Also machte ich mit ihnen auch einen Deal, als sie mit mir Kontakt aufnahmen. Es war spannend und aufregend für mich, wer wohl als Erster hier landen würde. Nun gut, die beiden Ganoven waren zuerst hier, jedoch unter anderen, unerfreulicheren Umständen. Sie sind im Fegefeuer. Ihr habt sie umgebracht, das war sehr unartig von euch. Genug der Worte, her mit dem Dolch Abaddons.“

Toby zog sein Hosenbein hoch und befreite den Dolch von der Wäscheleine, die bis dahin die magische Waffe fest an seinem Bein gehalten hatte.

„Hier, Kasul. Damit haben wir unseren Teil der Abmachung erfüllt.“

„Ihr habt die Aufgabe in der Tat erfolgreich gelöst. Trotz der vielen Hindernisse und Unannehmlichkeiten. Ich könnte zuverlässige Leute gebrauchen. Wenn ihr jemals wieder meine Hilfe benötigen solltet ... ich bin gern dazu bereit – sofern ihr den Preis bezahlen könnt.“ Kasuls Augen verengten sich auf einmal, während er auf den Spiegel im Rücken der Jungs schaute. „Moment mal, was ist das?“

Die vier fuhren herum. Völlig unerwartet sprangen die SS-Leute Hoffmann, Adelbrand, Schwarz und Fransen durch das Portal, wobei Hoffmann sofort seine Pistole auf die Jungs richtete.

„Ihr habt doch nicht wirklich geglaubt, dass ihr den Dolch vor mir ...“, begann Hoffman, doch dann erblickte er Kasul. „Was ist das für ein Ungetüm?“

„Ich denke, es ist nicht notwendig, dass ich mich vorstelle. Denn ihr werdet nicht genug Zeit haben, um den darauffolgenden Gedankengang zu Ende zu führen“, sagte Kasul erbost und hob seinen Speer.

Toby flüsterte zu seinen Freunden: „Also für meine Begriffe sehen diese Nazi-Deppen mit ihren entgeisterten Gesichtsausdrücken ziemlich dämlich aus. Dem Hoffmann ist vor Schreck die Pistole aus der Hand gefallen – er hält seine Hand aber immer noch, als wäre er bewaffnet. So ein Trottel. Und ihre Sprache haben sie wohl auch verloren."

Roland kam eine Idee: „Bitte warte, Kasul, ich möchte gern zu den unerwünschten Herren sprechen – wenn du es erlaubst."

Kasul schnaufte einmal – sehr laut und kräftig. Dann ging er ein paar Schritte zurück, senkte seine Speerspitze und nickte Roland zu.

„So, ihr dämlichen Volltrottel, jetzt will ich euch mal was sagen. Zunächst: Ihr alle vier seid an dem richtigen Platz. Ja, genau, das hier ist die Hölle – aber das wisst ihr ja längst, oder? Ihr braucht nicht zu antworten, einfach meiner Stimme lauschen. Ihr habt unschuldige Kinder und Jugendliche wissentlich in den Tod geschickt. Weil ihr für diese Aufgabe einfach zu feige wart. Ach Leute, seht mal", wandte er sich höhnisch lachend an seine Freunde. „Ist das nicht herzallerliebst: Der Fransen, die alte Hackfresse, hat sich in die Hosen gepinkelt. Zum Abschluss noch eine kleine Info: Wir haben euch so richtig verarscht. Von wegen ein Dolch, der bei Berührung anderer Waffen Macht verleiht. Nur ihr konntet so einen Mist glauben. Ach ja, der Krieg ist verloren. Das werdet ihr in ein paar Jahren selbst merken. Sorry, werdet ihr eben nicht, ihr seid ja jetzt hier."

Die SS-Leute standen deutlich unter Schock. Während Rolands Vortrag konnten sie ihren Blick nicht von Kasuls Antlitz abwenden.

Roland verbeugte sich übertrieben höflich vor dem Zentaur und entfernte sich in weiser Voraussicht aus der Schusslinie. Kasul fackelte nicht lange. Im Galopp lief er auf die SS-Leute zu und spießte blitzschnell mit seinem Speer einen nach dem anderen auf.

Die Männer schrien so laut vor Schmerz und Angst, dass sich die Jungs die Ohren zuhalten mussten. Dann erhob Kasul seinen Speer hoch in die Luft und sah sich die Männer aus der Nähe an.

Mein Gott, der hat alle vier aufgespießt wie Schaschlik. Was für eine Kraft Kasul doch hat, dachte Toby.

Den Zentaur schien das Geschrei der Männer zu nerven. Also schleuderte er seinen Speer mitsamt den Männern an den nächst gelegenen Felsen. Die Schreie verstummten, die durchbohrten Männerkörper hingen regungslos an dem Speer herab. Einer der SS-Leute zitterte noch einige Sekunden unkontrolliert mit seinem linken Fuß.

„Ich werde mich später um die kümmern. Den Dolch, bitte."

Toby übergab ihm die Waffe. Kasul streichelte beinahe liebevoll über die Klinge und leckte mit seiner rauen, großen Zunge die Spitze ab.

„Ich hätte da noch eine Frage. Es betrifft meine Albträume, in denen mir Traumfresser erscheinen. Außerdem hätte ich meine Freunde auf dem Friedhof fast erschlagen, weil irgendetwas Besitz von mir ergriffen hat."

Kasul lachte. „Es wird nicht wieder vorkommen. Ich wollte euch nur wissen lassen, dass ich auf eine bestimmte Art immer bei euch war. Außerdem habe ich eure Angst genossen, in vollen Zügen. Doch jetzt trennen sich unsere Wege – vorerst. Lasst uns mit dem Ritual beginnen, das euch zurück in eure Zeit bringt. Ihr werdet sehen, der Dolch Abaddons kann noch mehr."

Kasul kniete sich mit seinen Vorderläufen hin und forderte Toby auf, seine rechte Hand auf sein Knie zu legen. Dann blickte er zu Roland, Mark und Julius und forderte diese auf, jeweils ihre rechte Hand auf Tobys zu platzieren, bis alle vier Hände genau übereinander lagen.

„Wo werden wir jetzt landen, und wann?"

„Ihr werdet an dem Ort auftauchen, an dem ihr euch als

Letztes in eurer Zeit aufgehalten habt. Mit dem Unterschied, dass dann zehn oder elf Tage vergangen sind, da ihr diese Zeit im Jahr 1941 verbracht habt. Diese Zeit ist natürlich vergangen. Ich will für euch hoffen, dass an dieser Stelle zwischenzeitlich kein Vulkan ausgebrochen ist."

„Aber was ist, wenn der Ort überflutet ist. Als wir die Unterwasserstation verließen, stieg der Wasserpegel immer höher. Dann würde das ja quasi unser nasses Grab werden?", fragte Roland besorgt.

Kasul antwortete mit einem Lächeln: „Vertraut mir einfach!"

Marks größte Sorge galt hingegen Stiles: „Und was ist mit dem Hund? Muss er nicht an dem Ritual teilnehmen? Er soll doch mit in unsere Zeit."

Kasul verneinte und rammte den Dolch mit einem so kräftigen Hieb durch die vier Hände der Jungs, dass die Spitze des Messers ein paar Zentimeter in sein eigenes Knie drang. Die Jungs erlitten auf der Stelle einen Schock. Sie konnten sich weder bewegen noch sprechen. Dann versagte ihr Augenlicht. Sie sahen nichts anderes als Schwarz. Wie aus weiter Ferne hörten sie Kasuls letzten Satz.

„Jetzt tragt ihr ein Höllen-Mal auf ewig. Es wird euch eines Tages von Vorteil sein."

Als die Jungs ihre Augen öffneten, fanden sie sich auf dem Boden liegend in der Kammer wieder, in der sich einst die Zeitmaschine befunden hatte. Doch die gesamte Technik war aus dem Raum verschwunden, jemand hatte sie offenbar mit Gewalt entfernt.

„Geht es euch gut, Leute? Ich habe etwas Kopfschmerzen", stöhnte Toby.

„Gott sei Dank sind wir alle vollzählig", meinte Roland.

Julius sah sich den Boden an und berührte ihn mit seiner Handfläche. „Furztrocken. Das sollte doch eigentlich alles überflutet sein?!"

Mark betrachtete seine Handfläche. „Da ist keine Verletzung mehr, sondern nur noch eine Narbe. Sieht aus, als hätte ich die schon viele Jahre."

Seine Freunde stellten das Gleiche fest. Schritte näherten sich. Ein bewaffneter Soldat betrat den Raum und sah die Jungs und den Hund ungläubig an.

„Das gibt es doch nicht. Wo zum Teufel kommt ihr denn her?"

Die Blackfin Boys kehren zurück in

ZOMBIES AM TOTEN FLUSS

Das 3. Abenteuer

So geht es weiter

(ohne viel Spoiler – das ist nur der Klappentext):

Die Blackfin Boys treffen sich endlich wieder. Und zwar in Peru, wo sie ein paar entspannte Tage verbringen wollen. Ziel ist zunächst der Mayantuyacu-Fluss, der wegen seiner kochend heißen Quellen weltbekannt ist. Als die Jungs das Lager aufschlagen, wird Mark von Einheimischen entführt, die dem Zorgogo-Stamm angehören. Dieser Stamm stellt Natur und Tier über den Menschen. Außerdem müssen die vier sich mit unheimlichen Untoten herumschlagen. Der Stammesführer aber scheint mehr zu wissen ...

So geht es weiter (mit mehr Spoiler):

Kaum haben die Jungs ihr Lager nahe dem Mayantuyacu-Fluss aufgeschlagen, wird Mark von den einheimischen Zorgogos entführt. Glücklicherweise lernen Roland, Julius und Toby den gleichaltrigen Froy kennen, der sich für ein Leben abseits der Zivilisation entschieden hat und in einem Bunker im Dschungel wohnt. Er bringt die Jungs auf einem halsbrecherischen Weg zu den Zorgogo. Roland findet Froy von Anfang an faszinierend und die beiden kommen sich näher. Mark ist in einem Voodoo-Ritual gefangen. Um ihn zu befreien, betritt Julius eine andere Welt, in der er seinen Bruder... Ja, genau – dann kommt es noch zu einem Zombieangriff, der außer Kontrolle gerät. Außerdem jagen die Blackfin Boys brutale Affenjäger...

.

Mehr über Flynn Todd und die Blackfin Boys gibt es hier:

flynntodd.de   **blackfinboys.com**